Das Buch

Der Darmstädter Kommissar Benjamin Dobermann wird in seinem zweiten Fall gefordert. Eine einbalsamierte Leiche am Rande des Bessunger Waldes gibt Rätsel auf. Bald schon gibt es neue Opfer und einige Verdächtige: Ein vom Leben gezeichneter Informatiker, der dem Alkohol verfallen ist und in einem Zirkuswagen haust. Ein Unternehmersprössling, von Beruf „Sohn“. Ein „Schwätzer“ und zu guter Letzt: der Mäzen. Doch welche Rolle spielt er genau?
Spuren führen den jungen Kommissar zur alten Kunst der Einbalsamierung. Ein perfides Spiel auf Leben und Tod beginnt und es zeichnet sich ein Showdown auf dem Luisenplatz ab.

Der Autor

Andreas Roß, geboren 1962, lebt seit 1985 in Darmstadt, verheiratet, zwei Söhne und von Berufs wegen seit Jahrzehnten als „Mundwerker“, also Sozialarbeiter, unterwegs.

Neben zwei Kurzgeschichtensammlungen „Begegnung mit dem Berserker“ (2011) und „Das Leben ist eine Zicke“ (2018) sind fünf Kriminalromane erschienen: „abgedrückt“ (2013), „weißkalt“ (2015), „Tage, die alles verändern“ (2017), „Innere Schreie“ (2020) und „Der Mäzen“ (2023). Von 1996 bis 2008 veröffentlichte er monatlich Kurzkrimis im Darmstädter Magazin „Vorhang Auf!“ und war siebenmaliger Gewinner regionaler Literaturpreise. Roß ist Mitglied der Krimiautor*innenvereinigung „Syndikat“ und der Literaturgruppe „Poseidon“.

Seine Zuneigung zum Krimi-Genre entwickelte er insbesondere in der Zeit, als er in verschiedenen Justizvollzugsanstalten tätig war und einige Geschichten hörte, die ihn inspirierten. Hinzu kam die Liebe zu seiner Wahlheimat Darmstadt.

Ich sehe nur Hunde,
die an der Leine gehen.

1. Die Fahrradfahrerin

Es war das Spiel des Windes in ihren langen braunen Haaren, was sie als erstes empfand. Franziska war glücklich. Ihr Herz fühlte sich leicht an. Ihr Bauch voller Schmetterlinge und seinen Duft noch in ihrer Nase. Auf ihrem Gesicht hing ein Lächeln, als wäre es eintätowiert. Auf dem Fahrrad glitt die junge Frau gleichmäßig über den Asphalt.

Alles war voller Leben.

Gestern Abend hatte sie ihn zum ersten Mal gesehen. Fridolin sein Name, das war egal. Sie hatte sich in seine braunen Augen verloren und verbrachte den Abend allein mit ihm. Die Musik war der Wahnsinn, genauso wie das Tanzen eng an ihn geschmiegt. Viele Worte wurden nicht gewechselt. Das hatte Zeit für später.

Er hatte sie nach Hause begleitet, etwas Anderes hätte nicht gepasst. Die Zeit zerfloss, keine Gedanken störten, alles war Gefühl und zeitlos. Der Augenblick zählte und das Leuchten in seinen Augen, die Grübchen, das Lächeln und das Spüren der Haut. Die Nähe war vertraut, es fühlte sich an, wie nach Hause zu kommen. Gedanken verloren sich. Auch das Erwachen war angenehm, der Morgen mit dem Frühstück, Worte fanden Platz und ergänzten sich gegenseitig. Alles klang nach Mehr und Wiederholung.

Der Abschied war ein langer Kuss. Die Arbeit rief, aber eine neue Verabredung war vereinbart und nichts sprach dagegen. Franziska hatte jeden Moment ausgekostet. Nun war sie in Eile und gedanklich noch in der letzten Nacht verfangen.

Das Fahrrad rollte dahin. Das nasskalte Wetter störte nicht. Der Asphalt war feucht, der Nebel dicht. Der rot gefärbte Fahrradpfad schlängelte sich entlang der Landgraf-Georg-Straße. Eine leichte Rechtskurve, eine Ampel näherte sich. Sie zeigte grün. Alles war gut, alles war im Fluss.

Doch plötzlich ein Schlag, ein Scheppern und Quietschen. Franziska verlor jeglichen Halt, die Erdanziehungskraft setzte aus und Franziska flog, kurz nur und doch unendlich lang. Die Augen weit aufgerissen kam ihr der raue Asphalt rasend schnell entgegen. Der Ampelmast stand im Weg, der Fahrradhelm fehlte, Knochen brachen, Blut floss.

***

„Dieser verdammte Pendlerverkehr! Ein bisschen Nieselregen und schon schleichen alle wie Schnecken durch die Gegend. So `ne Kacke! So eine verdammte Kacke! Dieses Unvermögen der Darmstädter. Ich hasse es!"

Die Faust des Mannes, dessen Alter um die sechzig Jahren lag, schlug voller Ungeduld auf das Lenkrad und betätigte die Hupe.

„Fahr schon, du Arsch!", schrie er.

Otto Renner hatte keine Zeit. Viel Geld wartete darauf, verdient zu werden.

„Otto, du bist ein skrupelloses Arschloch", hatte es ihm vor ein paar Minuten aus dem Lautsprecher seines Smartphones entgegen geschallt und der Anrufer hatte recht. Er meinte es nicht als Beleidigung, viel mehr als Lob, denn Otto Renner griff immer zu, wenn sich die Möglichkeit ergab.

Warum sollte er es nicht tun?

Wenn er nicht zugreifen würde, würden es andere tun und die Sahne von dem Kuchen schlecken. Das war sein Credo und danach handelte er und jetzt musste er Gas geben. Er tat es und sein nagelneuer Porsche Cayenne Turbo, mit ein paar Extras für knapp unter hunderttausend Euro, gehorchte und sprang gleich einer angriffslustigen Wildkatze nach vorne. Renner zog das Lenkrad nach rechts.

Dieser verdammte Darmstädter Lahmarsch schleicht auf der linken Spur herum, als habe er alle Zeit der Welt, dachte er und trat das Gaspedal in Richtung des Bodenbleches. Als er gleichauf mit dem gegnerischen Fahrzeug war, schaute er nach links, hupte zweimal und ballte die Faust, um seinem Widersacher zu zeigen, dass er dessen Fahrstil ganz und gar nicht gutheißen konnte. Renner schrie lauthals ein unflätiges Schimpfwort und verzog das Lenkrad. Kurz schoss sein Fahrzeug über den Bordstein, der die Fahrbahn von dem Fahrradweg abtrennte, dann traf der vordere Kotflügel das Fahrrad. Ein Schlag und ein entsetzliches Kratzen an der Karosserie waren die Folgen.

Oh nein, das neue Auto!, war Renners erster Gedanke.

***

Freitag früh. Der junge Kommissar musste heute nicht ins Polizeipräsidium, er hatte dienstfrei. Überstunden mussten abgebaut werden. Ihm kam es gelegen. Er hatte anderes zu tun. Er musste nachdenken, den Kopf frei bekommen. Schon seit mehreren Stunden war er durch Darmstadts Wälder gelaufen, bis er am großen Woog vorbei in der Innenstadt angekommen war. Der Kaffee und das Croissant, die er sich im Caféhaus Bormuth gönnte, taten gut. Der athletisch wirkende Kommissar mit den kurzen schwarzen Haaren und der Körpergröße von nahezu zwei Meter lief dennoch weiter rastlos über den Marktplatz und hatte noch immer keine Antwort auf seine dringenden Fragen gefunden. Schon wieder hatte er es nicht geschafft, die gesamte Nacht bei Pia zu verbringen. Früh um fünf war er aus dem kuschelig warmen Bett geschlüpft, hatte sich leise angezogen und war aus ihrer Wohnung verschwunden.

Nach dem letzten erfolgreich gelösten Fall und nach mehreren gemeinsamen Treffen waren sie ein Paar geworden, so Pias Version. Pia Stenger, Hauptkommissarin und Benjamins Kollegin im Polizeipräsidium Südhessen.

Benjamin spürte zwar, wie er sich zu ihr hingezogen fühlte, von Woche zu Woche immer mehr, aber irgendetwas hinderte ihn daran, sich auf eine Beziehung einzulassen.

Warum nur?

Warum konnte er nicht die Nächte mit Pia zu Ende bringen, gemeinsam mit ihr aufwachen, frühstücken, den Tag beginnen, einfach das Zusammensein genießen?

Das Leben hat einen Rückspiegel und darin sieht man immer die eigenen Eltern, blitzte die Erkenntnis in seinem Kopf auf. Der Gedanke war unangenehm, aber irgendwie wahr. Der junge Kommissar wollte ihn vielleicht gerade deswegen nicht zulassen und gab sich den wiederkehrenden Fragen hin: Warum kann ich mich nicht auf eine Beziehung mit Pia einlassen? Was hindert mich daran? Was nur?

Die Gedanken hämmerten in seinem Kopf, als er am Schloss vorbei in Richtung der Landgraf-Georg-Straße lief. Plötzlich drangen ein Knall und ein fürchterlich kratzendes Geräusch in seine Ohren. Aus den Augenwinkeln sah er einen Körper durch die Luft fliegen und gegen einen Ampelmast prallen.

Für Sekundenbruchteile war da eine eigenartige Stille, bevor Bremsen quietschten und den Augenblick zerschnitten. Ein SUV kam direkt hinter einer Ampel in einem Fußgängerbereich zum Stehen. Die Fahrertür wurde aufgerissen, ein kahlköpfiger Mann schoss heraus, umrundete das Fahrzeug, schrie und patschte sich die flache Hand vor die Stirn.

Der Kommissar zerrte sein Smartphone heraus, wählte die 110 und forderte einen Notarzt an. Dann rannte er los. Als er am Unfallort angekommen war, kümmerte er sich sofort um die Fahrradfahrerin. Bald schon hörte er, dass Hilfe nahte und nahezu zeitgleich spürte er, dass diese zu spät kommen würde.

Dobermann nahm nicht den wild herumspringenden und wütend fluchenden Mann wahr, der immer wieder auf die Vorderseite seines SUV deutete. Auch sah er nicht, dass der

Mann einsteigen und losfahren wollte, ihn aber zwei Passanten daran hinderten.

Mittlerweile hatten sich der Gehweg und die Straße mit Schaulustigen gefüllt. Der Notarztwagen näherte sich schnell, bremste und ein Mann mit einem Koffer in der rechten Hand sprang heraus.

Dobermann wurde nicht mehr gebraucht. Langsam richtete er sich auf und entfernte sich von dem Unfallopfer. Er lief hinüber zu dem SUV-Fahrer und wunderte sich maßlos. Der ältere Mann schimpfte noch immer lauthals und außer sich vor Wut über die Unfähigkeit der Darmstädter Verkehrsteilnehmer, insbesondere der Fahrradfahrer.

Der Kommissar versuchte ihn zu unterbrechen. Es gelang ihm nicht. Als Dobermann seine Polizeimarke zog, sprang der Kahlköpfige in seinen SUV und raste mit quietschenden Reifen davon. Der Kommissar war so verdattert, dass er nicht rechtzeitig reagieren konnte. Es blieb ihm lediglich, das Kennzeichen zu notieren und zu beobachten in welcher Richtung der Wagen davonbrauste. Dobermann kehrte zu dem Unfallopfer zurück und erfuhr von dem ernst dreinblickenden Arzt, dass die Fahrradfahrerin ihren schweren Verletzungen erlegen war. Der Arzt hatte eben noch neben der jungen Frau gekniet, ihre Augen geschlossen und war nun im Begriff ein Laken zu holen, um die Leiche zu bedecken.

Ein Einsatzfahrzeug der Polizei näherte sich und hielt an. Dobermann eilte auf seine Kollegen zu und informierte sie. Sofort raste das Fahrzeug mit Blaulicht in die angegebene Richtung. Kurz darauf setzte sich der Kommissar im Schneidersitz auf den Gehsteig. In seinem Kopf drehte es sich. Er wusste nicht, was er denken sollte. Zu viel war in den letzten Stunden passiert.

2. Der Tatort

Das Polizeipräsidium Südhessen lag nicht nur in der Klappacher Straße, sondern auch versteckt im Nebel. Die Sonne tat sich an diesem Sonntagmorgen Ende September 2008 schwer, ihn aufzulösen. Dazu passte die Kunst am Bau des Präsidiums hervorragend, insbesondere die Plastik der Frankfurter Gruppe Formathaut um den Bildhauer Ottmar Hörl, die aus sieben verschiedenfarbigen geneigten Schirmen bestand. Diese ragten rechts des Haupteingangs in den Himmel, als würden sie das Präsidium nicht nur vor der Kriminalität, sondern auch vor dem misslichen Wetter schützen.

Gegenüber des Eingangs erstreckte sich ein Parkplatz, ausgelegt für etwa fünfzig Besucherfahrzeuge. Heute war er nahezu leer. Nur wenige Autos standen herum. Neben einem davon stand Kommissar Daniel Hartmann, gestikulierte wild und lief auf seinen Kollegen zu.

„Benjamin, da bist du ja endlich. Wo bleibst du denn?" Hartmann beobachtete ungeduldig, wie Dobermann sehr umständlich sein Fahrrad an einem Geländer anschloss.

„Wie du siehst, bin ich mit dem Rad gekommen. Dauert halt ein wenig, um vom Martinsviertel hier rauf zu strampeln."

„Warum bist du denn nicht mit dem Auto gefahren?", wollte Hartmann genervt wissen.

„Na, da wär ich noch später gekommen. Die Baustelle in der Teichhausstraße gibt es immer noch."

„Willst du mich veräppeln? Es ist Sonntag früh und kaum Verkehr."

„Da magst du recht haben. Ich denke allerdings an die Ampelschaltung. Die springen immer auf Rot um, wenn man sich darauf zubewegt. Außerdem brauchte ich heute ein wenig Bewegung, um überhaupt in die Gänge zu kommen."

Gegen dieses Argument konnte Hartmann nichts einwenden. Er schüttelte unwirsch den Kopf und lenkte ein: „Okay,

okay, dann lass uns jetzt losfahren. Da vorne steht der Dienstwagen."

Dobermann hatte sein Fahrrad nun fest an den Ständer gekettet und dachte verärgert, selbst hier muss man sein Eigentum mit einer Stahlkette vor Diebstahl schützen. Er steckte den Schlüsselbund in die Hosentasche und lief hinter seinem Kollegen her.

„Was gibt es denn so früh am Sonntagmorgen, an dem man eigentlich das Bett hüten sollte, am besten bewaffnet mit einem heißen Kaffee und einem guten Buch", wollte er wissen, als er seinen Kollegen erreicht hatte.

„Ne Leichensache", war die Antwort.

„Wo denn?"

„Richtung Roßdorf, auf einem kleinen Parkplatz kurz vor der Autobahnbrücke. Die Spusi und Doc Muffinski sind schon vor Ort. Komm jetzt, steig endlich ein. Es pressiert!"

„Dem Toten ist es, glaube ich, egal, wenn wir ein paar Minuten später kommen."

„Der Leiche bestimmt, den Kollegen allerdings nicht, also komm schon."

Dobermann stieg ein und kurz später rollte das Fahrzeug vom Hof des Polizeipräsidiums und bog rechts ab.

Dobermann schwieg. Daniel gab Gas und beobachtete seinen Kollegen aus den Augenwinkeln. Ihm fiel auf, dass er müde aussah. Seine schwarzen Haare waren wuschelig, obwohl sie dazu eigentlich zu kurz geschnitten waren. Seine Gesichtshaut war fahl und unter den Augen befanden sich gräuliche Ringe. Der Glanz in den Augen fehlte.

„Was ist los mit dir?", fragte Hartmann mit Sorge in der Stimme.

Dobermann ließ Schultern und Kopf sinken, was aussah wie ein tiefer Seufzer. „Ach, ich habe nicht gut geschlafen. Mir geht die tote Fahrradfahrerin nicht aus dem Sinn, außerdem ist Pia sauer auf mich."

„Na dann ist ein neuer Fall genau das Richtige", versuchte Hartmann ihn aufzuheitern. Dobermann richtete sich auf, atmete tief durch und schaute seinen Kollegen von der Seite aus an. Die Aussicht auf einen neuen Fall hatte ihn tatsächlich aus seinem Tal des Leidens und der Müdigkeit geholt. Er mochte die positive Art seines Kollegen und auch dessen lustiges Äußeres. Er musste grinsen. Die dunklen Locken, die Hartmanns Kopf umspielten, sahen witzig aus, dazu passten das Lächeln, die über die dicken Backen gespannte rosige Haut und auch das blaue Hemd, teilweise bedeckt mit dem farblich passenden Pullunder, der an dem ausladenden Bauch spannte, als müsse er eine Kugel vor dem Wegrollen schützen.

„Vielleicht hast du recht", bemerkte Dobermann, als Hartmann an der nächsten Kreuzung geradeaus auf einen schmalen Weg zusteuerte, der erst an einem alten Forsthaus vorbei und dann am Waldrand entlang zu den quaderförmigen und mausgrauen Gebäuden der Darmstädter Universität an der Lichtwiese führte. Eine gern genutzte Abkürzung, wenn man den Innenstadtbereich weiträumig umfahren wollte.

„Was erwartet uns am Tatort?"

„Ich weiß es nicht so genau. Es soll sich um eine tote Frau handeln, die in einem Auto liegt. Ein Jogger hatte sie heute früh zufällig gefunden. Die Einsatzleitung meinte lediglich, es sei wohl ein ganz besonderes Tötungsdelikt."

„Was soll das heißen?"

„Keine Ahnung, wir müssen uns überraschen lassen."

„Na, dann können wir gespannt sein."

„Gespannt wie ein Flitzebogen."

„Immer das Ziel im Auge ..."

„... und den richtigen Moment im Blick ..."

„... wann die Sehne losgelassen werden muss ..."

„... um den Feind dingfest zu machen!"

Hartmann lachte, Dobermann lachte, beide klatschten sich ab.

„So kenne ich dich, Kollega. Jetzt biste wieder der Alte, immer `nen lockeren Spruch auf den Lippen", begeisterte sich Hartmann.

„Und so werden wir auch diesen Fall lösen", ergänzte Dobermann.

„Bescheidenheit war noch niemals deine Stärke, oder?"

„Nein, dafür bin ich viel zu neugierig. Eben hast du mich nach meinem Befinden gefragt, nun bin ich an der Reihe. Gibt es was Neues in deinem Liebesleben?", fragte Dobermann ketzerisch.

„Alles beim Alten", antwortete Hartmann lächelnd, „täglich lebe ich mehrmals meine Liebe zu gutem Essen aus und abends kommt der Rotwein dazu. Bei mir geht die Liebe halt durch den Magen. Alles wie immer und alles bestens!"

„Das ist ne tolle Einstellung. Essen und Trinken motzen nicht rum und hegen auch keine Erwartungen, im Gegensatz zu den Frauen."

Hartmann reagierte nicht auf Dobermanns Äußerung. Mit hoher Geschwindigkeit bog er auf die Nebenstrecke nach Roßdorf ein. Nach wenigen hundert Metern lag rechts ein schmaler asphaltierter Weg, der zur Fischerhütte führte, wie zumindest das hölzerne Schild anzeigte, das am Straßenrand vor sich hin verwitterte.

Hartmann bremste scharf und lenkte den Wagen auf den schmalen Weg. Er hielt vor der Brücke und öffnete die Fahrertür. Beide Kommissare stiegen aus und schauten sich um. Links von ihnen erstreckte sich ein kurzer Schotterweg, der nach circa dreißig Metern in einer rechteckigen grasbewachsenen Fläche mündete. Sie wirkte wie ein kleiner Parkplatz, der lange nicht genutzt worden war. Rundherum dichtes Buschwerk und als Abgrenzung mehrere ausladende Trauerweiden. Dazu passte nicht der alte, ehemals hellblaue VW-Käfer, der ganz hinten parkte. In einem weiten Kreis um das Fahrzeug herum, an den nahegelegenen Büschen und Bäumen befestigt, flatterte das rot-weiß gestreifte Absperrband. Etwa zehn Personen gingen dahinter geschäftig ihrer Arbeit nach.

„Schau an, unsere geschätzte Spusi-Bande und mitten drin der betagte Kollege Karl Leuthner, unser Ober-Spusi", frotzelte Dobermann, als er auf das Flatterband zulief. Er war mit ihm noch nicht so richtig warm geworden. Noch immer steckte ihm der peinliche Kontakt bei seinem ersten Fall vor knapp einem Jahr in den Knochen. Auch Leuthner hatte mit seiner häufig hochnäsigen Art keine Anstalten gemacht, das Eis zu brechen.

Dobermann strich seine Lederjacke glatt. Dann schlenderte er, gemeinsam mit seinem Kollegen, auf den Fundort der Leiche zu. Erst als sie das Plastikband anhoben, um darunter hindurchzukriechen, machten sie sich bemerkbar.

„Na, wie sieht es aus? Wir sind geschickt worden, um mal einen kriminalistischen Blick auf das Geschehene zu werfen."

Karl Leuthner blickte kurz auf und unterbrach die Untersuchung der Reifen. Behäbig erhob er sich aus der Hocke und ging langsam auf die Kommissare zu. Er war ein stattlicher Mann, bei dem der weiße Schutzanzug an den Schultern spannte. Unter der Kapuze war ein rundes Gesicht mit rot glänzenden Wangen zu sehen. Hauptmerkmal war der buschige graue Oberlippenbart. „Schau mal an, die beiden Kriminal-Männer sind da, Dobermann und Hartmann." Er reichte ihnen nacheinander die Hand. „Diesmal haben wir hier eine ganz besondere Sache", begann er ohne Umschweife. „Wir sind fast durch. Wenn ihr noch einen Augenblick hier wartet, können wir die letzten Spuren sichern. Dann seid ihr dran. Ich schick euch mal Doc Muffinski rüber, der kann euch schon mal darüber berichten, was ihr später wohl oder übel selbst in Augenschein nehmen müsst. Und dann ist da noch der Jogger, der die Leiche gefunden hat. Wir haben ihn in unserem Dienstwagen geparkt, da ihm sonst zu kalt geworden wäre."

Nach dem letzten Satz drehte er sich um und ging zurück zu dem blauen Fahrzeug. Er stieß ein paar Worte hervor und im nächsten Moment kroch ein kleiner runder Mann schwerfällig rückwärts aus dem VW-Käfer. Er wirkte wie ein riesiger grauer Flummi, denn als er mit beiden Beinen den Boden erreicht hatte, drehte er seinen Körper abrupt um und dotzte auf die beiden Kommissare zu. Ein breites Lächeln auf seinem Gesicht passte zu dem runden Kopf, dessen beinah kahler Schädel von einem hellbraunen Haarstreifen verziert wurde, als trage er einen Lorbeerkranz. Sein grauer Trenchcoat, den er nun schloss und zuknöpfte, umspannte seinen Körper und vollendete das Bild.

„Na ihr beiden, auch schon da", war die Begrüßung, „in ein paar Minuten dürft auch ihr den Tatort betreten. Dann sind wir fertig."

Dobermann erreichte den Rechtsmediziner und umarmte ihn herzlich. „Altes Haus, lang nicht gesehen. Hast dich gar nicht mehr gemeldet. Drückst dich wohl die ganze Zeit in den Kellerräumen der Rechtsmedizin in Sachsenhausen rum. Was ist denn los? Ist so viel zu tun?"

„Gemordet wird immer, und jetzt sage ich dir was, das dir garantiert nicht gefallen wird: Die Mörder machen noch nicht einmal vor dem Wochenende halt."

„Ach, dieses verfluchte Pack, denen ist aber auch gar nichts heilig."

„Da sagst du was Wahres, Benjamin", lachte Muffinski und klopfte dem Kommissar kumpelhaft auf den Rücken. „Haste deinen Kollegen mitgebracht?"

Ohne auf eine Antwort zu warten, ging er auf Hartmann zu und umarmte ihn.

„So, ihr beiden Schönen wollt sicher wissen, was meine Äugelein gesehen haben und was meine Einschätzung ist, oder?"

Die Kommissare nickten.

„Kommt mal mit, aber passt auf. Der Anblick ist nicht angenehm. Nicht, dass ihr das Frühstück nochmals rückwärts essen müsst."

„So schlimm?", fragte Dobermann mit ein wenig Zittern in der Stimme.

„Schaut selbst!"

Dobermann spürte ein Ziehen im Bauch. Unweigerlich dachte er an die erste Leiche seines Vaters, Hauptkommissar Lothar Ludwig Dobermann. Er hatte ihm bei einem gemeinsamen Bier davon erzählt. Damals, als sein Vater noch in der Ausbildung war, musste er einen Leichnam in einem ausgebrannten Auto inspizieren. Rauchig-süßlich stank das zusammengekauerte Opfer, es musste einfach eklig gewesen sein. Lothar Ludwig hatte einen großen Abstand zu seinen Gefühlen aufgebaut. Nach der Tatortsarbeit war er erstaunt darüber, dass er Hunger hatte und Lust auf eine Bratwurst verspürte. Als er an der Imbissbude stand, wurde er von einem Mann angestoßen. Der alte Dobermann drehte sich erschrocken um und blickte in das Gesicht eines Schwarzen. Verdrängt geglaubte Bilder übermannten ihn, und er kotzte dem Fremden direkt vor die Füße.

Hoffentlich kein Brand-Opfer, dachte Dobermann, nahm allen Mut zusammen und ging weitere Schritte auf den VW-Käfer zu. Muffinski hatte zwischenzeitlich die Tür des alten Käfers geöffnet und zeigte ins Innere.

„Ist das `ne Puppe?", fragte Dobermann erschrocken und kannte schon im nächsten Moment die Antwort. Hartmann blickte über seine Schulter und stöhnte: „Oh, Gott, was ist das denn? Ist die wirklich echt?"

„In der Tat, es handelt sich um einen richtigen Menschen", antwortete der Rechtsmediziner.

„Die sieht gruselig aus. Ist doch eine Frau, oder?"

„Ja, eine Frau Anfang, Mitte vierzig."

„Die sieht aus wie eine etwas übertrieben geschminkte Puppe. Die dicken glänzenden Backen, der halb geöffnete Mund und die weit aufgerissenen Augen."

Hartmann schob seinen Kollegen etwas zur Seite, damit er besser sehen konnte. Entsetzt fasste auch er seine Gedanken in Worte: „So eine Kacke, die wurde drapiert wie eine verdammte Erotik-Puppe. Dieser hautenge rote Latexrock, die blaue Seidenbluse und dann noch die schwarzen Stiefel, die bis zum Oberschenkel reichen. Dazu passt die blonde Langhaarperücke. Doc, hast du die schon angefasst und verrutscht oder war das so?"

Muffinski veränderte seinen Gesichtsausdruck. Das Lächeln, das eben noch darauf zu sehen war, verflog. „Ja, ich habe ihren Kopf untersucht, dachte vielleicht etwas finden zu können. Die Kopfhaut ist total glattrasiert und anscheinend mit irgendeiner Säure bearbeitet worden. Daraufhin habe ich mir auch andere Körperstellen angeschaut." Der Mediziner drehte sich um, nahm vorsichtig den linken Arm des Opfers und hielt ihn so, dass die Kommissare die Finger in Augenschein nehmen konnten. „Die Fingerkuppen wurden verätzt. Fingerabdrücke können wir also vergessen."

„So ein Mist. Hast du 'ne Erklärung für das alles?", fragte Dobermann und konnte das Zittern in seiner Stimme nicht unterdrücken.

„Genaueres kann ich euch erst sagen, wenn ich die Dame auf meinem Tisch liegen habe. Dann weiß ich auch, ob sich mein Verdacht mit den Beinen bewahrheitet."

„Welcher Verdacht?"

„Sag ich euch später."

Hartmann klopfte dem Rechtsmediziner auf den breiten Rücken. „Ach, komm schon Doc, denk an meinen und Benjamins Vater. Mit den beiden hast du doch lange und vertrauensvoll zusammengearbeitet."

„Und weiter", grummelte Muffinski. „Worauf willst du hinaus?"

„Sei nicht so verstockt, denk an die guten alten Zeiten. Vor unseren Vätern hattest du keine Geheimnisse, oder? Warum dann vor uns?"

„Hahaha, du bist mir einer." Muffinskis Lachen war zurückgekehrt, intensiver als zuvor. Freundschaftlich knuffte er Hartmann in die Wange, wie es ein Opa bei seinem Enkel tut. Danach wurde er ein wenig ernster, schaute die beiden Jung-Kommissare abwechselnd an und fragte nachdenklich: „Könnt ihr die ganze Wahrheit vertragen?"

Dobermann nickte zuerst. Die Neugierde war ihm ins Gesicht geschrieben.

„Also gut", begann Muffinski, „dann nehme ich mir die Zeit und sage euch etwas Unausgegorenes. Es ist erst mal nur ein Verdacht und zwar ein ganz und gar gruseliger."

„Egal, erzähl schon!", drängelte Hartmann.

„Als ich mir die Haut genauer anschaute und sie befühlte, hatte ich einen Verdacht und nahm mir auch die Beine unseres Opfers vor. Dazu genügte es, den Reißverschluss eines Stiefels zu öffnen und ich sah die Wunde an der Arteria femoralis."

Die beiden Kommissare schauten verwundert. Muffinski merkte es und sprach weiter: „Ich meine natürlich die Oberschenkelarterie. Anscheinend wurde sie geöffnet, um das gesamte Blut aus dem Körper herausfließen zu lassen. Danach wurde die Wunde fachgerecht vernäht und ich gehe davon aus, dass der Blutkreislauf mit einer wässrigen Formaldehyd-Lösung, umgangssprachlich auch Formalin genannt, aufgefüllt worden ist."

„Waaas?", entfuhr es Dobermann angewidert.

„Tja, tatsächlich. Ich vermute, in diesem Fall liegt *modern embalming* vor." Der Rechtsmediziner blickte ins Leere, anscheinend hing er seinen Gedanken nach. Er blickte ernst und verfiel in einen Dozentenmodus, als er weitersprach: „Dabei handelt es sich um eine Technik der Leichenkonservierung, deren Anwendung zu den Methoden der Thanatopraxie zu rechnen ist. Im heutigen Bestattungswesen umfasst die Thanatopraxie all jene Maßnahmen, die über eine hygienische Totenversorgung hinaus nötig sind, um die ästhetische Aufbewahrung eines Verstorbenen zu gewährleisten. Sie findet in den Fällen statt, in denen vor der endgültigen Bestattung eine öffentliche Aufbahrung des Verstorbenen üblich ist, wie etwa in den USA, Großbritannien, Russland oder auch in Armenien. Die konservierenden Maßnahmen sollen sicherstellen, dass sich der Zustand der Leiche durch Fäulnis und Verwesung nicht verändert."

Die beiden Kommissare glotzten den Rechtsmediziner verwundert an. Sie konnten kaum glauben, was Muffinski ihnen berichtete.

„Dabei wird das Blut durch eine verwesungshemmende Substanz ersetzt. In den meisten Fällen wird eine formaldehydhaltige Flüssigkeit mittels einer Kanüle und eines Schlauches ins Arteriensystem gepumpt, zum Beispiel über die Halsschlagader. Deswegen habe ich auch am Kopf der Leiche nachgeschaut und tatsächlich Hinweise für dieses Vorgehen gefunden."

„Wahnsinn", ächzte Dobermann und stieg von einem Fuß auf den anderen. Muffinski ließ sich davon nicht irritieren und dozierte weiter: „Durch die Zellwände verbreitet sich die Flüssigkeit im ganzen Körper. Je nach Stärke der Lösung kann der Verwesungsprozess vier bis sechs Wochen aufgehalten werden. Die Methode verleiht dem Toten ein rosiges Aussehen. Das Ergebnis sitzt vor uns in diesem alten Käfer."

„Kann das jeder machen?", fragte Hartmann erschrocken.

Muffinski überlegte nicht lange, bevor er antwortete: „Man braucht dafür schon ein paar Spezialgeräte. Das Gefäßsystem des toten Körpers wird unter Druck mit durchschnittlich sechs bis acht Liter formalinhaltiger Flüssigkeit gefüllt, wofür elektrische Pumpen verwendet werden."

„Das ist ja total verrückt. Davon habe ich noch nie etwas gehört", stöhnte Dobermann.

Der Gesichtsausdruck des Rechtsmediziners hatte sich plötzlich verändert, als habe man einen Schalter umgelegt. Nun lag ein spitzbübisches Grinsen darauf. „Tja, ihr seid ja auch noch neu auf dem Markt. Aber immerhin, im letzten Jahr die Ausbildung abgeschlossen, schnell mal einen Doppelmord im Paulusviertel mit aufgeklärt und dann schon diese besondere Leiche hier und heute an diesem nebeligen Sonntagmorgen mitten im Altweibersommer. Mann, Mann, Mann, ihr habt ein Leben."

Dobermann lachte. „Hast du schon einmal einen ähnlichen Fall erlebt?", wollte er wissen.

Der Mediziner plapperte gleich los: „Vor ein paar Jahren lebte in einem kleinen Odenwälder Dorf ein alter Metzger. Seine Frau war schwer krebskrank, sie wollte nicht mehr leben und ihr Mann half ihr beim Übergang von hier nach drüben. Auch er hat die embalming Methode angewendet, hat den Kühlraum im Keller zu einem Wohnzimmer ausgebaut, seine Frau dort auf einem bequemen Sessel aufgebahrt und mit ihr gemeinsam an jedem Sonntagabend den aktuellen *Tatort* angeschaut. Das ging über ein Jahr lang gut, bis wir auf die Sache aufmerksam gemacht worden sind."

„Das glaube ich jetzt nicht, oder?", entfuhr es Dobermann, der mit offenem Mund der Geschichte gelauscht hatte.

„Kannst du aber. Ist alles genauso geschehen und dokumentiert, wie ich es gesagt habe."

Hartmann boxte Muffinski freundschaftlich gegen die Schulter. „Komm schon Alter. Da haste aber dick aufgetragen. Gib`s zu, das mit dem gemeinsamen Tatort-Schauen hast du erfunden, oder?"

Das Grinsen auf dem Gesicht des Rechtsmediziners wurde noch ein wenig breiter. Er antwortete nicht.

„Kannst du schon bestimmen, wann die Frau gestorben ist?", fragte Hartmann nun wieder ernster.

„Hmmh, das ist gar nicht so einfach … Bei ihrem Zustand würde ich schätzen, so vor zwei bis drei Wochen."

Muffinski zeigte erneut seinen spitzbübischen Gesichtsausdruck. „Wenn ich recht überlege, könnte ich allerdings das Alter der Dame etwas genauer schätzen."

„Hääh, wie kommst du jetzt darauf?", fragte Dobermann verwirrt.

Der Arzt grinste noch immer. „Nach reiflicher Überlegung und unter Berücksichtigung aller mir vorliegenden Fakten", sagte er, „komme ich zu dem Schluss, dass unser Püppchen hier in der nächsten Woche dreiundvierzig Jahre alt geworden wäre, wenn sie hier nicht in diesem Zustand untätig herum säße."

„Waaas?"

„Außerdem heißt oder besser gesagt hieß sie Frauke Stolze und wo sie wohnte, müsste Karl bekannt sein."

Der Rechtsmediziner freute sich darüber, dass die beiden Kommissare sprachlos waren, so interpretierte er zumindest ihre Mimik. Es dauerte ein paar Sekunden, bis Dobermann vor sich hin stammelte: „Woher … woher weißt du das alles."

„Na, die Dame hat zwar keine verwertbaren Fingerkuppen mehr für eine Identitätsbestimmung, stattdessen steckte ein Personalausweis in ihrem rosa Handtäschchen, das ordentlich auf dem Beifahrersitz lag und intensiv von Karl beschnuppert wurde."

„Sachen gibt`s", bemerkte Hartmann und Dobermann legte nach, als habe er die Ausführungen des Rechtsmediziners nicht gehört: „Kannst du auch was über die Todesursache sagen?"

„Nun mach aber mal halblang“, echauffierte sich Muffinski, „wie du weißt, bin ich zwar äußerst clever, gutaussehend und ein Halbgott in Weiß, aber leider kein Hellseher. Gebt mir zwei bis drei Tage, dann sage ich euch genau, wie unsere Leiche von innen aussieht, was sie wann gegessen hat und wie drogenaffin sie war.“

„Okay ... okay“, erwiderte Dobermann.

Bevor er oder sein Kollege noch was sagen konnten, hatte sich Doc Muffinski umgeschaut und anscheinend etwas entdeckt. „So, Jungs“, sagte er, „nun müsst ihr alleine eure Arbeit tun. Der Leichenwagen kommt. Ich werde beim Verladen gebraucht.“

Muffinski grüßte kurz, indem er mit dem Zeigefinger seiner rechten Hand an seine Stirn tippte, lächelte nochmals herzerweichend und machte sich mit wippenden Schritten auf den Weg.

Dobermann grinste und erwiderte: „Na dann mach's mal gut, wir hören voneinander.“

„Spätestens in drei Tagen habt ihr meinen Bericht auf dem Tisch“, war die Antwort, ohne dass sich der Rechtsmediziner noch einmal umdrehte.

Die beiden jungen Kommissare starrten in den VW Käfer hinein und schüttelten gleichzeitig mit den Köpfen.

„Wie krank muss man sein, um so etwas zu tun?“

„Keine Ahnung“, erwiderte Hartmann. „Mich interessiert viel mehr, warum das Opfer genau hier an diesem Ort und obendrein noch in so einem nostalgischen Oldtimer abgelegt worden ist. Was will uns der Täter damit sagen? Es muss ihm klar gewesen sein, dass die Leiche schnell gefunden werden würde.“

„Na Jungs, wie ist es so?“

Dobermann drehte sich erschrocken um und schaute in Leuthners Augen. Unwirsch sagte er: „Warum nennt uns eigentlich jeder hier nur *Jungs*?“

„Na, weil ihr Jungs seid, einfach nur junge Jungs oder sollte ich lieber: *Na, ihr Küken* sagen?"

Dobermann und Hartmann sahen sich an und antworteten nahezu gleichzeitig: „Sag lieber *Jungs,* anstatt *Küken*. Das klingt irgendwie nicht ganz so herablassend."

„Okay, also Jungs, wie ist es so?"

„Ist schon eine besondere Leichensache", begann Dobermann. „So etwas habe ich zum ersten Mal in meiner Laufbahn gesehen."

„Ist ja auch keine Kunst", antwortete Leuthner ironisch und nach kurzem Überlegen: „Ihr unter Dreißigjährigen wurdet bei eurem zweiten Fall schon wieder als erstes an den Tatort geschickt und habt null Ahnung. Also, Herzlichen Glückwunsch." Er deutete eine Verneigung an.

Dobermann stellte sich breitbeinig vor dem älteren Kollegen auf und erwiderte mit fester Stimme: „Karl, altes Haus, ich bin begeistert von deiner Countdown-Begrüßung. Du hast bestimmt mehr Tatort-Wissen als wir. Du bist bestimmt auch so kameradschaftlich-kooperativ und lässt uns daran teilhaben, oder?"

„Klar doch, und nicht nur, weil der Kriminalrat euch, wegen eurer Väter, wohlgesonnen ist und mir die Hölle heißmacht, wenn ich euch nicht mit all meinen Kräften unterstützen würde."

„Nun lass den Kriminalrat aus dem Spiel und erzähl uns lieber, welche Spuren ihr sichern konntet. Toll wäre auch, wenn du uns den Personalausweis dieser Frauke Stolze zeigen würdest", erwiderte Hartmann genervt.

„Ihr seid informierter, als ich dachte …"

Mittlerweile hatte der Leichenwagen rückwärts eingeparkt und zwei in schwarz gekleidete Mitarbeiter der Rechtsmedizin waren ausgestiegen. Der eine öffnete die rückwärtige Klappe des alten aschgrauen Mercedes-Combis und kramte einen Leichensack heraus. Anschließend bewegte er sich gemeinsam mit seinem Kollegen theatralisch und mit versteinerter Miene auf den VW-Käfer zu. Die Kommissare und Karl Leuthner machten Platz und beobachteten andächtig, wie der Leichensack auf dem Boden ausgebreitet und geöffnet wurde. Doktor Muffinski gab kurze sachliche Anweisungen. Die Leiche wurde mit ein paar gekonnten Handgriffen vom Fahrersitz gewuchtet und auf den offenen Sack gelegt. Die Schwarzgekleideten stellten sich kurz daneben, verschränkten ihre Armen vor die Brust und verharrten einen Moment lang.

Dobermann war erstaunt darüber, es gefiel ihm allerdings. Einer der beiden kniete sich hin und schloss mit einem lauten Ratschen den Reißverschluss des Sackes. Bei diesem Geräusch zuckte der junge Kommissar zusammen. Er entspannte sich wieder, als die Leiche eingeladen worden war.

„Also, was kannst du uns noch sagen?", versuchte Dobermann wieder an das Gespräch anzuknüpfen.

Leuthner riss seinen Blick vom Leichenwagen los und berichtete kurz und sachlich: „Keine Nummernschilder an dem alten VW-Käfer. Im Innenraum fanden wir nichts außer der Handtasche des Opfers. Alles porentief rein. Außerhalb des Fahrzeugs lagen zwei frische Zigarettenstummel, Marke Overstolz, allerdings ohne verwertbare Fingerabdrücke. Sie könnten von heute Morgen oder letzter Nacht stammen."

„Overstolz, was ist das denn für `ne Marke? Die kenne ich gar nicht."

„Wieder einmal ein Beweis für deine Jugendlichkeit und hoffentlich auch für deine Sportlichkeit. Rauchst du eigentlich?"

„Nee, ich habe gar nicht erst damit angefangen, da muss ich auch nicht aufhören."

„Das nenne ich doch logisch und löblich. Also pass auf. Die Marke Overstolz wurde nach dem alten Kölner Patriziergeschlecht der Overstolzen benannt und ist seit 1917 geschützt. Ende der Fünfziger wurde das Unternehmen an die R. J. Reynolds Tobacco Company, auch Camel genannt, verkauft, die die Marke weiterhin im Sortiment hat."

„Vielleicht war der Raucher ein strammer Deutscher?"

„Möglich. Overstolz wird nicht mehr häufig verkauft. Kann natürlich sein, dass der Raucher einfach den rauen kratzigen Geschmack gut findet. Ich weiß es nicht."

„Hmmh", entfuhr es Dobermann und dann nochmals: „Hmmh."

„Wie gesagt, wir konnten keine Fingerabdrücke auf den Zigarettenkippen feststellen. Im Auto allerdings haben wir ein paar Fingerabdrücke finden können. Von unserem puppenhaften Opfer können die nicht stammen. Ihr habt sicher schon vom Doc gehört, dass ihre Fingerkuppen mit Säure bearbeitet worden sind.

Mehr gibt es momentan nicht zu sagen. Ihr könnt euch jetzt um den Jogger kümmern, der drüben im Wagen sitzt und unser Treiben hier neugierig beobachtet hat."

Die beiden Kommissare gingen zu dem grünen Opel Kombi, Dobermann öffnete die hintere Tür. Ein Mann Mitte Fünfzig saß darin, zusammengekauert, beide Arme fest um den Oberkörper geschlungen: „Das hat ja ewig gedauert! Ich habe noch anderes zu tun, als hier herumzusitzen und zu warten. Mir ist verdammt kalt. Was stellen Sie sich eigentlich vor?"

„Erst einmal vielen herzlichen Dank, dass Sie uns heute Vormittag angerufen haben", fuhr ihm Dobermann in die Parade.

„Stellen Sie schon Ihre Fragen, die Sie stellen müssen. Es können ja nicht so viele sein. Ich bin heute früh hier vorbei gejoggt, habe dieses verdammte Auto dastehen sehen und vor lauter Neugierde habe ich durch die Windschutzscheibe geschaut. Dafür verfluche ich mich noch immer! Auch dafür, dass ich aus lauter Pflichtbewusstsein bei der Polizei angerufen habe. Ich wusste ja nicht, dass ich solange gefangen sein würde und mir einen abfrieren muss. Ich warte jetzt schon seit mehr als einer Stunde und habe etwas zu sagen, was vielleicht knapp `ne Minute dauert. Das ist ja wie beim Arztbesuch."

„Wir sind sehr dankbar, dass Sie gewartet haben", versuchte Dobermann nochmals, empathisch zu wirken, „es ist uns sehr wichtig, was Sie zu sagen haben, immerhin waren Sie anscheinend der Erste am Tatort."

„Mag schon sein."

„Können Sie mir Ihre Personalien geben?"

„Was soll das jetzt?", brauste der Jogger auf, „habe ich doch schon dem Typen mit diesem komischen Ganzkörperanzug gegeben, diesem Spurensicherer, wie heißt der noch gleich?"

„Sie meinen, Herrn Leuthner."

„Kann sein, was wollen Sie noch mehr wissen?"

„Ist Ihnen etwas Besonderes aufgefallen, als Sie das Auto gefunden haben? War da noch irgendjemand?"

„Nein, ich war allein. Sonst war da niemand."

„Haben Sie etwas angefasst?", wollte Hartmann wissen.

„Natürlich nicht. Auch ich schaue Krimis und weiß, was sich gehört. Als ich die Frau, oder was immer das ist auf dem Fahrersitz, sah, verging mir die Lust, weiter an diesem Ort herumzuschnüffeln. Es war plötzlich alles so unheimlich. Ich lief auf den Asphaltweg zu und wählte die Notrufnummer. Bald darauf kam der erste Polizeiwagen."

„Danke für Ihre Geduld. Ich denke, Sie können jetzt nach Hause gehen. Wir werden Sie nochmals ins Präsidium einladen, um ihre Zeugenaussage zu protokollieren. Vielleicht benötigen wir auch noch Ihre Fingerabdrücke."

„Warum das denn?", fragte der Jogger laut.

„Eine reine Formalie, machen Sie sich keine Sorgen."

„Ach, noch eine Frage: Rauchen Sie?", grätschte Hartmann in das Gespräch.

Der Jogger blickte verärgert auf. „Was denken Sie denn? Eins ist sicher: *Rauchen endet tödlich*! Ich habe mich für das Leben entschieden, deswegen renne ich durch den Wald, wenn ich gelassen werde. Weitere Fragen?"

„Nein", lenkte Hartmann ein. „Sie können gehen, wir werden Sie anrufen."

Die beiden Kommissare ließen den Sportler aussteigen.

In diesem Moment hörten sie es. Ein Geräusch, das klang wie ein eigenartiges Lachen, das aus dem Himmel zu fallen schien. Es war kurz und markant und bewirkte, dass alle am Tatort Arbeitenden innehielten und nach oben schauten. Erst konnte niemand etwas erkennen, doch dann ein zweites Geräusch und ein Schrei: „Da hinten auf der Trauerweide, da sitzt einer. Der hat uns die ganze Zeit beobachtet. Kommt, den holen wir uns!"

Alle stierten auf den großen Baum in etwa fünfzig Meter Entfernung. In einer Höhe von etwas mehr als zwei Metern spaltete sich der massive Stamm. Auf dem Abzweig kauerte eine ganz in schwarz gekleidete Gestalt, geschützt durch die herunterhängenden Äste der Weide, die wie ein Vorhang wirkten. Das einzig Auffällige an ihr war die Maske, die über ihrem Gesicht hing und rundherum von einer schwarzen Kapuze abgeschlossen wurde. Die Maske, in weiß, leuchtete trotz des trüben Wetters und fiel auch deswegen sofort auf, weil sie eine ausgeprägt spitze Nase zierte. So wirkte der dort Lauernde wie eine übergroße Krähe. Dazu passten die wippenden Bewegungen, die die Gestalt vollführte und das keckernde Lachen, das nun deutlich zu hören war.

Dobermann schaute zu, wie ein Spurensicherer auf den Baum zustürmte und wie sich die Gestalt gleich darauf abstieß und elegant hinter dem dicken Stamm hinunterglitt. „Ruf an. Hol Verstärkung!", schrie Dobermann in Richtung seines Kollegen, befreite seine Dienstwaffe aus dem Schulterholster, entsicherte sie und lief los. Mittlerweile hatte der Spurensicherer den Baum erreicht und verschwand dahinter. Im nächsten

Moment hörte Dobermann einen dumpfen Schlag, ein Stöhnen und wie ein Körper raschelnd ins Laub glitt.

Dobermann stürmte weiter. In seiner Wahrnehmung dauerte es unendlich lang, bis er den Baumstamm erreichte und dahinter blicken konnte. Ihm stockte der Atem, als er den Kollegen von der Spusi unnatürlich verkrümmt am Boden liegen sah. Blut quoll aus einer Wunde an der Stirn, viel Blut. „Ich brauche Hilfe, schnell. Holt endlich Hilfe!", schrie der Kommissar und blickte sich panisch um. Von dem Fremden keine Spur. Er kauerte sich neben den Ohnmächtigen, befühlte mit Mittel- und Zeigefinger dessen Hauptschlagader und zielte kurz später mit seiner Waffe auf das nahegelegene Gebüsch. Er sah den herbeistürmenden Leuthner und ein paar Sekunden später auch den schwer atmenden Hartmann. Dobermann machte mit einem Zeigefinger an seinen Lippen klar, dass keiner etwas sagen sollte, dann hörte er ein Rascheln, rechts, ein paar Meter entfernt im Gebüsch.

„Kümmere dich um deinen Kollegen!", zischte er Karl zu und an Hartmann gerichtet sagte er: „Komm mit."

Mit einer Bewegung machte er deutlich, dass er links herum und sein Kollege rechts herum angreifen sollte. Dann wurden beide von dem Gebüsch verschluckt. Sie nahmen keine Rücksicht auf die Äste, die ihnen ins Gesicht peitschten. Das Buschwerk war nur wenige Meter breit. Dahinter ging es steil bergab. Eine Böschung führte zur Schnellstraße. Die Gestalt in schwarz war beinahe unten angelangt. Ihre Bewegungen waren schnell und geschmeidig. Ohne Schwierigkeiten kletterte sie über den mannshohen Maschendrahtzaun. Schon hatte sie die Fahrbahn erreicht und rannte darüber hinweg. Die Leitplanken in der Mitte verstellten dem Flüchtenden den Weg. Dobermann hatte noch immer seine Waffe in der Rechten und schrie: „Halt! Stehen bleiben!"

Ein Schuss löste sich. Der Flüchtende war anscheinend trainiert in Parcours, einer Fortbewegungsart, deren Ziel es ist, nur mit den Fähigkeiten des eigenen Körpers möglichst effizient von Punkt A zu Punkt B zu gelangen. Er zeigte einen eleganten Katzensprung, bei dem man vor dem Objekt abspringt und die Beine anzieht und diese zwischen den Armen hindurchführt. Hinter der Leitplanke kam er auf dem Asphalt auf und rollte sich ab. Er hatte zweifaches Glück, kein Fahrzeug weit und breit und die Kugel schlug in die Leitplanke ein und verfehlte somit seinen Körper. Alles ging sehr schnell. Kurz später verschwand der Flüchtende im Gestrüpp. Im Schutz der Pflanzen und auf allen Vieren kroch er die Böschung empor. Die Ampel am Stadtausgang war mittlerweile auf grün umgesprungen. Jetzt brausten mehrere PKW, ein Lastkraftwagen und ein Bus heran. Ein weiterer Schuss war nicht mehr möglich. Mittlerweile stand Hartmann neben seinem Kollegen. Die beiden Kommissare konnten nur zusehen, wie der Maskierte floh, den angrenzenden Wirtschaftsweg erreichte und in dem dahinterliegenden Wald verschwand. Hartmann hielt die ganze Zeit über das Smartphone ans Ohr und informierte die mit Blaulicht heranrasenden Kollegen, die allerdings noch ein paar Kilometer entfernt waren.

„So ein Mist“, wütete Dobermann. Er bemerkte nicht, dass sich der Boden unter seinen Füßen löste.

„Benjamin!“ Den entsetzten Schrei seines Kollegen hörte er genau in jenem Moment, als sein Körper aus dem Gleichgewicht geriet und er mit rudernden Armen die Böschung hinunterrutschte. Er machte zwei schnelle Schritte, um wieder Halt zu erlangen, doch dann spürte er wie sein rechter Fuß an einer Wurzel hängen blieb und der untere Teil seines Körpers abrupt abgebremst wurde. Kopfüber stürzte der Kommissar in die Tiefe. Mit weit aufgerissenen Augen sah er den dicken Ast näherkommen. Ein Schlag und im nächsten Augenblick umgab ihn nur noch lähmende Schwärze.

3. Benjamin Dobermann

Behäbig, wie ein vertrocknetes Blatt im Spätherbst von einem Baum gleitet, lichtete sich das Dunkel. Ausgehend von den Rändern breitete sich ein wenig Helligkeit aus. Die Außenwelt war in einen dichten Schleier gehüllt.

Dazu kam ein Gefühl. Die Hände, sie wurden gehalten. Mehr noch, sie wurden gestreichelt. Gefühlvoll. Es schien, als wäre es von Dauer. Es war schön.

Es sollte genossen werden.

Die Geräusche störten.

Dieses elendige Tatütata.

Die Augenlider waren schwer. Eine Zwischenwelt, er musste sich in einer Zwischenwelt befinden, kurz vor dem Erwachen und dennoch mit Träumen verwoben.

Seine Hand, sie wurde gehalten. Das Gefühl berührte ihn und zog ihn langsam aber beständig in den Schmerz. Er musste seinen Kopf ruhig halten. Durfte ihn nicht anheben. Der Schmerz würde ihn ansonsten übermannen, das war ihm klar.

Dieses ständige Tatütata nervte und das Geruckel ebenso.

Er lag auf dem Rücken.

Er wollte seine Augen vollständig öffnen, das müsste der Plan sein, dachte er, dann glitten seine Gedanken ab.

Er sollte sich aufrichten, unabhängig von dem Schmerz. Ja, das wäre der Plan.

Langsam hob er den Kopf leicht an. Das Bild vor seinen Augen wurde etwas klarer. Er sah etwas Weißes, sah schmale Verstrebungen, darunter an einer metallenen Wand Geräte, anscheinend medizinische, und dahinter eine Rückenlehne. Alles wackelte und die immer wiederkehrenden Geräusche schmerzten in seinem Kopf. Sein Blick glitt nach rechts. Er versuchte, seine Augen scharf zu stellen, schaffte es und sah dunkle Haare, gelockt.

Er kannte das, was er sah.

Ein Geruch aus seiner Erinnerung half ihm.

„Pia?“, flüsterte er mit trockenem Mund.

Das Drücken an seiner Hand wurde stärker, und es freute ihn.

Pia lächelte ebenfalls und strich sich langsam eine Locke aus dem Gesicht. Dobermann versuchte, erneut seinen Kopf zu heben, und schaffte es ein wenig, aber er konnte sich nicht aufrichten. Seine Brust wurde auf die Liege gedrückt. Irgendetwas hielt ihn fest. Er schaute in Pias Augen und genoss das Braune darin.

„Wie geht es dir?“, fragte sie.

„Was ist passiert?“

„Du hast einen dicken Ast *geküsst* und jetzt eine Platzwunde an der Stirn und bestimmt heftige Kopfschmerzen. Das kommt davon, wenn du etwas Anderes küsst als mich.“

Dobermann wollte auflachen, aber sofort war da dieses elendige Stechen in seinem Kopf.

„Liege ich in einem Krankenwagen?“, erkundigte er sich nach dem Offensichtlichen.

„Ja, wir sind auf dem Weg nach Darmstadt. Es muss nachgeschaut werden, ob in deinem Oberstübchen noch alles am rechten Platz sitzt.“

Der Kommissar versuchte, sich nun vollends aufzurichten. Es gelang nicht. Panik stieg in ihm auf. Hektisch wackelte er hin und her. „Wo bringt ihr mich hin?“

Der Sanitäter, der die ganze Zeit ruhig auf seinem Platz gesessen hatte, kam zu der Liege herüber und tätschelte Dobermanns Unterarm. „Beruhigen Sie sich! Alles ist gut. Wir bringen Sie ins Klinikum. Da vorne ist es schon.“

„Waaas? … Ins Darmstädter Klinikum?“ Außer Rand und Band zerrte der Kommissar an den Gurten. „Ich will nicht ins Klinikum! Ich will auf keinen Fall ins Klinikum!“, schrie er, als würde er gerade in das Antlitz seines eigenen Todes starren.

„Beruhigen Sie sich doch!" Der Sanitäter schaute Pia kurz an und im nächsten Moment griff er in eine schwarze Tasche und holte ein kleines Glasfläschchen und eine verpackte Spritze heraus.

Der Kommissar erkannte, was der Sanitäter beabsichtigte. „Pia, der will mich abschießen", wurde er lauter. „Pia, mach doch was! Der will mich abschießen."

In diesem Moment bremste der Krankenwagen und bog in die Auffahrt zur Notaufnahme ein.

„Hilf mir!", schrie Dobermann. „Wenn du irgendetwas für mich übrighast, hilf mir! Bitte!"

Pia sprang auf und strich dem Kommissar über die Wange. „Jetzt beruhige dich erst einmal."

„Ich will mich nicht beruhigen! Mach mich los!" Dobermann fingerte an dem Brustgurt herum und bewegte sich wild hin und her.

„Gehen Sie bitte zur Seite. Ich gebe dem Patienten eine Spritze, damit er sich ein wenig entspannt."

„Stopp!", schrie nun Pia, „lassen Sie ihn in Ruhe." Sie beugte sich über den Kommissar und öffnete geschickt den Gurt. Dobermann atmete auf und wartete, bis er befreit war, setzte sich eilig auf und ließ seine Beine baumeln. Er musste seine Stirn reiben. Der Schmerz und der Schwindel waren unerträglich. Mittlerweile war der Krankenwagen zum Stehen gekommen, der Fahrer war ausgestiegen, um das Fahrzeug gelaufen und öffnete die Hecktür. „Was ist denn hier los?" fragte er erstaunt.

„Lassen Sie mich raus! Ich will nicht ins Klinikum."

„Wir sind hier, um Ihnen zu helfen."

„Der Sanitäter hat recht", intervenierte Pia und rüttelte an Dobermanns Schulter, „schau mir in die Augen! Was ist mit dir? Was war das denn eben?" Sie schaute vorwurfsvoll und Dobermann hielt ihrem Blick stand. Er musste sich eingestehen, dass er selbst diesen Gesichtsausdruck als sehr schön empfand. Es dauerte etwas länger, bis er sich erklären konnte: „Ich ... ich habe schon Geschichten von Patienten gehört, die hier in der Notaufnahme behandelt oder auch mehrere Stunden nicht behandelt worden sind."

„Nun hör aber auf! Du kannst doch nicht irgendwelche Geschichten verallgemeinern."

„Es sind nicht nur irgendwelche Geschichten, meine Mutter musste am eigenen Leib die Unterbesetzung und die Überforderung der Ärzte erfahren."

„Wann war das? Ich habe gelesen, dass sich im Klinikum einiges verändert hat."

Noch immer rieb sich der Kommissar seine Stirn und versuchte, sein Herzrasen in den Griff zu bekommen.

„Das ist schon ein paar Jahre her, aber es ist mir egal! Ich will jetzt nach Hause. Und ich will, dass du mich begleitest. Ich fühle mich gut. Gegen die Schmerzen kann ich `ne Tablette einwerfen. Du kannst auf mich aufpassen. Und wenn wirklich was sein sollte, können wir jederzeit nochmals einen Krankenwagen holen und dann verspreche ich, dass ich mich artig in der Notaufnahme begutachten lasse, okay?"

„Das kannst du nicht machen. Du hast `ne Platzwunde am Kopf. Die muss genäht werden."

„Ich will aber nicht. Ich habe anderes zu tun", motzte Dobermann und versuchte aufzustehen. Pia legte ihre Hand auf seine Brust. Der Kommissar schaute ihr tief in die Augen. „Unterstützt du mich", raunte er. „Oder nicht?" Es klang irgendwie bedrohlich.

„Jetzt seien Sie doch vernünftig", mischte sich der Sanitäter in das Gespräch der beiden ein. Noch immer hielt er die Hecktür des Krankenwagens offen. „Ihre Frau hat vollkommen recht. Sie sind verletzt und müssen behandelt werden."

Dobermann streifte Pias Hand zur Seite und wandte sich dem Sanitäter zu.

„Das ist nicht meine Frau", zischte er. „Halten Sie sich da raus. Ich will aussteigen." Der Kommissar wankte leicht im schmalen Gang des Krankenwagens.

Pia stand kopfschüttelnd neben ihm und wirkte ratlos.

„Hilfst du mir oder nicht?", fragte Dobermann zornig.

Pia keifte zurück: „Ich glaube, du spinnst! Werde mal vernünftig und lass den Scheiß hier. Ich begleite dich zur Notaufnahme und bleibe auch bei dir, wenn du es willst."

Dobermann ließ die aufsteigende Wut und das pulsierende Adrenalin zu, das seinen Kopf rot färbte und den stechenden Schmerz unterdrückte. Er ging zwei Schritte und hatte eine Entscheidung getroffen. Plötzlich schlug er wie wild ums sich und sprang aus dem Krankenwagen. „Lasst mich alle in Ruhe!", schrie er, drehte sich um und rannte die Auffahrt hinunter, die zur Bismarckstraße führte. Pia wollte ihn erst verfolgen, ließ es aber sein. Ein lautes „Oh Mann!", drang aus ihrem Mund. Sie kramte ihr Handy hervor und wählte die Nummer ihres Kollegen. Nach dem Telefonat wurde sie von den beiden Sanitätern umstellt. „Und wer bezahlt uns nun die Fahrt?", sagte der eine. „Wir lassen Sie erst gehen, wenn Sie uns die Krankenkassenkarte Ihres Mannes oder Ihren Ausweis geben", der andere. Angewidert zog Pia ihren Dienstausweis hervor und wartete so lange, bis der Sanitäter umständlich ihre Daten aufgenommen hatte.

Mittlerweile war Dobermann zum Willy-Brandt-Platz gerannt. Endlich konnte er sich bewegen. Das Gefühl und die kühle Luft taten ihm gut. Nun musste er nur noch den Herrngarten durchqueren, um in die Mauerstraße zu gelangen, wo er wohnte. Dort angekommen holte er den Schlüssel seines alten Opel Kadett aus der Wohnung, schnappte noch eine Handvoll *Ibuprofen,* die er im Arzneimittelschrank fand und spülte sie mit etwas Wasser hinunter. Die fixe Idee in seinem Kopf wurde immer klarer. Wenige Sekunden später war er wieder auf der Straße, fand seinen Wagen und stieg ein. Er hatte eine Aufgabe, er hatte einen neuen Fall und musste ihn lösen. Der kleine Zusammenstoß mit dem Ast konnte ihn nicht davon abhalten. Vor einer Stunde hatte er den vermeintlichen Mörder einer jungen Frau verfolgt und genau jetzt war ihm klargeworden, wo er die vogelhafte Gestalt finden würde. Warum war er nicht gleich darauf gekommen? Gedankenverloren patschte er sich gegen die Stirn und merkte sogleich, dass das keine gute Idee war. Er biss die Zähne zusammen, um nicht aufschreien zu müssen, und konzentrierte sich darauf, was er nun tun würde.

Eine kleine Waldhütte zwischen der Fischerhütte und der Schnellstraße, das musste es sein. Ein guter Unterschlupf zum Verschnaufen und Gras über die Sache wachsen zu lassen. Dort musste sich der Mörder aufhalten. Das war Dobermann so klar, als wäre Hellsehen das einfachste auf der Welt. Er gab Gas und verließ mit quietschenden Reifen die Parklücke. Er achtete nicht auf die Straßenverkehrsordnung, raste durch die Stadt, sah nicht das Dunkelgelb und auch nicht das Rot an den Ampeln, ignorierte einige wild hupende und hektisch bremsende Verkehrsteilnehmer und preschte in Richtung Roßdorf. Bald schon hatte er die Stadt verlassen und erreichte den kleinen Weg, der zur Fischerhütte führte. Er achtete nicht darauf, ob sich noch Kollegen am Tatort aufhielten und raste über die Brücke hinweg, die sich über die Schnellstraße spannte, bog danach scharf links ab und gab erneut Gas. Die Fahrbahn bestand nun aus Schotter und Erde. Im Rückspiegel konnte er nichts mehr sehen, eine riesige Staubwolke verfolgte ihn. Nach ein paar Hundert Metern kam eine scharfe Rechtskurve und der kurze Schreckmoment, als er glaubte, er hätte die Kontrolle über das Fahrzeug verloren, würde in den Wald hineinrasen und am nächstbesten Baum zerschellen. Sein Auto schlingerte, doch er schaffte es. Er lenkte gegen und fing den Wagen ab, fuhr einige Meter geradeaus, dann eine Linkskurve und kurz darauf lag in Blickrichtung die Hütte, die er als Fluchtstätte des Mörders ausgemacht hatte. Die Reifen blockierten und der Opel Kadett kam abrupt zum Stehen. Der Kommissar sprang aus dem Fahrzeug und verharrte. Die Fahrertür ließ er offen stehen und verschanzte sich dahinter. Die Waffe im Anschlag lugte er in Richtung des Unterschlupfs. Er wusste, dass sich darin ein Mensch befand. Ein Gefühl wurde zur Realität. Seitlich der Hütte, auf einem kleinen platt gestampften Vorplatz, hatte sich etwas bewegt. Ein bösartiges Grinsen machte sich auf dem Gesicht des jungen Kommissars breit. Er kniff die Augen zusammen und konzentrierte sich. Keine weitere Bewegung, weder bei ihm noch in der Hütte. Dobermann kauerte in einer unbequemen Stellung hinter der Fahrertür und wartete. Nichts war zu hören. Sein Kopf schmerzte. Seine Beine begannen einzuschlafen. Er musste sich bewegen. Er musste etwas tun. Sein Herz klopfte wild. Er erwog, *Polizei, ergeben Sie sich!*, zu schreien und auf die Hütte zuzustürmen, entschied sich aber dagegen. Die Person, die sich eben bewegt hatte, musste ihn schon bemerkt haben. Zu schnell war er durch den Wald gerast und hatte eine dermaßen sportliche Bremsung abgeliefert, die nicht nur weit in den Wald hinein zu hören war, sondern auch eine beachtliche Staubwolke produziert hatte.

Dobermann dachte nach: Wäre die Person in der Hütte ein gewöhnlicher Waldbesucher, wäre er bestimmt herausgekommen und hätte nachgeschaut, wer da so einen Lärm verursacht hatte. Wäre es ein Naturfreund, hätte er sich bestimmt beschwert und ihn lauthals beschimpft. Da aber all dies nicht geschehen war, musste es sich um seine *Zielperson* handeln, die nun in der Hütte auf ihn wartete. Der Kommissar wusste nicht, ob sie bewaffnet war, glaubte es aber nicht.

Sollte er seine Kollegen alarmieren?

Spontan entschied er sich dagegen. Er wollte alleine den Feind stellen, den Fall ganz ohne Hilfe lösen. Er wollte als „der strahlende Jungkommissar" in die Südhessische Polizeigeschichte eingehen. Ja, genau das war sein Ziel!

Langsam bewegte er sich fort von der Schutz gebenden Tür seines Fahrzeugs. Im Entenschritt schlich er zum hinteren Kotflügel, die Waffe im Anschlag. Dort angekommen fiel er auf die Knie. Er konnte nicht weiter. Alle Kraft schien aus ihm herauszufließen. Er musste sich ausruhen. In seinem Kopf hämmerte der Schmerz. Schwindel stieg auf. Am liebsten wäre er einfach nach vorne gefallen, hätte die Augen geschlossen und wäre eingeschlafen. Aber genau das durfte nicht geschehen. Er musste sich konzentrieren. Er hatte sich selbst in diese verzwickte Lage hineinmanövriert. Nun musste er zeigen, was er konnte und das war eine ganze Menge, wie er sich selbst einredete. Er war gut ausgebildet, in einem körperlich fitten Zustand und er hatte Grips. Ja, er konnte es schaffen, auch alleine. Nicht nur innerlich hatte er sich aufgerichtet.

Im nächsten Moment stürmte er mit ein paar schnellen Schritten über den Weg, hin zu einem Baum, hinter dem er sich verstecken konnte. Angestrengt lauschte er. Ein leises Knistern war zu hören. Es wurde lauter. Vorsichtig lugte der Kommissar hinter dem Baum hervor.

Feuer.

Er sah ein Lagerfeuer. Es flackerte seitlich der Hütte auf einem dafür vorgesehenen Platz. Holz war ordentlich aufgeschichtet und fachgerecht entzündet worden. Es sah heimelig aus. Ins Bild passte nicht die Gestalt, die vor dem Feuer kauerte und Dobermann den Rücken zeigte. Ihre Füße standen eng beieinander, die Schienbeine aufgerichtet, die Knie angewinkelt, der Po hing knapp über dem Boden. Die Arme waren um die Knie geschlungen. Die Gestalt hielt so das Gleichgewicht. Schwarze Kleidung umhüllte sie und die Kapuze, die dem Kommissar so bekannt war, überzog ihren Kopf. Dobermann wusste, dass das Gesicht mit einer weißen Maske verdeckt und dass das Eigentümliche daran die spitze Nase war. Den

Rücken des jungen Kommissars überzog ein wohliger Schauer. Er hatte die Person gefunden, die er sehnlichst gesucht hatte. Nun musste er sie nur noch verhaften. Es schien so einfach zu sein. Was konnte schiefgehen?

Dobermann verließ den Schutz des Baumstammes und schrie: „Polizei! Legen Sie die Hände über den Kopf!"

Nichts geschah.

Das Feuer knisterte leise vor sich hin.

Dobermann war verunsichert. Seine Waffe richtete er auf den Rücken der Gestalt. Ein weiteres Mal wiederholte er den Befehl: „Polizei! Legen Sie die Hände über den Kopf!"

Keine Bewegung.

Das Feuer knisterte.

Dobermann wagte sich näher heran. Schritt für Schritt. Sein Herz klopfte bis zum Hals. Der Kommissar blieb stehen. Er sah die weiße Maske mit der spitzen Nase direkt vor sich. Sie schien zu lächeln. Im nächsten Moment löste sich die auf dem Boden kauernde Gestalt in Luft auf, als sei sie aus Sand und ein starker Sturm hätte die einzelnen Sandkörner erfasst und weggetragen.

Das kann doch nicht sein, dachte Dobermann. Sofort darauf hörte er ein Knacken. Es kam von hinten. Der Kommissar drehte seinen Körper, so schnell er konnte, und blickte sich um. Vor ihm stand ein riesiger Baum. In etwa zwei Meter Höhe ging waagerecht ein dicker Ast ab. Darauf kauerte die schwarze Gestalt. Die weiße Maske leuchtete. Die Gestalt breitete ihre Arme aus, als seien es Flügel und sprang herunter. Ihr Körper streckte sich und flog direkt auf den Kommissar zu. Dobermann musste etwas tun, sonst würde er unter der schwarzen Gestalt begraben werden, das wusste er. Dennoch lähmte ihn der Schreck. Gedankenfetzen durchzogen in Bruchteilen einer Sekunde seinen Kopf.

Die Gestalt flog unaufhaltsam auf ihn zu.

Zur Seite flüchten war nicht möglich.

Dobermann hob die rechte Hand, zielte und drückte ab.
Der Schuss war ohrenbetäubend.

***

Dobermann riss panisch die Augen auf und spürte, dass er auf einer Trage lag. Das Tatütata und das Geruckel waren plötzlich Realität. Der Kommissar konnte sich nicht aufrichten, irgendetwas hielt ihn an der Brust fest. Er hatte genau diese Situation schon einmal erlebt. Ein Déjà-vu. Da war es wieder, dieses wärmende Gefühl am linken Unterarm und das Gefühl an seinen Fingern, als würden sie von anderen umspielt werden. Er blickte auf und erkannte Pia. Der Krankenwagen bremste sanft ab. Die Heckklappe wurde geöffnet und er wurde samt der Liege nach draußen befördert. Pia begleitete ihn, keiner sagte etwas. Dobermann ließ alles auf sich zukommen. Er fühlte sich in Sicherheit und doch war eine Unruhe in ihm. Er hatte einen Fall, an dem er arbeiten, den er lösen musste.

Um was ging es dabei? Er hatte lediglich eine Ahnung, wusste aber keine Details. Ein großer schwarzer Vogel war ein Bild, das blieb.

Die Liege, auf der er lag, rollte erst über Beton, dann in ein Gebäude hinein, durch lange Gänge und wurde irgendwann in eine Nische geschoben. Ein weißer Vorhang diente als Sichtschutz. Bald schon kam ein Arzt, redete mit ihm und schob die Liege in einen Behandlungsraum. Dort bekam der Kommissar zuerst eine örtliche Betäubung. Der Arzt nähte die Platzwunde am Kopf und bandagierte sie. Er stellte einige Fragen, die eine Kollegin beantwortete. Anschließend vereinbarten sie, dass der Kommissar nach Hause entlassen werden konnte.

Pia rief ein Taxi.

Eine halbe Stunde später lag Dobermann auf seiner Couch unter einer wärmenden Decke und Pia machte sich in der Küche zu schaffen, um einen Tee zu kochen. Sie musste sich zuerst einmal zurechtfinden. Heute war sie zum ersten Mal hier. Der Kommissar hatte sie nie zuvor eingeladen, er hatte immer nur bei ihr übernachtet. In diesem Punkt war er sehr eigen.

Heute war es anders. Er hatte keine Kraft, um sich an seine Prinzipien zu halten. Zu sehr schmerzte ihn sein Kopf. Die Betäubung ließ nach und die Tabletten, die er mit Pias Hilfe von der Apotheke geholt und vor ein paar Minuten eingenommen hatte, hatten ihre Wirkung noch nicht vollends entfaltet. Dennoch genoss er es, in seiner Wohnung auf der Couch zu liegen und versorgt zu werden. Die kleine Zwei-Zimmer-Wohnung im beschaulichen Darmstädter Watzeviertel hatte er vor zwei Jahren mit Hilfe seiner Eltern und einem Kredit kaufen können und war glücklich darüber. Es war sein Rückzugsort.

„Wo hast du den Tee versteckt?", rief Pia aus der Küche.

„Ich habe nur Beutel, die findest du ganz rechts in dem Schränkchen. Der Wasserkocher steht neben der Spüle und ..."

„Entspann dich. Ich stehe nicht zum ersten Mal in einer Küche. Außerdem, siehst du eine, kennst du alle. Das ist fast so wie mit den Männern."

„Nun mach aber mal halblang", protestierte Dobermann halbherzig.

„Und du sei vorsichtig. Sonst hole ich den Rotwein und zwei Gläser aus dem Schrank und will mit dir über Gefühle reden."

Pia lachte kurz auf, ließ Wasser in den Kocher laufen und schaltete das schwarze Gerät an. Anschließend suchte sie eine Kanne und zwei Tassen. Die Teebeutel fand sie ebenfalls.

„Schwarztee oder Kräuter?"

Bevor er eine Antwort geben konnte, entschied sich Pia für die Kräuter.

Ein paar Minuten später saß sie neben ihm auf der Couch, wärmte sich die Hände an der Tasse, schlürfte an der heißen Flüssigkeit und schwieg.

Dobermann war es unangenehm zumute. In ihm rumorte die Besorgnis, dass Pia tatsächlich mit ihm über Gefühle reden wollte, also begann er lieber selbst mit einem Gespräch.

„Weißt du, wie es dem Kollegen von der Spurensicherung geht? Du weißt, der vom Tatort, der von dem Flüchtenden verletzt wurde."

„Er wurde medizinisch versorgt. Mehr weiß ich nicht. Ich habe mich gleich um dich gekümmert, als mich Daniel anrief und Bescheid gab, dass du verletzt seist und ein Krankenwagen käme."

„Daniel! Klar, wir müssen Daniel anrufen. Der kann uns mehr erzählen", japste Dobermann.

„Jetzt mach mal langsam, lachte Pia. „Erst trinkst du in aller Ruhe deinen Tee und erholst dich ein wenig, dann sehen wir weiter."

„Musst du nicht arbeiten?", wollte Dobermann wissen. „Immerhin haben wir einen neuen Fall. Und was für einen! Die Leiche sah furchtbar aus. Hast du sie gesehen?"

„Stopp", insistierte Pia und legte dem Kommissar liebevoll ihren Zeigefinger auf die Lippe. Sie kuschelte sich an ihn und flötete ihm ins Ohr. „Ich habe mir heute freigenommen. Ich bleibe bei dir und kümmere mich um dich. Das Opfer ist schon seit längerer Zeit tot und sie wird es verkraften können, wenn wir den Mörder nicht gleich heute erwischen."

„Klar, aber …" Dobermann bäumte sich auf.

„Kein aber, entspann dich."

Als der Kommissar weitere Widerworte vorbrachte, küsste ihn Pia einfach leidenschaftlich. Er ließ sich darauf ein und vergaß tatsächlich, was er sagen wollte. Das war neu für ihn. Der Tee in den Tassen wurde kalt. Körper spürten sich und nichts Anderes hatte Platz. Es war gut so, wie es war.

ER

Was ist nur los?

Nichts läuft mehr, wie es soll.

Ist doch alles großer Mist!

Wir werden verarscht und zwar von vorne bis hinten.

Und keiner sagt was.

Keiner macht etwas dagegen.

Wir lassen uns führen, wie Vieh, das zum Schlachter geleitet wird. Faulheit, Bequemlichkeit und Unwissenheit sind die größten Geiseln unserer Zeit. Die Menschen um mich herum sind alle verweichlicht und schwach. Irgendwie verhalten sie sich, als seien sie eingeschläfert.

Und dabei ist alles so offensichtlich. Keiner kann sagen, er hätte es nicht gewusst.

Warum seht ihr es nicht?

Ihr seid so dumm!

Warum schauen alle weg?

Ich weiß es nicht, aber das Beste ist, wenn mal einer das Maul aufreißt und sagt, wie der Hase läuft, dann wird der in eine Ecke gestellt und es wird mit dem Finger auf ihn gezeigt. Er solle mal ruhig sein, heißt es dann. Er könne doch damit zufrieden sein, was er habe. Allen gehe es gut in unserer Wohlstandsgesellschaft, wird ihm vorgehalten, um ihm mit diesem Argument zum Schweigen zu bringen.

So ist das!

Keiner hört weiter zu, wenn man intellektuell in der Lage ist, auch komplexe Zusammenhänge zu begreifen und daraus ein Weltbild zu bauen, das stimmig ist, das die derzeitige Realität und das, was der Mensch geschaffen hat, abbildet. Das Starke wird verpönt und das Schwache wird als das einzig Wahre abgetan.

Verkehrte Welt.

Alles ist auf den Kopf gestellt.

Das kann doch nicht so bleiben.

Da muss doch was getan werden.

In der Darmstädter Zeitung habe ich es gelesen. Dort wurde über eine junge Frau berichtet, die ist am letzten Samstag von ihrem Fahrrad geschubst worden. Mit dem Kopf ist sie gegen einen Ampelmast geknallt und gestorben.

Das kann passieren.

Tja, so ist das Leben.

Und nun soll ein SUV-Fahrer dran schuld sein, nur, weil er die Realität einschätzen und es sich leisten kann, in einem sicheren Fahrzeug durch die Gegend zu fahren.

Das ist doch verrückt.

Recht geschieht es der fahrradfahrenden Göre, kann sie sich denn nicht anständig fortbewegen, kann sie sich kein Auto leisten? Wahrscheinlich ist das so eine, die nichts Richtiges gelernt und keinen Job hat. Die lebt bestimmt von der Stütze, also auf Kosten von uns allen.

Immer mehr von diesen Typen gibt es, immer mehr müssen wir mit durchfüttern. Das kann doch nicht gut gehen. Diese verdammte Sozialhilfe. Die macht unsere Gesellschaft schwach. Geld für Faulenzen, einfach so. Das ist der Ursprung allen Übels. Keiner will mehr was leisten und sich anstrengen.

Und dann werden die Leistungsträger, die sich ordentlich schützen können und nebenbei unsere heimische Autoindustrie unterstützen, an den Pranger gestellt. Sie sollen schuld daran sein, wenn so eine popelige Fahrrad-Tusse nicht aufpasst.

Da stimmt doch was nicht.

Darüber könnte ich mich aufregen. Das macht mich wütend, obwohl dies nur ein Aspekt ist. Es gibt noch vieles Anderes, was definitiv in die falsche Richtung läuft. Die Gesellschaft siecht dahin. Alles ist so vergänglich. Es gibt keinen Halt mehr, nichts was Bestand hätte.

Aber aufregen alleine nutzt nichts, ich werde was verändern. Ich werde dieser kranken Gesellschaft den Spiegel vorhalten.

Es gibt nur eine Wahrheit: Man muss vernichten, um Neues schaffen zu können.

Und ich werde erreichen, dass das Neue von Dauer ist, geschützt vor dem Verfall. Ich werde vorangehen. Die Zukunft kann kommen. Ich habe schon damit begonnen, meinen Weg vorzuzeichnen. Ein Kapitalverbrechen, wie man es so schön betitelt, habe ich schon vollendet und ich lache mich tot darüber, wie alle nur kreuz und quer durch die Gegend hechten und keiner versteht, worum es eigentlich geht. Keiner wird mir auf die Schliche kommen, denn mein Vorgehen ist einfach nur genial.

Und jetzt gehe ich den nächsten Schritt.

Ihr werdet euch noch wundern.

4. Daniel Hartmann

Hartmann fuhr auf der Bundesstraße in Richtung Ober-Ramstadt. Das Navi zeigte ihm den Weg. Außerhalb der Darmstädter Stadtgrenze kannte sich der Kommissar nicht gut aus, warum auch? Er war ein bekennender *Heiner* und ihm genügte es, in seiner Stadt jeden Winkel zu kennen.

Das Ziel des Kommissars war Traisa, eine kleine Ortschaft kurz vor dem Tor zum Odenwald, wie Ober-Ramstadt gerne genannt wurde. Dort war die Wohnadresse der Ermordeten. Hartmann hatte sie von Karl Leuthner erhalten und ließ es sich nicht nehmen, selbst nachzuschauen, wo und vor allem wie sie gelebt hatte. Die Neugierde trieb ihn. Genauso gern wie er nachts durch Darmstadts Straßen lief und in die beleuchteten Fenster blickte, um das Beobachtete in seinem Kopf zu Geschichten werden zu lassen, empfand er es jetzt als sehr reizvoll, die Wohnung oder das Haus des Tatopfers in Augenschein zu nehmen. Er fuhr allein, obwohl dies nicht üblich war, aber was sollte er tun? Sein Kollege war dummerweise mit einem dicken Ast kollidiert und lag in irgendeinem Krankenhaus, so dachte Hartmann zumindest.

Er konnte nicht warten, bis Dobermann gesund und fit war. Er musste handeln. Der Anblick der Leiche hatte ihn tief berührt und ihm die Motivation gegeben, den offensichtlich psychisch kranken Mörder, wie er fand, dingfest zu machen, bevor es ein weiteres Opfer geben würde.

Hartmann vermutete, der Täter müsste ein Mann sein. Er hielt es für wahrscheinlicher. Nur schwer konnte er sich vorstellen, dass eine Frau auf die Idee kommen könnte, einen Menschen nach der Ermordung zu konservieren.

Gedankenversunken durchquerte der junge Kommissar einen wunderschönen Wald, der Massen zum Laufen animierte und somit einen großen Teil der Darmstädter Bürgerschaft in Bewegung brachte und gesund hielt. Nun fuhr er an einem

Ortsschild vorbei und musste abbremsen, eine Fußgängerampel zeigte Rot. *Am Trautheim 37* war die Adresse und das Navi teilte mit, dass er nun links abbiegen müsse, dann habe er das Ziel erreicht. So sagte es die nett klingende Frauenstimme, die aus dem Gerät heraus ihre Anweisungen gab. Der Kommissar verließ sich auf das, was die Stimme ihm sagte und bog ab. Früher hatte er gerne einen Straßenplan genutzt. Er mochte es, sich einen Überblick über die Umgebung zu verschaffen und ein Gefühl dafür zu erhalten, wo er sich befand. Das war Vergangenheit. Im letzten Jahr hatte er sich an das elektronische Gerät gewöhnt, welches bunt bebildert den Weg wies. Hinzu kam die verbindlich klingende Frauenstimme, die manchmal sehr resolut sein konnte, wenn man nicht auf ihren Befehl hörte und dann stakkatoartig wiederholte: „Bitte wenden! Bitte wenden!"

Heute hatte Hartmann Glück, das Ziel war leicht zu finden, sodass er keine Chance hatte, falsch abzubiegen. *Noch dreihundert Meter und Sie haben Ihr Ziel erreicht!*

Nach einer Neunzig Grad-Kurve lag, direkt vor ihm, ein Flachdachbungalow, ganz in weiß. Schon der erste Blick machte ihm klar, dass das Gebäude Mitte des letzten Jahrhunderts erbaut worden sein musste.

***

Zur selben Zeit lag Pia in Dobermanns Arm und fühlte sich wohl. „Ach übrigens", sagte sie verträumt, „hatte ich ganz vergessen, dir zu sagen. Der SUV-Fahrer konnte geschnappt werden."

Dobermann, der in Gedanken versunken war, verstand erst einmal nicht: „Welcher SUV-Fahrer?"

„Na der, der vorgestern mitten in der Stadt die junge Fahrradfahrerin überfahren hat."

„Der Unfallverursacher ist festgenommen worden?", reagierte Dobermann, als habe er mit der ganzen Sache nichts zu tun, obwohl er vor Kurzem noch danach gierte, dass der SUV-Fahrer gestellt und verhaftet werden würde. Letzte Nacht hatte er sogar davon geträumt. Heute schien er mit ganz anderen Dingen beschäftigt zu sein.

„Ja, freust du dich denn gar nicht?"

„Klar freue ich mich, ich war nur mit Gedanken ganz woanders", erklärte Dobermann und richtete sich ein wenig auf. Dann sagte er: „Prima, dass der Kerl in Gewahrsam genommen wurde und nichts mehr anstellen kann, bis er vor den Richter kommt."

„Na ja, da muss ich dich wohl enttäuschen", erwiderte Pia leise.

„Wie meinst du das?"

„Er wurde nach der Befragung wieder nach Hause entlassen."

„So ein Mist, warum das denn?"

„Soweit ich weiß, ist der Unfallverursacher ein bekannter Unternehmer im Baugewerbe. Anscheinend hat er gute Beziehungen zu den Darmstädter Großkopferten und hat für die Stadt schon einige Prestigeobjekte mit auf den Weg gebracht. Unser SUV-Raser hat einen festen Wohnsitz, und die Staatsanwaltschaft sieht weder Flucht- noch Verdunklungsgefahr, da macht man schon mal `ne Ausnahme. Aber natürlich nur mit Auflagen."

„Natürlich nur mit Auflagen", wiederholte er angewidert, ließ sich aber im nächsten Moment von angenehmeren Gedanken fortschwemmen, sank zurück auf die Kissen und kuschelte sich an Pia. In ihm reifte ein Entschluss, es fiel ihm allerdings schwer, diesen in Worte zu fassen. Schon mehrmals hatte er dazu angesetzt. Jetzt glaubte er, es zu können. Dobermann schaute Pia von unten aufblickend in die Augen, strich ihr eine Haarsträhne aus dem Gesicht und stotterte: „Willst du

… würdest du … Ich möchte, dass du heute bei mir übernachtest."

Pia strahlte ihn an und küsste ihn sanft auf den Mund.

***

Hartmann fiel die Eingangstür auf, die mit einem dicken eisernen Riegel geschützt war. Eigenartig, dachte der Kommissar und lugte durch die große Glasscheibe, indem er beide Hände darauflegte und mit der Stirn so nahe herankam, dass die Hände das Sonnenlicht abschirmten. Vereinzelt sah er Möbel, ansonsten schien das Gebäude ausgeräumt worden zu sein.

Hartmann schlich sich an der Hauswand entlang und schaute in jedes Fenster, an dem er vorbeikam. Überall dasselbe Bild. An der Hausecke angelangt, ging er weiter, rutschte einen Abhang hinunter und kam so zur Rückseite des Bungalows. Dort befanden sich eine große Terrasse und eine lange Fensterfront, die den Blick in ein quadratisches Wohnzimmer freigab. Auch hier konnte der Kommissare lediglich ein paar wenige, antik wirkende Möbel erkennen und ein Klavier. Daneben ein offener Kamin. Es hingen aber keine Bilder an den Wänden und anscheinend waren alle Teppiche entfernt worden. Ein ausladendes Sofa stand mitten im Raum.

Als er es erblickte, schrak er zurück. Was war das? Zwei übergroße Puppen, deren Gesichter ihm einen Schauder über den Rücken laufen ließen, saßen darauf. Eine eigenartige Stimmung ging von dem Gebäude aus. Hartmann kämpfte gegen den Fluchtreiz und schlich weiter an der Hausfassade entlang. Plötzlich blieb er stehen. Hinter sich hörte er ein knackendes Geräusch. Er lauschte. Langsam drehte er sich um und zuckte zusammen. Keine zwei Meter von ihm entfernt stand breitbeinig ein Hüne von Mann mit strähnigen, langen Haaren. Er war bekleidet mit einem speckigen Trainingsanzug, schaute grimmig drein und er war bewaffnet. Seine rechte Hand umklammerte den Griff eines Baseballschlägers. Das dicke Ende ließ er rhythmisch auf seine linke Handfläche aufschlagen. „Was willst du!", zischte der Breitschultrige durch seine zusammengebissenen Zähne.

Hartmann wollte etwas sagen, es gelang ihm aber nicht. Sein Mund schien ausgetrocknet zu sein. Er musste schlucken. Auch das gelang ihm nicht. Langsam bewegte er sich rückwärts, zwei Schritte weit, dann berührten seine Schultern die Glasscheibe.

„Also, warum schleichst du hier rum?", schnaufte der Hüne und kam einen Schritt näher.

„Polizei", stieß Hartmann hervor, „Polizei … ich … ich … bin von der Polizei." Er wollte in seine Hosentasche greifen und seinen Dienstausweis herausholen, zögerte allerdings, als er das Zucken in der Hand seines Gegenübers sah. Stattdessen hob er beide Hände, die Handflächen nach außen gedreht. „Ich zeige Ihnen meinen Dienstausweis, okay?"

Ein angedeutetes Nicken ließ ihn etwas ruhiger werden. Hartmann kramte seine Dienstmarke heraus und umklammerte sie in der ausgestreckten rechten Hand. „Kriminalkommissar Hartmann", stieß er hervor.

Der Jogginghosenträger war verblüfft. Er riss die Augen auf, hinter seiner Stirn schien es zu arbeiten. „Du bist tatsächlich von der Polizei?"

„Ja, ich bin Kriminalkommissar."

„Ein Kommissar sogar", kamen die Worte aus dem Mund des Hünen gekrochen. Langsam ließ er den Baseballschläger sinken, bis das dicke Ende den Boden berührte. Er stützte sich darauf ab und blickte sein Gegenüber an, bis er zu Ende gedacht hatte. Trotzig sagte er: „Trotzdem will ich wissen, was du hier machst."

„Kennen Sie eine Frauke Stolze?“, begann Hartmann. Seine Stimme wurde fester, die Trockenheit in seinem Mund hatte nachgelassen.

„Klar, die hat doch hier gewohnt.“

„Wann haben Sie sie zum letzten Mal gesehen?“

Kurz überlegte der Mann, dann wurde seine Stimme weicher. „Ach die Frauke. Komm mit! Ich erzähl dir die ganze Geschichte.“

Ohne auf eine Antwort zu warten, drehte er sich um und machte sich auf den Weg. Mit großen Schritten durchpflügte er den vernachlässigten Garten, bis er einen Maschendrahtzaun erreichte, der nach unten getreten worden war. Mühelos stieg er darüber und stapfte in den nächsten Garten hinein. Ein paar Meter entfernt stand ein Zirkuswagen mitten auf einer wild wuchernden Wiese. Der hölzerne Wohnwagen war in die Jahre gekommen. Ehemals muss er bunt angemalt gewesen sein. Das konnte man allerdings nur noch erahnen. Die Farbe war größtenteils abgeblättert. Als der Breitschultrige die zwei Stufen zur Eingangstür erreicht hatte, drehte er sich um und grunzte, als er sah, dass ihm der Kommissar gefolgt war. Er öffnete die Holztür und trat ein.

Im Wageninnern traf den Kommissar ein intensiver Geruch, der an einen nassen und verwesenden Fuchs erinnerte und einen Würgereiz provozierte. Hartmann musste sich klarmachen, dass von diesem Gestank, so unangenehm er auch war, keine Gefahr ausging, um den Fluchtreflex in den Griff zu bekommen. Manchmal half es, ein paarmal kräftig durchzuatmen, um den Geruch nicht mehr so stark wahrnehmen zu müssen. Er tat es, ließ aber auch die Tür offen, nachdem er den kleinen Innenraum des Wohnwagens betreten hatte. Im hinteren Bereich erblickte er so etwas wie eine Couch oder Liege, übersät mit einer größeren Ansammlung zerwühlter Decken und Kissen. Auch ein Schafsfell erkannte er. Davor ein kleines Tischchen und zwei Campingstühle. Auf einem schmalen

Schränkchen stand ein Zweiplattenkocher, darauf eine verkrustete Pfanne und ringsherum halbvolle Teller und gebrauchtes Besteck. In dem einen Eck lag eine Packung Toastbrot. Die Brotscheiben darin hatten schon verschiedene Farben angenommen. Eine größere Anzahl Fliegen machte sich daran zu schaffen. Jetzt erst fiel ihm das Summen auf, das immer lauter zu werden schien. Die Fliegen umschwirrten die verkrusteten Teller, landeten immer wieder darin und labten sich an den Speiseresten. Hartmann riss sich angewidert von dem Anblick los. Er konzentrierte sich erneut auf seinen Gastgeber, der den Baseballschläger neben den Campingstuhl an die Wand lehnte, sich bückte und ein weiteres Schränkchen öffnete. Es schien ein Kühlschrank zu sein.

„Bier?“, fragte er.

„Nein danke, bin im Dienst.“

Der Langhaarige schnappte sich eine braune Glasflasche, entfernte den Kronkorken mit seinen Zähnen, nahm einen kräftigen Schluck und setzte sich. „Was ist mit Frauke?“, wollte er nach einem Rülpser wissen.

Hartmann wollte sich nicht setzen, und er wollte weiterhin in der Nähe der Ausgangstür stehen bleiben. Er beobachtete den ungepflegten Koloss, wie er es sich auf dem Campingstuhl bequem machte. Der Jogginganzug hatte schon seit Wochen keine Waschmaschine von innen gesehen. Unmengen von eigenartigen Flecken bedeckten ihn, vor allem an den Armen, auf der Brust und im Bereich des Schritts. Hartmann spürte Ekel. Er konzentrierte sich auf das Gesicht des Mannes. Es war zerfurcht, gezeichnet vom Leben und womöglich auch von der Kälte langer Nächte, die er draußen verbringen musste. Der Gesichtsausdruck spiegelte eine große Traurigkeit wider, und dennoch entdeckte der Kommissar kleine Falten um die Augen, die ein verschmitztes Lächeln in sich bargen. Hartmann merkte, wie sympathisch ihm sein Gegenüber plötzlich wurde. Im nächsten Moment riss er sich von diesem

Gefühl los und begann zu reden: „Vorhin sagten Sie, Sie wollten mir die Geschichte erzählen. Die ganze Geschichte. So hatten Sie sich ausgedrückt, oder?" Der Kommissar wartete einen Augenblick, bevor er weitersprach: „Ich mache Ihnen einen Vorschlag, zuerst erzählen Sie mir, was Sie wissen, dann beantworte ich Ihnen Ihre Fragen."

Der Jogginghosenträger nahm noch einen Schluck und sank in sich zusammen. Von dem stattlichen Mannsbild blieb ein kleines Kind. „Ach die Frauke, eine tolle Frau war sie. So lebensfroh, sie hatte so ein schönes Lächeln. Ich hab mich immer gefreut, wenn ich sie gesehen hab. Ihr war es egal, dass ich den Zaun runter getreten hatte. Sie freute sich sogar, wenn ich in ihren Garten kam und die Kirschen, Birnen oder auch die Äpfel erntete. Oft sprachen wir miteinander, es interessierte sie, wie ich lebe und was mit mir geschehen war. Alles war so idyllisch, bis dieser Drecksack in ihr Leben einbrach."

„Welcher Drecksack?", fragte Hartmann.

Noch zwei Schlucke und die Bierflasche war geleert. Mit einem Stöhnen erhob sich der Mann von seinem Stuhl und holte in gebeugter Haltung eine neue Flasche aus dem Kühlschrank. Seine Zähne leisteten ganze Arbeit und im nächsten Moment spuckte er den Kronkorken in Richtung des Geschirrberges.

„Irgendwann hat sich Frauke verändert. Sie wurde immer stiller und lächelte nicht mehr so oft. Ich fragte nach, was mit ihr ist. Erst wollte sie mir nichts dazu sagen, später erzählte sie mir den ganzen Scheiß. Sie bekam anonyme Briefe. Mit Drohungen und so `nem Zeug. Dann wurde sie immer öfters von diesem verdammten Drecksack angerufen, meist nachts. Entweder stöhnte er in der Leitung oder beschimpfte sie. Sie wechselte ihre Telefonnummer, selbst das half nichts. Dann beantragte sie eine Geheimnummer, und der Kerl belästigte sie auf dem Handy. Als sie es dann ausgeschaltet ließ, bekam sie Briefe. Irgendwann lag ein Pflasterstein vor ihrer Haustür, darunter ein Zettel mit der Aufschrift, er wisse, wo sie wohne und beim nächsten Mal würde er den Stein durch ihr Fenster werfen und sie besuchen. Dann könne sie sich auf was gefasst machen. Er habe so einige Spielchen parat, stand auf dem Zettel. Frauke hatte so eine Angst. Selbst ich konnte sie nicht beruhigen."

„Hat Frau Stolze nicht die Polizei eingeschaltet?"

„Ach, die Polizei." Der Mann auf dem Campingstuhl machte eine abfällige Handbewegung. „Natürlich war sie bei der Polizei, aber die Bullen haben ihr gesagt, sie könnten ihr nicht helfen. Noch sei ja nicht wirklich was passiert."

„Hatte sie denn einen Verdacht, wer sie belästigte?"

„Klar, den hat sie auch der Polizei genannt."

„Und, wer war der Verdächtige?"

„Frauke hat mir erzählt, es könnte ein Kerl aus Trautheim sein. Der hatte ihr vor vielen Jahren schon einmal nachgestellt, als sie ihm klargemacht hatte, dass sie nichts von ihm wollte. Dann sei er nach Norddeutschland gezogen, vor etwa einem Jahr aber wieder zurück gekommen und in sein Elternhaus eingezogen, eine schicke Villa."

„Und?"

„Die Polizei fand die Adresse des Typs heraus und besuchte den dann, hat aber nix gebracht, hat mir Frauke erzählt. Die Bullen haben gesagt, der Kerl sei freundlich gewesen und hätte alles abgestritten." Einen weiteren Schluck Bier später und nach einem kurzen Rülpser ergänzte er: „Hätte ich natürlich auch gemacht, wenn ich Dreck am Stecken hätte." Er sank noch ein wenig tiefer in sich zusammen und leerte die zweite Bierflasche. Im Trinken schien er geübt zu sein. Nach einer längeren Pause blickte er Hartmann an und brachte mit leiser brüchiger Stimme hervor: „Nachdem Frauke bei der Polizei gewesen war, legte der Arsch erst richtig los."

Die nächsten Worte, die er sagte, schienen ihm Schmerzen zu bereiten: „Und dann is es passiert … Eines Morgens … so gegen sieben Uhr … Frauke stand gerne früh auf … Sie joggte eine halbe Stunde ... An diesem Morgen lag ihre Katze vor der Haustür ... tot!

Ein Zettel hing um den Hals des Tieres. Darauf stand: *Ich hab dich im Blick.* Die Worte waren mit Schlagzeilenbuchstaben aus `ner Tageszeitung zusammengeklebt. Frauke hat hysterisch geschrien. Ich hab ihre Schreie gehört, bin zu ihr gerannt. Sie war außer sich. Ich konnte sie kaum beruhigen. Es war furchtbar, glaub mir."

Er blickte auf die leere Bierflasche, schien aber gerade zu faul zu sein, eine neue zu holen. Stattdessen sprach er weiter: „Und dann hab ich einen Fehler gemacht."

Wieder eine Pause.

„Ich konnte nicht anders und hab den Dreckskerl besucht."

Der Breitschultrige stierte auf den Boden und schwieg. Hartmann wusste, er musste ihm Zeit lassen, damit er weitererzählen konnte. Er spürte, er würde noch irgendetwas Wichtiges hören, vielleicht sogar ein Geständnis. „Wollen Sie noch ein Bier?", fragte der Kommissar. Der Mann blickte auf, Tränen glänzten auf seiner Wange. Sein Nicken war kaum zu sehen. Hartmann bemerkte es, ging langsam hinüber zu dem kleinen Kühlschrank, öffnete die Tür und holte eine Flasche heraus. Auf der Ablage fand er einen Flaschenöffner und benutzte ihn. Anschließend streckte er dem Langhaarigen das Bier entgegen. Der Mann griff danach. Ein Lächeln huschte über sein Gesicht. Er führte den Flaschenhals an seinen Mund und trank.

„Sie gingen also zu dem Kerl, von dem sie vermuteten, dass er Frauke belästige?", versuchte der Kommissar ihn zum Sprechen zu bewegen.

Der Mann nahm einen weiteren Schluck. „Ja, ich ging noch an diesem Morgen zu ihm hinüber. Er wohnt nicht weit entfernt, ein paar Straßen weiter, in Trautheim eben, in einem dieser besseren Häuser. Ich klingelte. Niemand öffnete. Der Dreckskerl wollte mir anscheinend weismachen, dass er nicht zu Hause war. Ich wusste es aber besser, immerhin stand sein Auto vor der Garage. Ich klingelte erneut, dann klopfte ich gegen die Tür, anschließend lief ich um das Haus herum und schlug mit der Faust gegen die Wohnzimmerscheibe. Endlich bewegte sich etwas in der Wohnung. Ich schrie, er solle Frauke in Ruhe lassen. Ich tobte vor Wut. Ich kreischte, er solle rauskommen, ich wollte das von Mann zu Mann klären. Vielleicht hab ich auch angedeutet, ich würde ihm die Zähne einschlagen, ich weiß es nicht mehr so genau. Ich war halt stinksauer. Deswegen donnerte ich mit beiden Fäusten gegen die Scheibe. Am liebsten hätte ich sie eingeschlagen, hielt mich aber zurück. Sie müssen wissen, das kann ich, selbst wenn ich besoffen bin. Ich werde zwar schnell wütend, habe aber noch niemals jemanden verletzt. Das müssen Sie mir glauben."

Gleich darauf sprang der Hüne von dem Campingstuhl auf und lief einen Schritt auf Hartmann zu. Die Flasche hielt er in seiner rechten Hand und fuchtelte damit herum. „Plötzlich hörte ich das Tatütata und kurz darauf quietschende Reifen. Ich hab zu lange gewartet. Zwei Bullen kamen auf mich zu gestürmt und gleich darauf zwei weitere. Natürlich hab ich die angeschrien. Ich war ja im Recht. Der elendige Drecksack hat Frauke fertiggemacht und jetzt war ich derjenige, der mit Handschellen gefesselt abgeführt wurde. Ne' ganze Nacht musste ich im Polizeipräsidium verbringen. Nun gibt`s ein Gerichtsverfahren und der Kerl lacht sich ins Fäustchen. Das ist nicht gerecht, oder?"

Der Breitschultrige stand bedenklich wankend vor dem Kommissar und wartete auf eine Antwort. Hartmann nickte leicht. „Jetzt sagen Sie mir erst einmal Ihren Namen. Ich frag mal bei den Kollegen nach, vielleicht kann ich Ihnen irgendwie helfen."

Das Gesicht des Mannes hellte sich schlagartig auf. Er blickte Hartmann verschmitzt grinsend an: „Du kannst mich Hacke nennen."

„Hacke?“

„Ja, Hacke, so nennen mich alle“

„Gibt es da noch einen Nachnamen?“

„Klar, Hacke ist nur der Vorname, Dicht, der Nachname. Mir wäre es recht, wenn du mich beim Vornamen nennen könntest“, bat der Mann grinsend und nahm sofort einen kräftigen Schluck aus der Pulle. Anschließend zog er sich auf seinen Campingstuhl zurück.

„Kann ich Ihren Ausweis sehen?“

„Das geht leider nicht, hab ihn verloren. Der neue ist aber schon beantragt. Warte, hier müsste das Papier rumliegen, das ich vom Amt bekommen hab.“

Der Mann öffnete die Tür eines kleinen Hängeschränkchens. Sofort fiel ihm ein Stapel Papiere entgegen und verbreitete sich auf der Couch darunter. Der Hüne kramte in dem Papierhaufen herum und holte zielsicher ein Schreiben heraus.

„Hier isser, der Brief vom Amt. Ich soll da in der nächsten Woche anrufen und fragen, ob mein *Perso* fertig ist.“

Der Kommissar griff nach dem Papier.

„Ah, hier steht es. *Florian Hacke*. Das ist also ihr vollständiger Name“, sagte Hartmann und versuchte nicht sarkastisch zu klingen. „Nun sagen Sie mir noch, warum Frauke Stolze nicht mehr in ihrem Haus wohnt und warum es so aussieht, als habe sie einen Teil ihrer Möbel mitgenommen und wäre ausgezogen. Dann bin ich auch schon wieder weg und lasse Sie allein.“

Florian Hacke schaute verblüfft auf. Sein Blick spiegelte den Charakter eines jungen Hundes.

„Warum willst du mich allein lassen? Wär schade, jetzt wo Frauke weg ist.“ Hacke nuckelte an seiner Bierflasche, ließ sich erneut auf den Campingstuhl fallen, der erbärmlich quietschte, und blickte nicht auf.

„Wo ist Frau Stolze hingegangen?“, fragte Hartmann streng.

Der Langhaarige wirkte gebrochen, als er sich gleich wieder von dem Stuhl löste und sich in gebückter Haltung am Kühlschrank zu schaffen machte, um ein weiteres Bier herauszuholen. Seine Zähne mussten nochmals herhalten.

„Also, wissen Sie nun, wo sich Frau Stolze aufhält oder nicht?"

Der Jogginghosenträger nickte kaum merkbar und ließ sich zurückgleiten.

„Sie könne nicht mehr, hat sie mir gesagt. Ihr könne keiner helfen, hat sie gemeint. Noch nicht einmal ich, obwohl ich mich so bemüht hatte. Das tat weh. Weißt du? Das tat so richtig weh und zwar hier ..." Der Mann blickte Hartmann an und klopfte sich auf seine Brust. „Ich mag Frauke und konnte ihr nicht helfen. Da ist sie gegangen."

„Und wohin?"

„Sie wollte erst mal zu ihrer Schwester nach Nordhessen, ein bisschen durchschnaufen, du verstehst? Ein Teil ihrer Möbel, die sie toll fand, hat sie eingelagert, ein paar Sachen hat sie gepackt, dann ist sie gegangen. Vorher verbarrikadierte sie noch die Eingangstür und die Tür zum Garten mit einem Eisenriegel. Sie hatte Angst. Sie wollte nicht, dass irgendwer in ihre Wohnung eindringen konnte. Aus diesem Grund hat sie zwei große Puppen auf eine Couch gesetzt. Frauke dachte, die Puppen hätten den bösen Blick und würden Einbrecher abhalten. Tja, so war sie. Frauke glaubte an so was. Sie war halt etwas ganz Besonderes ... und jetzt ist sie weg .... Ich hab sie gemocht ... Jetzt gibt's da niemand mehr."

Wieder lief eine Träne über die Wange des Mannes und er stierte auf den Boden.

„Wie heißt denn der Mann, der Ihrer Meinung nach Frauke Stolze gestalkt hat?", versuchte ihn der Kommissar aus der Reserve zu locken.

„Was meinen Sie damit?", war die lethargisch klingende Antwort.

„Ich meine, wer hat Frauke belästigt?"

„Ach so", Hacke wurde wieder etwas lebendiger. Er blickte auf und hob seinen rechten Arm, um mit dem Zeigefinger seine Worte zu untermalen, als er sagte: „Das ist der Peter Renner." Langsam erhob er sich vom Campingstuhl. „Der ist von Beruf Sohn, wissen Sie? Sein Vater, der berühmt berüchtigte Unternehmer Otto Renner aus Darmstadt, schiebt ihm `ne Menge Kohle in den Arsch. Der Renner Junior lebt da in einer Villa wie die Made im Speck und hat den ganzen Tag Langeweile. Ich weiß nicht, wie viel Frauen der noch aufm Kieker hat. Der kann immer so weitermachen, der Dreckskerl, und unsereins wird festgenommen und vors Gericht gezerrt. So `ne Scheiße. So `ne verdammte Scheiße." Der ungepflegte Koloss wollte sich umdrehen und sich um das nächste Bier kümmern, verharrte aber kurz. Er überlegte, schüttelte den Kopf, als wolle er das eben Erzählte abschütteln und stellte sich direkt vor den Kommissar. Der wich unweigerlich ein wenig zurück.

„So, nun habe ich dir alles erzählt, was ich weiß. Jetzt sag du mir, warum die Polizei hier auftaucht und durch die Fensterscheiben ihres Hauses glotzt."

Hartmann schluckte. Er wusste nicht, wie er beginnen sollte. Er hatte Angst vor Hackes Reaktion, wenn er ihm die Wahrheit sagen würde. Dennoch musste er es tun, er hatte es versprochen. Stockend begann er: „Frau Stolze ist ermordet worden" und fügte mit tonloser Stimme an: „Wir haben sie heute früh gefunden."

Der Koloss glotzte den Kommissar ungläubig an. Sein Mund öffnete sich, schloss sich wieder, als wollte er etwas sagen. Anschließend hob er seine Rechte, ballte sie zur Faust und schlug gegen die Holzwand des Zirkuswagens, die der Kommissar schon die ganze Zeit in seinem Rücken spürte. Ein markerschütternder Schrei drang aus seiner Kehle, sein Gesicht verzerrte sich zu einer Fratze und Spucke lief aus seinem

Mund. Sein Gesicht war nur wenige Zentimeter von dem des Kommissars entfernt. Hartmann musste zu ihm aufblicken, der Breitschultrige überragte ihn mindestens um einen Kopf. An Flucht war nicht zu denken. Der Kommissar stand im wahrsten Sinne des Wortes mit dem Rücken an der Wand. Behutsam legte er seine Hand auf die Schulter seines Gegenübers und streichelte diese sanft. „Kommen Sie, beruhigen Sie sich erst einmal. Wir werden den Mörder finden, das verspreche ich Ihnen."

Der Koloss schrie nicht mehr. Er bewegte sich einen halben Meter fort von dem Kommissar. Dann schaute er ihn von oben herab an. Seine Augen füllten sich. Im nächsten Moment schnappte er nach den Schultern des Kommissars, zog ihn mit unbändiger Kraft heran und umarmte ihn. Er presste Hartmanns Kopf gegen seine Brust.

Der Gestank nahm dem Kommissar den Atem. Er musste sich darauf einlassen, er konnte nichts dagegen tun. Von weitem hörte er ein erbärmliches Schluchzen und hoffte, die Umklammerung hätte bald ein Ende und er könnte den Zirkuswagen verlassen, nicht nur, um frische Luft zu schnappen. Er kannte den Namen des Stalkers und wollte ihn besuchen.

5. Peter Renner

„Die Bullerei war bei mir!", schossen die Worte in dem Moment aus seinem Mund, als er in den Empfang des großen Hauses gestürmt kam. Die schwere Holztür fiel ins Schloss und der junge Mann mit der blonden Stoppelhaarfrisur drehte sich ruckartig um die eigene Achse, als hätte er mit dem Zuschlagen der Tür nicht gerechnet. „Die Bullerei war bei mir", wiederholte er stupide, aber noch etwas lauter.

Der ältere gut gekleidete Mann mit Glatze und offensichtlich frisch eingecremten Gesicht stand an dem verzierten hölzernen Eingangsflügel zu dem in sanftes Licht gehüllten Wohnzimmer und ging einen Schritt auf seinen Sohn zu.

„Bitte tu mir ein Gefallen", erwiderte Otto Renner streng, „sag *Polizei* oder besser noch, nenn die genaue Berufsbezeichnung des Beamten. Das gehört sich so. Hat dich ein Kriminalober- oder ein Hauptkommissar besucht?"

„Was weiß denn ich? So ein junger Kerl halt, der mich nach meinem Verhältnis zu Frauke befragen wollte." Peter lachte bösartig. „Hahaha, der hat wirklich *Verhältnis* gesagt." Dabei wischte er sich mit der flachen rechten Hand über seine stoppeligen Haare, vor und zurück, als wollte er seinen Hinterkopf säubern. Zu seiner Frisur passte die Camouflage gemusterte Militärhose und das khakifarbene Sweatshirt.

„Und weiter?", fragte sein Vater mit den stahlblauen Augen blitzend. Der junge Renner nahm Haltung an. Es hätte noch gefehlt, dass er zackig die ausgestreckten Finger der rechten Hand an die Stirn geführt und dort zum Gruß belassen hätte. Sogleich löste sich die Spannung in seinem Körper und sein breiter Mund grinste feist. „Er wollte wissen, was ich mit der gemacht habe."

„Du solltest sie in Ruhe lassen, hatte ich dir gesagt!", keifte sein Vater.

„Ich hab doch nur ein bisschen mit ihr gespielt, mehr nicht."

„Wirklich?"

„Ei sicher doch, was glaubst du denn? So ein wenig Rumspielen macht einfach Spaß. Das kannst du mir nicht verbieten ... Würdest du auch niemals tun, oder?"

„Wann hast du sie das letzte Mal gesehen", wollte der alte Renner wissen, ohne dass er auf die Worte seines Sohnes einging. Er drehte sich und stolzierte in das Wohnzimmer. Sein Sohn folgte ihm gemächlich. Beim Gehen schien er krampfhaft zu überlegen, legte dann die Hand an sein Kinn und lächelte verschmitzt, als er antwortete: „Hab die ganz schön in Wallung gebracht, diese kleine Schnepfe ... Hab mir immer was Neues einfallen lassen ... Vor drei oder vier Wochen hab ich es auf die Spitze getrieben ... genau ... Es war ein Donnerstag ... Da hatte ich ihre Katze in der Mache ... hahaha ... Die hat sich ganz schön gewehrt ... Die alte Kratzbürste ... Es hat `ne Zeit lang gedauerte, bis ich sie richtig packen und ihr das Genick brechen konnte ... Das war ein Spaß."

Der junge Renner bewegte Arme und Hände, als würde er gerade eben mit einer Katze kämpfen. Dabei schmatzte er genüsslich. Nur langsam beruhigte er sich.

Mittlerweile stand er inmitten eines mit alten Möbeln eingerichteten Raums, der an einen Rosamunde-Pilcher-Film erinnerte.

„Ich hab die Katz vor die Haustür gelegt und bei ihr geklingelt", erzählte er weiter, während sich sein Vater an dem Getränkewagen zu schaffen machte, der neben der riesigen Ledercouchlandschaft stand.

„Erst passierte gar nichts, war ja noch früh am Morgen. Dann hörte ich Schritte. Mein blondes Engelchen hatte wohl schon die Wohnung verlassen. Manchmal ist sie joggen gegangen. Sie ist halt so eine Bewegungsfetischistin. Gerade noch rechtzeitig konnte ich mich hinter einem Stromkasten verstecken. Von da hab ich alles beobachtet. Frauke kam um die Ecke geflitzt, sie hatte rote Bäckchen, irgendwie knuffig.

Als sie die Katze sah, riss sie erst ihre Äuglein auf und schrie dann nur noch, auch irgendwie knuffig, nur halt lauter. Mann war das geil!"

Peter hielt seinen Kopf schräg, schaute nach oben, als wolle er die Szene nochmals zum Leben erwecken. Dann grinste er noch breiter. „Toller Anblick. Frauke warf sich über das Wollknäuel und schrie immer weiter. Ich hab`s genossen. War alles prima, bis dieser versiffte Typ auftauchte. Ich kenn den von früher. Der hat mich auch schon mal besucht und bedroht. … Ich glaub, der hat sich zur Aufgabe gemacht, Frauke zu beschützen … Wird dem aber nicht gelingen … Da ist der viel zu primitiv zu."

Der junge Renner hielt inne, und sein Vater schüttelte den Kopf. Er achtete nicht darauf und sprach weiter: „Dann verdünnisierte ich mich, war – glaube ich - besser so. Der Typ versuchte, mein Engelchen zu trösten. Hat der aber nicht geschafft … Und dann wurde es ganz blöd. In den nächsten Tagen schleppte Frauke immer mehr Möbel aus ihrer Wohnung. Ich wusste erst gar nicht, was sie vorhatte. Später hab ich´s gecheckt. Die ist ausgezogen. Die feige Sau." Der junge Renner wischte sich wieder über seine Stoppelhaare. „Schade, eigentlich. Seitdem hab ich sie nicht mehr gesehen. Ich schwör's dir!

Ich hab zwar noch mehrmals angerufen, aber sie hat nicht abgenommen. Dann hab ich gemailt, da hat sie nicht reagiert. Dann hab ich nachgeschaut, aber es war kein Licht im Haus, auch nachts nicht. Nur der verfluchte Schwachkopp, der in dem Wohnwagen im Garten haust, schlich immer wieder rum. Dem bin ich aus dem Weg gegangen. Mit dem will ich nichts zu tun haben."

„Da hast du mal eine kluge Entscheidung getroffen", erwiderte der alte Renner und nahm einen kleinen Schluck Whisky, den er sich während der Erzählung seines Sohnes eingeschenkt hatte. „Tja, und heute war ein Kriminalbeamter bei dir", brachte er seinen Sohn wieder an den Anfang ihres Gespräches zurück.

„Ja, so ein ganz junger Typ, keiner von denen, die mich damals besucht und befragt haben."

„Und weißt du, warum er jetzt zu dir kam? Was hat er dich gefragt?" Genüsslich nippte der ältere Herr an dem schweren Kristallglas, so als helfe es beim Nachdenken.

Peter wollte sich mit seiner verschmutzten Freizeithose auf die Rückenlehne der Couch setzen. Ein Blick seines Vaters reichte aus, er ließ es sein und blieb stehen. „Der wollte genau wie du wissen, wann ich die Frauke das letzte Mal gesehen habe."

„Und, was hast du gesagt?"

„Ich hab gesagt, ich weiß es nicht und werd auch nichts weiter sagen."

„Gut gemacht!"

Otto Renner nippte nochmals an dem Glas und fragte: „Hat der Kriminalbeamte irgendeine Andeutung gemacht, was mit dieser Frauke geschehen sein könnte?"

„Der hat nix gesagt, aber es war schon eigenartig." Der junge Renner dachte nach. „Natürlich wusste der, dass ich die Frauke kenne und, so wie der sich verhalten hat, glaube ich, die Frauke wird gesucht oder der ist was passiert."

„Hmmh, das glaube ich auch", erwiderte sein Vater.

Nervös strich sich der junge Renner erneut über seine kurzen Haare. Schweißtropfen hatten sich auf Stirn und Oberlippe gebildet.

„Morgen früh um neun Uhr soll ich auf dem Polizeipräsidium erscheinen", platzte es plötzlich aus ihm heraus. „Ich will da nicht allein hingehen. Ich weiß nicht, was die Bullen wollen."

Behutsam stellte der alte Renner das Glas ab. „Das musst du auch nicht, mein Sohn. Ich rufe Dr. Glausewitz an."

6. Das Verhör

Hartmann wurde früh am Morgen aus dem Bett gerissen. Der Fall Stolze hatte ihn diese Nacht wild träumen lassen. Er lag schon um fünf Uhr, lange vor dem Klingeln des Weckers, wach und er fühlte sich fit und bereit zum Aufstehen. Der morgendliche Schwarztee war schnell aufgebrüht und kurz darauf saß der Kommissar an einem kleinen Tisch in seiner Küche und dachte über die gestrige Vernehmung des Mannes nach, dem vorgeworfen wurde, Frau Stolze belästigt zu haben. Schnell wurde ihm klar, er musste das Gespräch nochmals im Ganzen zu Papier bringen. Natürlich hatte er sich in seinem analogen Tablet, wie er sein altes verschlissenes Notizbuch gerne nannte, ein paar Aufzeichnungen gemacht. Um diese aber sortieren und in die richtige Form bringen zu können, benötigte er seinen PC. Also machte er sich nach dem Tee und ohne Frühstück auf den Weg ins Präsidium. Sicherheitshalber steckte er sich zwei Bananen und einen Schokoriegel in die Arbeitstasche. Als er um halb sechs die Tür zu seinem Büro öffnete, wunderte er sich darüber, dass sein Kollege, verschönert mit einem weißen Kopfverband, vor dem Computer saß.

„Hast du gewusst, dass Frauke Stolze gestalkt wurde?", fragte Dobermann, ohne vom Bildschirm aufzublicken.

„Morgen Kollege", versuchte Hartmann zu entschleunigen.

„Sag schon, hast du gewusst, dass der Sohn des stadtbekannten Bauunternehmers Renner unser Mordopfer über Monate belästigt hat?"

„Ich habe von den Verdächtigungen gehört", antwortete Hartmann, „und ich habe gestern Abend mit Peter Renner gesprochen."

Dobermann blickte auf. „Tatsächlich?"

„Tatsächlich", bestätigte sein Kollege.

Hartmann setzte sich auf seinen Schreibtisch und schaute Dobermann neugierig an. „Ich dachte, du wärst im Krankenhaus", begann er. „Wie siehst du eigentlich aus?"

„War ich auch, meine Platzwunde ist genäht worden. Jetzt aber bin ich dank ein paar chemischer Leckerlis wieder fit, habe die Zeit genutzt, recherchiert und einiges rausgefunden. Unser Mordopfer hatte schon vor Wochen den Sohn des Kerls angezeigt, der am Samstag früh die junge Fahrradfahrerin unten am Ende von der Landgraf-Georgs-Straße einfach über den Haufen gefahren hat."

„Waaas?", entfuhr es Hartmann laut.

„Ja, kaum zu glauben, oder?"

„Darmstadt ist ein Dorf und alle Heiner sind irgendwie eine Familie. Dennoch gibt es noch einige Fragen zu klären. Da passt es, dass ich den Peter Renner nachher um neun Uhr hier ins Präsidium einbestellt habe." Hartmann wirkte stolz und schob leicht seine Brust nach vorne.

Dobermann blickte kurz auf und lächelte. „Okay, dann erzähl mal, was du gestern noch alles erlebt hast, dann berichte ich dir, wie mein Morgen heute verlaufen ist."

„Das klingt nach einem Plan. Wir haben noch etwas Zeit", sagte Hartmann und machte sich auf den Weg zur Kaffeemaschine.

„Frisch gekocht?", wollte er wissen.

„Ja, schnapp dir `ne Tasse und setz dich!"

Mit der wärmenden Tasse in den Händen begann Hartmann von dem Zirkuswagenbewohner zu erzählen und von seinem Besuch bei Peter Renner.

„Eigenartiger Typ, dieser Renner. Der kann einem ganz schön Angst machen, diese wirren Augen und die fahrigen Bewegungen. Der hat was von so einem Freizeit-Militär-Fuzzi. Dem würde ich ein Fußgängerzonenmassaker an einem Samstagnachmittag zutrauen. Gestern konnte ich nicht viel aus ihm rausholen. Bin mal gespannt, was der nachher erzählt." Hartmann schlürfte an seinem Kaffee und Dobermann *hmmhte*.

Ohne Klopfen wurde die Bürotür aufgestoßen. Pia polterte herein und knallte einen zusammengeknäulten Zettel auf Dobermanns Schreibtisch. Sie schnaubte: „Ich hätte heute Morgen lieber dich neben mir liegen sehen als dieses verdammte Stück Papier!"

Hartmann verstand nicht.

Dobermann duckte sich weg, als bestünde der Wortschwall aus fester Materie.

„Ja, du hast recht", begann der junge Kommissar kleinlaut, „aber ..."

„Immer deine *Abers*. Was denkst du, wie mir die auf den Nerv gehen?", keifte Pia.

Hartmann verdrehte seine Augen und zog die Mundwinkel leicht nach oben. „Ich lass euch lieber mal allein", sagte er und erhob sich von seinem Schreibtischstuhl.

„Daniel, bleib bitte!", intervenierte Dobermann und an Pia gerichtet: „Können wir heute Abend darüber reden? Ich lade dich zum Essen ein, okay?" Dabei versuchte er, ein verführerisches Lächeln auf sein Gesicht zu zaubern. In Pia kämpften die Gefühle. Am liebsten hätte sie ihm eine schallende Ohrfeige verabreicht und wäre wild schimpfend aus dem Büro gerannt, hielt sich aber zurück, weil sie im nächsten Moment ihren Freund am liebsten umarmt und geküsst hätte. „Ach, Mann!", entfuhr es ihr. Sie drehte sich in Richtung Hartmann und fragte: „Was gibt es Neues in unserem Fall?"

„Frau Stolze wurde von einem Peter Renner gestalkt. Das ist der Sohn des SUV-Fahrers, der am Samstag die Fahrradfahrerin überfahren hat", fasste Hartmann zusammen und ergänzte noch: „Ich habe ihn für neun Uhr einbestellt. Also, ich meine den jungen Renner."

„Na, der wird nachher bestimmt nicht alleine kommen", erwiderte Pia.

„Wie meinst du das?", fragte Dobermann verwirrt.

Ohne ihn anzuschauen, antwortete Pia: „Die Familie ist Mandant bei einer sehr bekannten Frankfurter Anwaltskanzlei. Eine der Anwältinnen durfte ich schon kennenlernen, sie ist eine ganz schöne Zimtzicke, das könnt ihr mir glauben."

„Na prima", grummelte Hartmann.

„Und was gibt es sonst Neues?", fragte Pia.

Dobermann richtete sich auf, atmete tief ein und wollte erzählen, was er heute früh schon herausgefunden hatte. Er hoffte, Pia damit etwas besänftigen zu können. Allerdings kam ihm sein Kollege zuvor und erzählte: „Nach meinem Besuch bei dem jungen Renner habe ich eine Personenabfrage gemacht. Ich hatte erfahren, dass Frau Stolze zu ihrer Schwester nach Eschwege fahren wollte."

„Und?"

„Ich habe die Adresse und die Telefonnummer rausgefunden und Kontakt zur Schwester aufgenommen. Mir wurde erzählt, die Schwestern hätten vor ein paar Wochen das letzte Mal telefoniert. Frau Stolze hatte angekündigt, dass sie einen Besuch plane. Sie hat aber nichts Konkretes verabredet und sich dann auch nicht mehr gemeldet."

„Eigenartig."

„Tja sehr eigenartig, aber viel eigenartiger ist das, was ich heute früh erfahren habe", versuchte Dobermann, sich Gehör zu verschaffen.

„Hast du der Schwester gesagt, dass Frau Stolze ermordet wurde?", wollte Pia wissen.

„Nicht so richtig", antwortete Hartmann, „habe ihr aber mitgeteilt, dass ein Kollege bei ihr vorbeikommen und ihr noch ein paar Fragen stellen wird. Anschließend habe ich die Kollegen in Eschwege informiert. Die haben mir versprochen, gleich nach der Befragung zurückzurufen."

„Hallo, ich habe das Gefühl, ich bin Luft für dich?", stänkerte Dobermann und zupfte Pia am Ärmel.

„Oh, du hast Gefühle? Das ist ja mal was ganz Neues. Finde ich klasse. Und das Luftgefühl ist ein spannendes, nicht wahr? Dann weißt du ja auch, wie es mir heute früh ergangen ist", erwiderte Pia zickig.

„Tut mir leid, würde es dir ja gern erklären, aber nicht jetzt, bitte!", bettelte Dobermann, packte Pia erneut am Arm, drehte sie behutsam herum und schaute sie an. Diesmal ließ sie es geschehen.

„Okay, also, was hast du in Erfahrung gebracht? Ich hoffe für dich, dass es uns weiterbringt."

Dobermann atmete tief durch. Er freute sich über Pias Worte und dennoch spürte er seine Aufregung. Jetzt musste er die richtigen Worte finden, um seine Entdeckung so wichtig wie möglich klingen zu lassen. Er entschied sich dafür, mit der Tür ins Haus zu fallen. „Ich habe mit Doc Muffinski telefoniert. Er hat mir einen ersten Zwischenbericht gegeben."

„Und?" Hartmann war ganz Ohr.

„Frauke Stolze war schwanger im siebten Monat ... Und, ihr werdet es kaum glauben", Dobermann stockte, „... man hat ihr den Fötus rausgeschnitten."

„Waaas?"

Hartmann fand zuerst Worte: „Wurde der Fötus vor der Ermordung entfernt oder danach?"

„Anscheinend nach Eintritt des Todes."

„Hat Muffinski gesagt, wann und wodurch Frau Stolze gestorben ist?", fragte Hartmann aufgeregt.

Pia glotzte mit offenem Mund durch die Gegend und war anscheinend nicht fähig, irgendetwas zu sagen.

Dobermann überlegte kurz, erst dann antwortete er: „Nee, konnte er nicht, scheint ein wenig diffizil zu sein. Er denkt aber, dass er morgen mehr weiß. Er muss noch auf ein paar Ergebnisse aus dem Labor warten."

„So ein Mist!", brüllte Hartmann und schlug mit der Faust auf die Tischplatte.

„Wir müssen noch ein wenig Geduld haben", versuchte Dobermann beruhigend zu wirken. „Wir werden es noch erfahren. Aber das war nur eine Sache, die ich herausgefunden habe. Ich habe noch ein wenig in den Datenbanken geschnüffelt und bin tatsächlich auf etwas gestoßen, was uns vielleicht weiterhelfen könnte."

Dobermann machte eine kurze Pause, bis er sich der Aufmerksamkeit seiner Kollegen sicher sein konnte.

„Was denn?", fragte Pia genervt.

Dobermann kramte ein ausgedrucktes Stück Papier hervor und blickte nochmals darauf, um jetzt nichts Falsches zu sagen. Anschließend formulierte er so ruhig wie möglich: „Vor zwei Wochen meldete sich eine Frau aus dem Woogs-Viertel. Sie war mit ihrer Tochter auf einem der beiden Spielplätze, die direkt am See liegen. Ihre Tochter zeigte auf einem Baum und kam weinend zu ihr gelaufen. Als die Mutter nach oben blickte, sah sie dort eine schwarzgekleidete Gestalt mit einer weißen Vogelmaske auf einem Ast kauern."

Das Telefon klingelte. Hartmann griff als erster nach dem Hörer.

„Peter Renner und seine Anwältin sind da", sagte er und erhob sich von dem Schreibtischstuhl. „Unsere Vogelgestalt muss warten", meinte er noch und verließ das Büro.

***

Benjamin und Pia gingen in den Raum, der neben dem Verhörraum lag. Von dort aus konnte man das Geschehen durch eine Glasscheibe beobachten und mithören, was gesprochen wurde.

Hinter der Scheibe sah man einen kleinen viereckigen Raum. In der Mitte stand ein Tisch, drapiert mit einem Mikrofon. Davor und dahinter zwei Stühle und daneben eine schlanke grauhaarige Frau um die fünfzig, gekleidet mit einem eleganten Hosenanzug. Darunter trug sie schwarze Lackschuhe mit mindestens zehn Zentimeter hohen Absätzen, offensichtlich um größer zu wirken, obwohl sie dies aufgrund ihrer Ausstrahlung überhaupt nicht nötig gehabt hätte. Die Anwältin stand wie eingefroren neben dem Tisch, auf dem sie eine hellbraune Ledertasche abgestellt hatte.

Auf einem der Stühle fläzte sich Peter Renner. Er trug seine Camouflage-gemusterte Hose und sein khakifarbenes Sweatshirt.

Die Ellenbogen beider Arme des blonden, stoppelhaarigen Mannes stützten sich auf dem Tisch ab und in den Handflächen ruhte sein Kopf. Kaugummikauend glotzte er gelangweilt auf das Mikrofon.

Die Tür zum Verhörraum öffnete sich und Kommissar Hartmann trat ein. Benjamin und Pia beobachteten das Schauspiel durch die Scheibe und beide glaubten, nahezu gleichzeitig zu erkennen, dass ihr Kollege kurz verharrte, sogar zurückschreckte, als ihn der Blick der Anwältin traf. Hartmann berichtete später, er habe das Gefühl gehabt, auf eine Wand aus Eis gestoßen zu sein, als ihn die Anwältin anschaute.

„Jetzt wird es spannend", bemerkte Pia leise und ergänzte: „Das ist ja gar nicht die Anwältin, die den alten Renner vorgestern rausgeboxt hat. Scheint aber eine aus der Kanzlei Glausewitz zu sein."

„Ist ja logisch", erwiderte Dobermann besserwisserisch, „ein und dieselbe Anwältin darf nicht Vater und Sohn vertreten."

Lippen bewegten sich. Es war nichts zu hören.

„Verdammt", fluchte Dobermann und drückte schnell einen Knopf.

„... zur Sache. Was werfen Sie meinem Mandanten vor?", kamen die Worte glasklar aus dem Lautsprecher.

Hartmann stand wie ein Fels in der Brandung und war die Ruhe selbst, so wirkte es zumindest durch die Glasscheibe.

„Frau Dr. Glausewitz, schön, dass Sie ebenfalls Herrn Renner Junior begleiten, wie Sie dies auch vorgestern bei seinem Vater getan haben", erwiderte er und versuchte, nicht gar so ironisch zu klingen.

„Sie sind wohl neu in Ihrem Fach", fauchte die Anwältin. „Ich heiße Beisenkötter, Rosalinde Beisenkötter. Meine Chefin, Frau Dr. Glausewitz, vertritt Herrn Renner Senior. Mein Mandant ist Herr Renner Junior. Soweit für Ihr Verständnis. Jetzt kommen Sie endlich zur Sache. Ich habe nicht den ganzen Tag Zeit."

Hartmann musste kurz nachdenken. Er erkannte seinen Fehler, ging langsam auf die Anwältin zu, blieb erst vor ihr stehen, als er deutlich spürte, dass er eine Grenze überschritten hatte und sagte mit fester Stimme: „Wir haben ein übel zugerichtetes Mordopfer aufgefunden, das Ihr Mandant polizeiaktenkundig gestalkt hat. So zumindest der Wortlaut der Anzeige."

Die Anwältin hielt dem Blick des Kommissars stand und blickte angriffslustig zurück, als sie mit kühler Stimme erwiderte: „Beweise? ... Liegen Ihnen belastbare Beweise vor, dass mein Mandant mit einem dieser beiden Vorwürfe etwas zu tun haben könnte?"

Als die Pause nach ihrer Frage zu lang wurde, fügte sie hinzu: „Also nicht, dann können wir ja gehen!"

Geschickt umschiffte sie den Körper des verdutzt dreinschauenden Kommissars und befahl dem jungen Mann, der noch immer auf dem Stuhl herumhing: „Herr Renner, erheben Sie sich. Wir gehen!"

„Wo haben Sie sich vorgestern und am Samstag aufgehalten?", fragte Hartmann gerade noch rechtzeitig an Renner gerichtet, bevor der sich aufrichten konnte. „Ähm", entfuhr es ihm kurz, dann beendete eine Handbewegung der Anwältin weitere Äußerungen. „Herr Renner hat sich die letzten Tage bei seinen Eltern in Darmstadt aufgehalten. Das kann Ihnen sein Vater gerne bestätigen. Vielen Dank. Nun lassen Sie uns gehen." Eine weitere Handbewegung bewirkte, dass sich Peter Renner aufrichtete und neben seine Anwältin stellte. Hartmann drängte sich dazwischen. „Am Samstag früh fuhr Ihr Vater nachweislich alleine durch Darmstadt und am Sonntag wurde er hier im Präsidium vernommen. Für diese Zeiten kann Ihr Vater nicht bezeugen, wo Sie sich aufgehalten haben. Also, was ist mit diesen Zeiten?"

Renners Augen zitterten, sie konnten Hartmanns Blick nicht standhalten und senkten sich zu Boden.

„Ich ... ich ...", sagte er, aber bevor er weitersprechen konnte, fuhr Frau Beisenkötter dazwischen: „Herr Renner hat auch eine Mutter, wie Sie sicher wissen dürften. Frau Renner war ebenfalls in der gemeinsamen Wohnung. Sie können sie gerne dazu befragen." Gleich darauf fügte sie streng hinzu: „Bitte informieren Sie mich zu gegebener Zeit, damit jemand aus unserer Kanzlei anwesend sein kann, wenn Sie beabsichtigen, Herrn oder Frau Renner aufzusuchen." Die Anwältin hielt dem Kommissar ihr Kärtchen entgegen, schnappte anschließend den Unterarm ihres Mandanten und führte ihn aus dem Raum.

Hartmann blieb zurück und flüsterte vor sich hin: „Wart nur ab. Dich krieg ich. Ganz sicher. Es ist nur eine Frage der Zeit. Dann kriege ich dich!"

7. Der Vogelmensch

Kirchenmusik waberte durch den Kellerraum. Vorpubertäre Jungs sangen mit heller Stimme vom Lamm Gottes auf Lateinisch. Dazu Orgelklänge aus zwei Lautsprecherboxen, die auf dem Boden standen. Der CD-Player und der Verstärker thronten auf einem kleinen Beistelltischchen.

Überall verteilt standen brennende Kerzen. Das Licht war angenehm und doch war es so hell, dass Sascha Kiebitz seiner Arbeit nachgehen konnte. An diesem Ort fühlte er sich wohl. Der Raum, die Musik, die Kleidung und die Maske, die er trug, gaben ihm Sicherheit. Eine Sicherheit, die er sonst nirgends empfand.

Der Raum war schallisoliert. Das hatte er in drei Tagen bewerkstelligt. Er war stolz auf seine handwerklichen Fähigkeiten. Ein Stockwerk höher saß seine Mutter, die im letzten Sommer ihren achtzigsten Geburtstag gefeiert hatte und seit ein paar Jahren nicht mehr in der Lage war, Treppen zu steigen. Das war sein Glück. So konnte er hier unten sein Reich ausbauen und so gestalten, wie es seiner Obsession entsprach.

Sascha Kiebitz hatte eine ganz eigene Wahrnehmung der Welt. Alles begann vor fünf Jahren, als sein Vater in seinen Armen verstarb. Die Krankheit war stärker als die Pflege, die er bieten konnte. Sascha fühlte sich schuldig. Noch am gleichen Tag wurde ihm sein Vater entrissen. Er wurde in einen Sarg gelegt und wenige Tage später in feuchter Erde verscharrt. Die Vorstellung, wie der Leichnam verweste, nach und nach mehr zerfiel und als Nahrung für mannigfaltiges Getier diente, schmerzte so sehr, dass Sascha sich schwor, dies bei seiner Mutter nicht zuzulassen. Er wollte sie vor dem Tod, vor der Verwesung retten. Dazu recherchierte er, las viele Bücher und erfuhr einiges über den Umgang verschiedener Kulturen mit ihren Verstorbenen.

Mit der Zeit wurde ihm immer klarer, dass das Sterben reine

Einbildung war. Sein Vater war darauf reingefallen, wurde krank und kurz darauf verließ seine Seele den Körper. Er hatte zu stark an den Tod geglaubt. Wenn man nicht daran glaubte, geschah es auch nicht. *Es ist doch logisch,* schrieb er in sein Tagebuch und führte seine Überzeugung weiter aus: *Ganz im Gegensatz zum allseits bekannten Placebo-Effekt, weswegen man allein durch Vorstellungskraft gesundwerden kann, gibt es den Nocebo-Effekt, der das Gegenteil bewirkt. Mit einer negativen Vorstellungskraft kommt es auch zu negativen Erfahrungen und das kann bis zum Tod führen. Von Klein auf bekommt jedes Kind eingeredet, dass es irgendwann sterben muss. Logisch, dass es daran glaubt und diesem tief verwurzelten vermeintlichen Wissen folgt und tatsächlich im Alter dahinsiecht und letztendlich stirbt. Aber das muss nicht sein, wenn man sich vor Unfällen und ansteckenden Krankheiten schützt, dann kann man ewig leben.*

Diesen letzten Satz hatte er in seinen Aufzeichnungen mehrmals unterstrichen. Dumm nur, dass er seine Mutter von dieser, seiner Wahrheit, nicht überzeugen konnte, obwohl er sie allzu gern als unsterblich neben sich selbst wissen wollte. Immer wieder hatte er ihr von einer Gemeinschaft in den USA erzählt, die das Sterben genau aus diesem Grund negierte und sich dementsprechend verhielt. Keiner dort hörte mit fünfundsechzig auf zu arbeiten, warum auch? Alle in der Gemeinschaft entwickelten mit über achtzig neue Ideen und setzten diese um. Sie pflegten ihre Körper, sie bewegten sich regelmäßig, nahmen gute und nicht zu viel Nahrung zu sich und versuchten stets, sinnvolle Dinge zu tun, die ihnen Bestätigung und Glücksmomente bescherten. Diese Gruppe von Menschen lebten die Unsterblichkeit.

Seine Mutter belächelte seinen Vortrag jedes Mal, wenn er wieder davon anfing. Sie beharrte darauf, dass auch in dieser Gruppe der eine oder die andere sterben würde. Sie wollte nicht das Argument ihres Sohnes hören, das läge nur daran, dass diejenigen nicht voll und ganz von ihrem Wissen überzeugt gewesen wären.

Seine Mutter verweigerte weitere Gespräche darüber und er resignierte. Immer länger zog er sich im Keller zurück und nutzte sein handwerkliches Geschick, um ihn weiter auszubauen und die notwendigen Gerätschaften zu besorgen.

Da er glaubte, seine Mutter nicht vor dem Nocebo-Effekt schützen zu können, wollte er ihren Körper zumindest vor den Folgen der Verwesung bewahren. Dafür übte er nun. Weit war er schon gekommen. Erst gab es einen Hund, an dem er die Technik ausprobieren konnte, dann ein Schwein und vor nicht allzu langer Zeit diese Schönheit mit ihrem ungeborenen Kind, welch Wink des Schicksals. Er hatte alles in seiner Macht Stehende getan. Dennoch musste er besser werden, professioneller vorgehen und achtsamer sein. Das wusste er jetzt. Bei seiner letzten Einbalsamierung hatte er Fehler begangen, zwar nur leichte, aber es hatte ausgereicht, die Leiche zu verunstalten. Formalin, das Lösungsmittel, das er nutzte, war ausgelaufen und hatte die Hände und die Kopfhaut der jungen Frau verätzt. Es kam zu unschönen Hautveränderungen. Er konnte den Anblick nicht ertragen, schnitt alle Haare ab und schmückte den kahlen Kopf mit einer Perücke, um den Fehler zu verbergen. Ein teures Unterfangen.

Darüber hinaus war die Einbalsamierung nicht so nachhaltig, wie er es sich gewünscht hatte. Darin lag ein Grund, warum er die junge Frau nach ein paar Wochen in den VW-Käfer gesetzt und das Fahrzeug auf dem Parkplatz nahe Roßdorf abgestellt hatte. Die Nummernschilder hatte er entfernt und gut versteckt. Er hatte in Kriminalfilmen gesehen, dass man dies so machte. Vielleicht würde er tatsächlich irgendwann die Schilder suchen und für ein paar Euro verkaufen, er wusste es nicht so genau.

Er war sich allerdings sicher, dass sein Opfer oder seine Muse, wie er sie lieber nannte, an diesem, von ihm ausgesuchten Ort bald gefunden werden würde. Er wollte dabei sein und die Bewunderung genießen, die er von dem Finder und auch von der Polizei für sein Gesellenstück erwartete. Es war kein Meisterstück, das wusste er, aber dennoch war es ihm wichtig, wie die Reaktionen ausfallen würden. Er hatte sich viel Mühe gegeben, seine Muse so schön wie möglich zu präsentieren. Er hatte sich auf einer nahegelegenen Trauerweide niedergelassen und war etwas überrascht gewesen über die ganz in weiß gekleideten Menschen, die in großer Anzahl angebraust kamen, kurz nachdem der aufgeregte Jogger in sein Handy gequatscht hatte.

Das Gewusel und die eigenartigen Kommentare hatten ihn beeindruckt und dann waren da noch diese beiden Kommissare, die später erschienen waren und sich mit dem Jogger gezankt hatten. Da konnte er sich nicht mehr zurückhalten und musste glucksen vor Lachen. Kurz darauf war er entdeckt worden. Er war auf Umwegen nach Hause gerannt. Dort hatte er sich etwas beruhigen können. Anschließend hatte er für seine Mutter gekocht und sie versorgt. Die Nacht hatte er gut überstanden. Die Tabletten hatten ihn durchschlafen lassen.

Nun war ein neuer Tag angebrochen. Er saß im Keller seines Elternhauses und streichelte zärtlich das Gambro-Prismaflex-Dialysegerät, das er sich bei Ebay-Kleinanzeigen für dreitausend Euro besorgt hatte. Er war selbst überrascht darüber, dass es so etwas auf dieser Plattform zu kaufen gab. Die Versandgebühren waren sogar schon im Kaufpreis enthalten.

Schnell konnte er es, mit der beigefügten Anleitung, aufbauen. Nur ein paar kleine Veränderungen waren nötig und aus dem Blutreinigungsgerät wurde ein Blutaustauschgerät. Blut konnte abgezapft und Formalin in die Venen eingepumpt werden.

Nun wusste er, wie er beim nächsten Mal Fehler vermeiden könnte. Er brauchte nur einen weiteren Menschen, an dem er es ausprobieren konnte. Diesen musste er finden, das war seine Aufgabe und er überlegte krampfhaft, wie er das erreichen konnte. Er war kein Mörder und ihm lag auch jetzt fern, einen Menschen zu töten. Beim letzten Mal hatte er Hilfe bekommen. Ein Mäzen war an seine Seite getreten. Warum, wusste er nicht, es war ihm auch egal. Er hatte die Unterstützung dankbar angenommen und die Hilfe genossen. Aber jetzt trieb ihn die Frage um, ob er sich diesmal darauf verlassen sollte. Was wäre, wenn sich der Mäzen nicht mehr melden würde? Müsste er dann selbst zum Mörder werden?

Als Sascha darüber nachdachte, schauderte es ihn. Er wollte nicht morden. Dazu wäre er nicht in der Lage, dachte er.

„Welchen Grund kann es geben, um nicht zu wachsen, sondern zu verharren?

Wieso konsumieren so viele Menschen Alkohol und Nikotin? Beides betäubt, macht schwer und verhindert Leichtigkeit.

Warum hören wir nicht auf damit?

Vorsätze sind meist vorhanden, allein die Kraft fehlt. Im Bewusstsein, die Bewegung, das Draußen, die Natur. Der Gegner, die Couch.

Warum nur?

Ich habe lange darüber nachgedacht. Und nun glaube ich, ich weiß es.

Eigentlich ist es ganz einfach.

Das Fremde macht Angst und somit auch das Leichte, das Fließende, das Bewegte?

Viel zu viele Menschen denken grau. Zu selten ist da etwas Positives und es gibt keine Visionen mehr.

Was bleibt ist Begrenzung, eine Begrenzung im Kopf und im Körper, eine Begrenzung in der Sicht der Dinge. Gedanken schaffen Realitäten.

Auch mir ergeht es ähnlich ..."

Pia spürte Ärger in sich aufsteigen. Sie hatte genug von dem Geschwätz. Sie wollte nicht mehr weiter zuhören. Der Mann, der ihr gegenübersaß und unverständliches Zeug vor sich hin brabbelte, war nicht der, in den sie sich vor ein paar Monaten verliebt hatte. Sie musste sich getäuscht haben.

Was sollte das alles? Was machte sie hier?

Tränen standen in ihren Augen. Wütend schnappte sie nach der Serviette, wischte sich ungelenk den Mund ab und knallte das Papiertuch neben ihren Teller auf den Tisch. „Jetzt hör auf mit diesem Philosophen-Geschwätz. Du hast mich zum Essen gelockt, um mir was von dir zu erzählen. Darauf habe ich mich gefreut und jetzt so ein Gesülze. Was soll das?"

Dobermann saß wie versteinert vor seinem Teller und wusste nicht, wie er sich verhalten sollte. Was hatte er nun schon wieder falsch gemacht? Er hatte doch von seiner Einschätzung der Welt berichtet und das, was er gesagt hatte, hatte doch irgendwie auch mit ihm zu tun. Er wollte doch etwas von sich erzählen, er wollte auf seine persönliche Geschichte kommen, ja er wollte ihr alles sagen.

Und jetzt?

Er musste aufblicken.

Pia war aufgesprungen. Sie stand mit zusammengekniffenen Lippen vor ihm und funkelte ihn angriffslustig an.

Dobermann hatte keine Lust auf Kampf. „Komm setz dich wieder!", flüsterte er und vermied es, ihren Blick zu erwidern.

Pia atmete wie ein Stier. Sie zitterte, blieb aber stehen. Kurz darauf presste sie hervor: „Gut, ich gebe dir noch eine Chance. Der nächste Satz, den du sagst, entscheidet, ob ich aus deinem Leben verschwinde, und zwar für immer, oder ob ich mich wieder hinsetze."

Erschrocken blickte Dobermann auf. Es war ihm klar, dass jetzt eine rote Linie vor ihm lag, die er nicht überschreiten sollte. Er fühlte, er wollte Pia nicht verlieren, es war ein ganz neues Gefühl und ein intensives obendrein. Jetzt war er gefordert. Er musste sich öffnen, fallenlassen ohne zu wissen, was passierte. Er musste es probieren.

„Eigentlich wollte ich dir von meiner Kindheit erzählen, weil ... weil ich glaube, ich fühle mich irgendwie zerrissen, weil ... weil ..."

Anscheinend hatte er die richtigen Worte gefunden, Pia war gerade dabei sich wieder zu setzen, als ihr Smartphone klingelte. Sie zögerte kurz, dann gewann ihr Pflichtbewusstsein. Sie kramte das Gerät hervor und drückte den Knopf. Sofort drang ein Redeschwall in ihr Ohr. Anscheinend hatte sie noch nicht einmal Zeit, „hallo", „ja" oder Ähnliches zu sagen. Die Kommissarin nickte einfach und riss immer mehr die Augen auf.

Benjamin wurde neugierig.

Wenige Augenblicke später beendete Pia das Telefonat und sagte: „Wir müssen fahren!“

„Warum?“

„Die Kollegen wissen, wo sich der Vogelmaskenmann aufhält.“

Benjamin schob mit seinen Oberschenkeln den Stuhl nach hinten und sprang auf. „Ich bezahle, holst du die Jacken? Wir treffen uns am Auto.“

***

Zu Beginn der Fahrt sprach keiner der beiden ein Wort. Pia war gefangen in dem Fall, sie dachte über den Vogelmenschen nach und überlegte, was sie nun erwarten würde. Benjamin dagegen dachte krampfhaft, wie er Pia von seiner besonderen Kindheit erzählen könnte, und warum es ihm bisher nicht gelungen war.

„Willst du denn gar nicht wissen, was mir die Kollegen gesagt haben?“, fragte Pia schnippisch.

„Natürlich“, antwortete Dobermann schnell.

„Also, pass auf! Auf unseren Fahndungsaufruf von heute früh hat sich ein Manfred Schmidt gemeldet und mitgeteilt, dass er den Mann mit der Vogelmaske schon öfters gesehen habe und auch wisse, wo er wohne. Er wäre sein Nachbar.“

„Das ist ja ein Zufall“, bemerkte Dobermann überrascht.

„Das SEK ist unterwegs. Wenn wir uns beeilen, können wir vielleicht noch beim Zugriff dabei sein.“

Dobermann atmete tief durch. „Das ging jetzt aber schnell. Wohin fahren wir?“

„Er lebt in einem alten Bungalow, direkt in der Nähe des Hofguts am Oberfeld. Kennst du den Zeyherweg?“

„Klar, der liegt mitten im Prominentenviertel.“

Pia lächelte mitleidig. „Na ja, im ehemaligen Prominentenviertel. Es ist halt, gemeinsam mit seiner Bewohnerschaft, etwas in die Jahre gekommen." Sie gab Gas und raste durch die hereinbrechende Dunkelheit. Nach zehn Minuten bog sie links ab und war am Ziel.

Der Flachdachbungalow lag am Ende einer Sackgasse an der Kopfseite eines Wendehammers. Der Straßenbelag und auch der Gehweg waren schon seit Jahren nicht mehr saniert worden, dennoch strahlten die Häuser ringsherum eine gewisse Eleganz aus und man konnte erahnen, dass hier Menschen einer gehobenen sozialen Schicht lebten.

Vor dem Bungalow herrschte aufgeregtes und dennoch völlig geräuschloses Treiben. Verteilt waren mehrere Mannschaftsbusse, vor denen jeweils sechs ganz in schwarz gekleidete und behelmte Menschen akkurat aufgereiht standen, die auf Befehle warteten. Sie erinnerten an schwarze Pendants der Star Wars-Klonkrieger.

„Da vorne ist Daniel. Ich glaub, er steht direkt neben dem Einsatzleiter. Halt an!" Dobermann sprang aus dem Wagen, sobald er zum Stehen gekommen war, und eilte auf seinen Kollegen zu. Pia folgte.

„Ah, da seid ihr ja endlich. Wir sind soweit. Der Zugriff kann erfolgen", sagte Hartmann. „Ihr kommt gerade rechtzeitig."

Ein paar Ansagen später, die sich per Funk auf unzählige Ohrstöpsel verteilten, machten sich die SEK-Leute auf den Weg. Sie umstellten das Haus und belagerten die Eingangstür. Ein weiterer Befehl und der Einsatz startete. Einer der Schwarzgekleideten hatte sein Spezialwerkzeug parat und öffnete geschickt mit einem leisen Klicken die Eingangstür. Die ersten sechs Maximalvermummten stürmten in das Haus.

Zeitgleich standen Pia, Daniel und Benjamin eng aneinander gepresst in einem mit allerlei Technik ausgestatteten VW-Bus und starrten gemeinsam mit dem Einsatzleiter auf einen Bildschirm, der in drei Abschnitte aufgeteilt war. Bewegte Bilder aus den Helmkameras unterschiedlicher Einsatzkräfte waren zu sehen. Dazu kamen Stimmen aus den Lautsprechern. Oben links sah man einen Flur und nach kurzer Zeit hörten alle: „Flur gesichert", rechts davon eine nach unten führende Treppe, darunter die Gästetoilette. „WC gesichert!", erklang es aus den Lautsprechern.

Der Blick der drei Kommissare blieb am rechten oberen Bildabschnitt hängen. Ruckelnde Bilder, es ging ein paar Stufen hinunter. Am Treppenabsatz eine Tür. Sie wurde aufgestoßen. Ein Flur und am Ende rechts eine weitere Tür.

„Flur, Keller, gesichert!"

Eine andere Stimme ertönte, diesmal leiser, fast flüsternd: „Tür schallisoliert – verschlossen."

Ein Gerät wurde von hinten nach vorne gereicht. Es handelte sich um eine Ramme. Ein Schlag, ein Bersten und die Tür sprang auf. Mehrere armdicke Lichtstrahle aus Taschenlampen schossen durch den kleinen quadratischen Raum, der Lichtschalter wurde gefunden, bedient und grelles Licht flutete auf. Eine Sekunde lang herrschte absolute Stille, dann: „Oh, mein Gott. Was ist das denn?" Nahezu gleichzeitig erklang eine weitere Stimme aus dem Lautsprecher: „Person im Wohnzimmer."

Ein schriller Schrei und hektische Bewegungen. Der obere rechte Teil des Bildschirms zeigte in Nahaufnahme eine ältere Frau in einem Fernsehsessel mit weit aufgerissenen Augen und einem Mund, aus dem Speichel floss. Ein Handschuh wurde blitzschnell ausgezogen und sowohl Zeige- als auch Mittelfinger betasteten den Hals der alten Frau.

„Kein Puls spürbar. Notarzt!"

Der Einsatzleiter, der konzentriert auf den Bildschirm starrte, reagierte sofort, zückte sein Handy und wählte die Notrufnummer. Währenddessen wurde die Frau aus dem Sessel gehoben und vorsichtig auf den Boden gelegt. Zwei weitere SEK-Leute zogen ihre Handschuhe aus und begannen mit der

Herzmassage.

Die Tür zum Esszimmer fiel ins Schloss und erregte die Aufmerksamkeit der restlichen Einsatzkräfte. „Zielperson im angrenzenden Raum!"

Mehrere Schwarzgekleidete rannten mit Waffen im Anschlag los. Die Tür war verschlossen.

„Ramme!"

Ein Krachen und Splittern, der Weg war frei. Im Esszimmer stand das Fenster offen.

„Der Vogel ist ausgeflogen. Kollegen übernehmt."

Schwere Stiefel stapften.

„Fenster lokalisiert."

„Kein Flüchtender im Garten."

„Zugang zum Dach möglich."

„Dort, ein Rascheln im Gebüsch. Alle Einsatzkräfte zu mir!"

***

Sascha Kiebitz saß still auf einem Bürostuhl, rollte leicht hin und her, streichelte das Dialysegerät und überlegte. Die schallisolierte Tür des Kellerraumes war geschlossen, so konnte er nicht das Eindringen des Sondereinsatzkommandos hören. Zufällig blickte er auf und sah das blau blinkende Licht, das sanft durch das kleine mit einem Gitterrost geschützte Kellerfenster drang. Neugierig geworden, erhob er sich und lugte nach draußen. „Polizei!", durchzuckte es ihn. Er sprang zurück, griff nach der weißen Vogelmaske, bedeckte damit sein Gesicht und verließ eilig den Raum. Er schloss die Tür und rannte in Richtung Treppe. Dort hörte er Getrappel und wusste, dass irgendjemand in den Keller stürmte. Flugs öffnete er den alten Holzschrank, der schon seit Jahrzehnten hier unten stand und Platz für ausrangierte Mäntel bot, und verschwand darin. Die Tür ließ er einen Spalt weit offen und sah kurz darauf mit Schrecken mehrere Schwarzgekleidete vorbeihuschen.

Als mit einem lauten Schlag die Tür zu seinem speziellen Kellerraum aufgebrochen wurde, kroch er vorsichtig aus dem Schrank und schlich die Kellertreppe nach oben. Im Erdgeschoss angelangt, betrat er vom Flur aus die Küche. Von dort schlich er leise ins Esszimmer und wollte gerade das Wohnzimmer betreten und seine Mutter warnen, als er sah, dass dort Schwerbewaffnete herumschrien und den Fernsehsessel umstellt hatten. Starr vor Schreck musste er mit ansehen, wie seine Mutter sich erst aufbäumte und anschließend zusammensackte.

Die Worte „Kein Puls spürbar. Notarzt!", trafen ihn hart.

Am liebsten hätte er auf die schwarzen Männer eingeprügelt, hielt sich aber zurück. So leise wie irgendwie möglich verschloss er die Esszimmertür, drehte den Schlüssel im Schloss und dachte krampfhaft nach.

Was sollte er tun?

Die Idee kam plötzlich.

Er öffnete das Fenster, betrat die Küche und drückte so leise wie möglich die Klinke der als Schrank getarnten Tür. Sie führte in die begehbare Speisekammer. Schon hörte er das Splittern von Holz und wusste, dass die Tür zum Esszimmer aufgebrochen worden war.

Keiner der SEK-Leute war auf die Idee gekommen, von der anderen Seite des Flures aus die Küche zu stürmen. Das war Saschas Glück und anscheinend hatten die Einsatzkräfte auch keine Zeit oder keine Möglichkeit gehabt, einen Grundriss der Villa zu besorgen. Von der Speisekammer aus führte eine Treppe hinab in den Keller. Sie war einstmals gebaut worden, damit die Bediensteten nicht den Umweg durch den ausladenden Flur nehmen mussten, um frische und gekühlte Getränke und Lebensmittel aus dem Keller zu holen.

Der junge Kiebitz gelangte wie eine Katze auf Samtpfoten in einen der hinteren Kellerräume, in dem sich die Öltanks befanden. Auch jetzt war das Glück auf seiner Seite, die SEK-

Leute inspizierten gerade die Waschküche und er schlich in ihrem Rücken durch den Keller. Seine erste Überlegung war, sich zwischen den Tanks zu verstecken. Er verwarf die Idee allerdings sofort wieder. Er hatte nur eine Chance. Er musste das Haus durch die hintere Ausgangstür verlassen und zwar so schnell wie möglich, auch auf die Gefahr hin, dass der Ausgang überwacht werden würde. So leise wie möglich schlich er dorthin, schloss sie auf und bewaffnete sich mit einer alten Kehrschaufel aus Metall, die er gefunden hatte. Vorsichtig schob er das Türblatt nach außen. Kein Quietschen war zu hören. Schon bald lag die betonierte Treppe vor ihm, die in den verwilderten Garten führte. Dieser war hell ausgeleuchtet und der Lichtschein nahm ihm allen Mut. Er klemmte den Stiel der Kehrschaufel zwischen seine Zähne und schlich gebückt einen Meter weit nach vorne. Von draußen hörte er Befehle und Stiefelgetrampel.

Geschmeidig und lautlos kroch er weiter die Treppe hinauf, auf allen Vieren, noch immer die Schaufel zwischen den Zähnen. Oben angelangt, sah er links eine Gestalt, die anscheinend gerade einen Befehl erhalten hatte und ihm den Rücken zudrehte. Ohne weiter nachzudenken, schnappte er den Stiel der Schaufel, richtete sich auf, als würde er von einem gedehnten Gummiband gezogen, und schleuderte die blecherne Kehrschaufel über die Gestalt hinweg in das nahe Gebüsch hinein. Ein Rascheln und Knacken war die Folge. „Zielperson auf elf Uhr", war die lautstarke Reaktion. Er nutzte die schnelle Bewegung der schwarzen Gestalt, lief geduckt nach rechts und verschwand hinter dem Stamm einer dicken Eiche. Im nächsten Augenblick drangen drei Gestalten aus dem Keller heraus, spurteten die Betontreppe hinauf und stampften nach links.

Der Atem des Flüchtenden rasselte, viel zu laut, wie er fand. Er musste sich konzentrieren. Er musste sich beruhigen. Die Maske störte dabei. Er durfte sie aber nicht abnehmen. Sie war sein einziger Schutz.

Er besann sich auf seine Fähigkeiten und erklomm rasend schnell die Eiche, hinter deren Stamm er sich zuvor versteckt gehalten hatte.

***

„Wie? Verschwunden?“

Der Einsatzleiter tobte vor Wut. Seine Halsschlagadern drohten zu platzen, sein Gesicht war feuerrot angelaufen und er fuchtelte wild mit beiden Armen.

Pia, Daniel und Benjamin versuchten sich in der Enge des VW-Busses, vor den ausufernden Bewegungen des Einsatzleiters in Sicherheit zu bringen. Daniel öffnete schnell die Schiebetür des Busses und kurz später standen die drei auf der Straße.

Einer der Polizisten, der dafür zuständig war, die Schaulustigen auf Abstand zu halten, gesellte sich zu ihnen. „Sind Sie Herr Dobermann?“, wollte er wissen. Der Kommissar bejahte. „Hier ist jemand, der mit Ihnen sprechen möchte.“

Dobermann wusste nicht, was er sagen sollte.

„Ein gewisser Herr Schmidt steht dort hinten und wartet auf Sie.“

„Wer?“

„Manfred Schmidt, die Person, die sich im Präsidium gemeldet und die Adresse von diesem Vogelmann bekannt gegeben hatte.“

Als Dobermann noch immer glotzte, fügte der Polizeibeamte genervt hinzu: „Der, der den Einsatz hier ausgelöst hat.“

„Holen Sie ihn! Mein Kollege wird ihn da vorne an der Straßenlaterne erwarten“, intervenierte Hartmann, der herbeigeeilt gekommen war.

Der Polizist entfernte sich.

Auf dem Platz vor dem Haus blinkte alles blau. Der Notarztwagen und der Krankenwagen waren schon vor einigen

Minuten herangerast und standen nun direkt vor dem Eingang. Die hinteren Türen des Transporters standen offen und als Dobermann ein paar tiefe Züge der kühlen Abendluft inhalierte, konnte er beobachten, wie sich die Hauseingangstür öffnete und eine Trage auf Rädern herausgerollt wurde. Darauf lag eine Person.

Na immerhin ist die alte Frau nicht gestorben, dachte er und merkte, wie ihn diese Erkenntnis beruhigte. Verstohlen blickte er zu Pia hinüber und lächelte kurz. Sie erwiderte sein Lächeln nicht. Pia unterhielt sich angestrengt mit Daniel.

Gleich darauf kam der Beamte in Begleitung einer Person zurück, dessen schlaksiger Körper von einem grauen Trenchcoat umweht wurde. Er wirkte wie ein Hausmeister, der alles im Blick hatte. Dobermann schätzte den Mann auf Anfang siebzig und merkte, wie unsympathisch er auf ihn wirkte.

„Haben Sie den Kerl erwischen können?", fragte der Mann ohne Gruß und ohne sich vorzustellen.

„Sie kennen den jungen Herrn Kiebitz?", begann der Kommissar mit ruhiger Stimme.

„Sie meinen sicher den Sascha. Tja, das ist einer, kann ich Ihnen sagen. Deswegen habe ich ja die Polizei ...„

„Also woher kennen Sie ihn?", fragte Dobermann, diesmal forscher.

Der Trenchcoat-Träger stutzte, überlegte kurz, ob er sich solch einen Ton von einem jungen Mann gefallen lassen wollte, entschied sich dann aber, ruhig zu bleiben.

„Ich bin ein Nachbar der Familie Kiebitz. Mit Saschas Vater habe ich die Schulbank gedrückt, damals in der Zeit, als Bildung noch einen Stellenwert hatte. Wir legten gemeinsam im Landgraf-Georgs-Gymnasium unsere Reifeprüfung ab."

„Sie wollten mir etwas über den Sohn erzählen", unterbrach Dobermann ungeduldig.

Manfred Schmidt ließ sich nicht beirren.

„Der Werner starb vor ein paar Jahren. Das war eine eigenartige Sache. Angeblich war die Todesursache Herzversagen. Ich weiß ja nicht. Da gibt es eine Menge Fragen. Ich weiß auch nicht, welche Rolle Sascha dabei gespielt hat."

Dobermann hakte ein. „Wie meinen Sie das?"

„Na ja, angeblich soll Werner in den Armen seines Sohnes gestorben sein, so hat es Sascha überall herumerzählt. Als ein paar Stunden später die Bestatter kamen, wollte Sascha allerdings seinen Vater nicht freigeben. Er klammerte sich an ihm fest und schrie immer wieder, dass er schuld sei, dass er den Tod nicht habe verhindern können und dass er keine Beerdigung wolle. Das war ein Gezeter und Gezerre hier vor dem Haus. Erst als die Polizei und der Krankenwagen kamen, konnte Werner in den Leichenwagen eingeladen werden und der Spuk hatte ein Ende."

Dobermann kramte einen Zettel und einen Stift aus seiner Lederjacke und begann, Notizen zu machen.

„Was wissen Sie noch über diesen Sascha Kiebitz? Was macht er so? Hat er eine Arbeit?"

Herr Schmidt lachte trocken: „Der und arbeiten? Dass ich nicht lache! Der hat noch niemals in seinem Leben geschafft. Der wurde von seinen Eltern immer schon gepampert. Die trauten ihm nichts zu. Er musste niemals etwas leisten und das haben sie jetzt davon."

„Ich habe das Gefühl, Sie können ihn nicht besonders gut leiden. Kann das sein?", fragte Dobermann, um dem Gespräch eine andere Richtung zu geben. „Da mögen Sie recht haben. Nett, wie Sie es ausdrücken. Ich kann diesen Sascha Kiebitz auf den Tod nicht ausstehen. Ich finde ihn eigenartig. Der tut Dinge, die anderen Menschen Angst machen."

„Können Sie mir ein paar Beispiele nennen?" Dobermann beobachtete jede Reaktion seines Gegenübers. Irgendwie konnte er den Mann nur schwer einschätzen, also beobachtete er weiter und hörte zu.

„Schon öfters habe ich den Sascha abends aus dem Haus

schleichen sehen. Immer war er ganz in schwarz gekleidet, sodass ich ihn kaum erkennen konnte. Er huschte wie ein Schatten durch die Gegend. Das einzige Auffällige an ihm war die weiße Maske mit der langen Nase."

„Liegen Sie abends auf der Lauer?", fragte Dobermann spitz.

Schmidt lachte gequält. „Dafür habe ich leider keine Zeit. Dumm, dass der Blick aus meinem Arbeitszimmer direkt auf den Eingang der Familie Kiebitz fällt und dumm auch, dass das Gartentürchen da drüben so heftig quietscht. Der Sascha hat wohl keine Zeit, mal mit ein bisschen Öl nachzuhelfen, aber dafür viel zu viel Zeit, um sich abends aus dem Haus zu schleichen." Eine abfällige Handbewegung unterstrich die Worte. „Ich weiß nicht, wohin er geht, was er macht, aber es passt zu seinem auffälligen Gehabe. Da muss irgendwas faul sein!"

Der Kommissar merkte, dass er nicht weiterkam. Er entschloss sich, das Gespräch zu beenden.

„Vielen Dank für Ihre Einschätzung. Wenn Ihnen noch etwas einfallen sollte, rufen Sie mich bitte an", sagte Dobermann und hielt seinem Gegenüber eine Visitenkarte entgegen.

Herr Schmidt griff nach der Karte und erwiderte: „So, nun habe ich Ihnen alles erzählt, was ich weiß. Sagen Sie mir jetzt, ob Sie den Kerl geschnappt haben und ob er verurteilt wird?"

Der Kommissar schaute Herrn Schmidt direkt in die Augen und versuchte, so emotionslos wie möglich zu wirken. „Das kann ich Ihnen leider nicht sagen. Wir befinden uns gerade im laufenden Ermittlungsverfahren, ich hoffe, Sie verstehen das?"

Er drehte sich um und ließ den Mann im Trenchcoat alleine zurück.

***

Der Mann mit der Vogelmaske hatte es geschafft. Als sich die Einsatzkräfte vor dem Haus zusammengezogen hatten, war er von der alten Eiche gestiegen und konnte ungesehen aus dem Garten flüchten. Kurz darauf hatte er einen anderen Baum gefunden, der auf der gegenüberliegenden Seite der schmalen Zufahrtsstraße in einem Nachbargrundstück stand. Nun kauerte er auf einem dicken Ast und konnte den Platz vor seinem Elternhaus einsehen. Er sah, wie seine Mutter mit der Krankenbahre in den Krankenwagen gerollt wurde. An einem Galgen hing eine Infusionsflasche. Offensichtlich lebte seine Mutter.

Aber wie lange noch?, fragte er sich. Nervös wippte Sascha hin und her. Eile war geboten. Schnell musste er einen Menschen finden, an dem er die Einbalsamierung üben konnte. Da sah er Manfred Schmidt.

Was machte der denn da? Sofort wurde ihm klar, dass er verraten worden war. Sein Nachbar unterhielt sich mit dem jungen Kommissar, dem er gestern schon einmal entkommen war.

Na warte, dachte Sascha, dich werde ich kriegen und zur Rechenschaft ziehen.

Plötzlich war er sich nicht mehr sicher, ob er seine eigenen Regeln befolgen konnte. Eigentlich wollte er niemals einen Mord begehen.

***

Als Dobermann zu dem VW-Bus zurückkam, standen dort noch immer seine Kollegen. Beide telefonierten. Daniel beendete zuerst das Gespräch. „Lasst uns Feierabend machen“, begann er. „Der junge Kiebitz ist wie vom Erdboden verschluckt, die Fahndung ist draußen und die Kollegen vom SEK stellen Beweismaterial sicher. Also, was sollen wir noch hier?“

Dobermann nickte und schaute hinüber zu Pia. Auch sie hatte ihr Telefonat beendet. Sie stimmte Hartmann zu und fragte ihn: „Kannst du Benjamin mitnehmen? Dann muss ich nicht mehr übers Martinsviertel fahren."

„Willst ... äh ... willst du nicht mit zu mir kommen? ... Ich würde gern ... äh ... gern noch mit dir reden ... ich ...ich hab auch noch `ne Flasche Rotwein zu Hause ... von dem guten ... weißt du?", stotterte Dobermann.

„Ach lass mal", antwortete Pia kühl. „Es war ein langer Tag. Ich brauche Zeit für mich alleine."

Dobermann stand wie versteinert da. Nebel waberte in seinem Hirn.

Pia ging einen Schritt auf Hartmann zu und fragte nochmals: „Also, was ist? Kannst du Benjamin mitnehmen?"

Hartmann zuckte nur mit den Achseln.

„Okay, dann mach's gut", sagte Pia an ihren Freund gerichtet, drehte sich um und ging.

Der Kommissar stammelte ratlos leise vor sich hin: „Was ... was hab ich nur falsch gemacht?"

Pia drehte sich noch einmal um, schaute Dobermann in die Augen und sagte: *„Manche sehen nur Bäume dicht an dicht, sehen keine Zwischenräume und das Licht.* Denk mal drüber nach. Wenn du den Sinn des Spruches verstanden hast, kannst du mich ja mal anrufen."

Sie lief zu ihrem Auto und ließ ihre beiden Kollegen zurück.

ER

Es ist fatal.

Es gibt nur noch Schwache. Es gibt nur noch Unangepasste. Das ist kaum zu glauben, aber wahr.

Warum sehen es so wenige?

Wir prahlen doch, dass wir eine aufgeklärte und moderne, wissende Gesellschaft wären. So ein Schwachsinn!

Es ist offensichtlich.

Man muss lediglich die Augen öffnen und die Wahrheit springt einen förmlich an, wie eine hungrige Katze eine Maus. Warum sehen es so wenige?

Die Schwachen, Unangepassten und Leistungsverweigerer leben und gedeihen prächtig in unserer Hängematten-Gesellschaft.

Soll das so sein?

Nein, wir müssen uns wehren. Ansonsten degeneriert unser Volk immer mehr.

Das schaffen unsere derzeitigen Politiker nicht.

Man muss sie sich nur anschauen, was für ein verweichlichter und verlogener Schnarchhaufen das ist. Was machen die denn? Den ganzen Tag debattieren, nichts als dumm rumschwätzen und Steuergelder für Nutzloses ausgeben. Es werden keine Entscheidungen getroffen, die uns weiterbringen würden. Entscheidungen sind wichtig, mit allen Konsequenzen. Kann schon sein, dass der eine oder die andere draufgeht, aber so ist das nun mal: Survival of the fittest, hat schon Darwin gesagt, und er hat immer noch recht, obwohl er von vielen falsch verstanden wurde. Er hat niemals gemeint, nur der Stärkste überlebt, dann hätte nämlich der Eisbär gute Karten. Survival of the fittest ist der Kernsatz, wobei *fittest* nicht der Stärkste, sondern der Passendste oder auch der Angepasste bedeutet. Wer sich nicht anpassen kann, der muss gehen. So wird auch die Menschheit gehen müssen.

Die Natur macht es uns vor. Die Welt besteht aus einem Kommen und Gehen. Das nennt man Evolution. Alles entwickelt sich und der Störer oder auch der Unangepasste wird aussortiert, sonst gäbe es heute noch Dinosaurier. Der Wandel ist deutlich.

Der Eisbär wird bis zum Ende dieses Jahrhunderts ausgestorben sein.

Und warum?

Er kann sich nicht anpassen. Der Klimawandel ist immanent, aber der Eisbär ist zu schwach für die Veränderungen. Er kann sich nur an dem Alten, den Eisschollen festklammern. Diese werden aber wegschmelzen. Der Eisbär ist nicht kreativ genug und das wird sein Schicksal sein.

Und das ist gut so!

Die Natur ist knallhart, anders als unsere Gesellschaft. Wir versuchen, es jedem recht zu machen, alle mitzuschleppen, selbst die Todgeweihten, aber damit muss Schluss sein.

Schritt für Schritt wird es vorangehen. Selbst die Menschheit wird vergehen. Sie wurde als Krone der Schöpfung bezeichnet. Da kann ich nur lachen. Davon ist kaum etwas übrig, bis auf eine unermessliche Überheblichkeit.

Aber, schaut nicht auf die Menschheit, schaut auf mich! Ich werde Zeichen setzen. Glaubt es mir. Ihr werdet noch von mir hören und das zu Genüge …

Ich kann mich gut anpassen, auch an meine Umgebung, so sehr, dass ich unsichtbar für meine Gegner bin und meinen Plan bis zum Ende durchführen kann.

Ich werde etwas schaffen, was Bestand hat.

Hahaha, es wird die Zeit überdauern!

Ihr werdet es sehen!

Ich werde ewig sein!

9. Florian Hacke

Unruhe war in ihm. Das Kribbeln zog sich von den Beinen über den Bauch bis in die Kopfhaut. Florian Hacke konnte das nervige Gefühl nicht unter Kontrolle bekommen. Er hatte es versucht, immer und immer wieder. Er war in seinem Zirkuswagen hin und hergelaufen wie ein Tiger im Käfig, hatte sich auf die Couch geworfen, hatte in das Kissen gebissen, war wieder aufgesprungen, hatte Bier und Schnaps in sich hineinlaufen lassen, alles ohne Erfolg. In ihm tobte es. Die Unruhe wurde zum Schmerz. Er hatte das Gefühl, er würde innerlich aufgefressen, als habe er Säure getrunken. Er musste etwas tun. Es wurde ihm immer klarer, er musste die Sache selbst in die Hand nehmen. Er musste aktiv werden. Die Darmstädter Kriminalpolizei war anscheinend unfähig, den Fall zu lösen. Sie war unfähig, den Mörder von Frauke zu finden. Es gab keine Erfolge. So stand es zumindest in der örtlichen Presse. Hacke war zwar kein Zeitungsleser, dennoch war er in den letzten Tagen jeden Morgen zur Tanke an der Hauptstraße gelaufen und hatte sich das aktuelle „Darmstädter Echo" gekauft. Auch hatte er mehrmals bei diesem Kommissar angerufen, der ihn am Sonntagnachmittag besucht hatte, und hatte keine Antworten erhalten. Der Kommissar hatte lediglich Gegenfragen parat. Er wollte wissen, ob ihm noch etwas eingefallen sei, ob er neue Erkenntnisse hätte. Neue Erkenntnisse? Was für eine Wortwahl? Darüber musste Florian lachen. Woher sollte er neue Erkenntnisse haben? Er war nicht bei der Polizei beschäftigt.

Erkenntnisse müssten von ihnen kommen, hatte er ins Telefon hinein geschrien, so laut, dass es dieser Kommissar auch ohne den Fernsprecher hätte hören können.

Er hatte sich zu Recht aufgeregt, wie er meinte. Das Ergebnis war allerdings, dass das Gespräch weggedrückt wurde und er vor Zorn bebte.

Nun war wieder ein Tag vergangen und wieder nichts geschehen. Florian riss die Tür seines Zirkuswagens auf und sprang die zwei Stufen hinunter, die in den verwilderten Garten führten. Er hatte eine Idee. Er hatte sich selbst eine Aufgabe gegeben und war sicher, dass er sie lösen würde. Er zog seine alten Lederhandschuhe über und suchte den Baseballschläger, den er auch gleich fand. Anschließend stürmte er los. Während er unterwegs war, ließ er immer wieder das Oberteil des Baseballschlägers in seine linke Handfläche klatschen und brabbelte vor sich hin: „Ich mach dich fertig! Ich mach dich richtig fertig!"

Unterwegs zu Renners Bungalow kam er an einer Tankstelle vorbei. Dort betrat er den Verkaufsraum, griff nach einem Kanister, ging nach draußen, füllte ihn mit Benzin und zahlte. Als er schon an der Glasschiebetür angelangt war, drehte er um, ging zurück zur Kasse, verlangte nach vier Jägermeister 0,04l und zahlte auch diese. Vor der Tanke trank er zwei davon aus, die anderen beiden ließ er in seiner Jackentasche verschwinden.

***

Elvira Stolze, Fraukes kleine Schwester, hatte das Gespräch mit Kriminalhauptkommissar Gunther Clausen sprach- und nahezu regungslos über sich ergehen lassen. Seine Worte hatte sie erst beim zweiten Mal gehört und beim dritten Mal verstanden. Die Erkenntnis, dass ihre Schwester ermordet worden war, und das anscheinend schon vor Wochen, hatte sie wie ein eiskalter Guss getroffen, gefolgt von einem übermächtigen Schuldgefühl. Es hatte körperlich geschmerzt. Sie war zusammengesackt und hatte geschluchzt. Der Kommissar hatte Elvira am Arm gepackt und gefragt, ob er ihr ein Glas Wasser bringen sollte. Sie hatte verneint und ihn lange angeschaut. Mit der Zeit hatte sie ihre Gefühle in den Griff bekommen und sie hörte die vielen Fragen, die der Kommissar ihr stellte. Elvira gab lediglich kurze Antworten und wusste nicht mehr, ob ihre Sätze einen Sinn ergeben hatten. Irgendwann hatte der Kriminalhauptkommissar ihre Wohnung verlassen. Zum Abschied hatte er ihr eine Visitenkarte übergeben und die Bitte geäußert, sie solle sich melden, wenn ihr noch etwas einfallen würde. Sie hatte nur abwesend genickt und war froh, dass er gegangen war.

Jetzt saß sie in ihrem kleinen Wohnzimmer und dachte nach, immer wieder über dasselbe, das letzte Telefonat mit ihrer Schwester. Aus Lähmung wurde Unruhe. Plötzlich wusste sie, sie musste etwas tun. Elvira sprang aus ihrem Sessel. Schnell packte sie ein paar Sachen zusammen, verließ in Eile ihre Wohnung, setzte sich in ihr Auto und machte sich auf den Weg nach Traisa. Sie musste herausfinden, was mit ihrer Schwester geschehen war. Beim letzten Telefonat hatte sie mehrfach diesen Mann erwähnt, der sie wochenlang verfolgt und drangsaliert hatte. Auch hatte sie davon berichtet, dass ihr die Polizei nicht helfen wollte oder konnte. Warum sie keine Hilfe bekam, wurde durch ihren Bericht nicht klar. Deutlich wurde aber das immense Ohnmachtsgefühl, das ihre Schwester gespürt hatte. Nach dem Tod ihrer Katze wollte sie nach Nordhessen kommen, so war es abgesprochen, aber sie hatte es nicht getan. Anscheinend war ihr etwas dazwischengekommen. Kurz vor ihrer Abreise aus Traisa hatte sie nochmals angerufen. Sie sagte, Elviras Wohnung sei sehr klein und sie wolle ihr nicht so arg auf die Pelle rücken. Sie wolle in einem Hotel im Odenwald zur Ruhe kommen. Abschließend hatte sie noch erwähnt, dass sie einen Mann kennengelernt habe und in den nächsten Tagen einen Brief schreiben würde. Mit dem Satz, Elvira solle sich keine Sorgen machen, hatte sie das Telefonat beendet. Tage später hatte Elvira tatsächlich den angekündigten Brief erhalten.

Nun saß sie in ihrem Fahrzeug und nahm die Autobahn

nach Süden. Sie fuhr und fasste einige Kilometer später einen Entschluss. Sie nahm die nächste Ausfahrt, hinter der sich eine Raststätte befand, holte sich einen Kaffee und einen Schokoriegel und kramte den Brief ihrer Schwester aus dem Handschuhfach. Konzentriert las sie Zeile für Zeile, immer wieder und wieder, solange bis sie wusste, was sie als nächstes tun würde.

***

Vor Renners Villa holte Hacke die beiden Jägermeister aus seiner Jackentasche und trank sie nacheinander aus, schüttelte sich kurz und warf die Flaschen achtlos in den Vorgarten. Er drückte den Baseballschläger solange gegen den Klingelknopf, bis die Haustür aufgerissen wurde und der Hausherr mit geröteter Gesichtshaut schrie: „Was soll d…?" Das letzte Wort blieb Renner im Halse stecken, als er dem Stiernackigen ins wutverzerrte Gesicht blickte. Renner wollte die Tür zuschlagen, Hackes Fuß war allerdings schneller.

„Moment mal", sagte Hacke bedrohlich ruhig. „Du kennst mich doch, oder"?

„Waaas …? Klar kenne ich dich, was willst du? Lass mich in Ruhe!"

Hacke drückte das Türblatt auf.

Renner war zu schwach dagegenzuhalten.

Hacke stürmte in den Flur.

Renner fand schnell zu seiner Überheblichkeit zurück und schrie: „Verdammt nochmal, hau ab! Weißt du überhaupt, wem du gegenüberstehst?"

„Natürlich weiß ich das. Und deswegen bin ich auch hier." Hacke stieß mit dem Baseballschläger gegen die Brust seines Kontrahenten, um ihn auf Abstand zu halten. Er drehte sich kurz um, holte den Kanister, den er neben der Eingangstür abgestellt hatte und ließ knallend die Tür ins Schloss fallen.

Renner war so verdattert, dass er einen Moment lag nur dastand und nichts unternahm, ehe er tief Luft holte, einen Schritt auf Hacke zuging und fauchte: „Du kleiner mieser …" Weiter kam er nicht. Der Baseballschläger zischte an seinem linken Ohr vorbei und traf seine Schulter. Schmerzen empfand Renner erst einmal nicht. Der Schreck allerdings verbreitete sich rasend schnell im ganzen Körper. Die Knie wurden weich und Renner sank zu Boden.

Hacke schaute interessiert zu wie sein Widersacher zusammensackte. Spöttisch fauchte er ihn an: „Na, du vorlauter Arsch. Wirst du jetzt ein wenig ruhiger?" Zu gern hätte er wieder und wieder zugeschlagen, am liebsten auf den stoppelhaarigen Kopf und in die unverschämt grinsende Fresse.

Irgendetwas hinderte ihn allerdings daran.

Ich will es ihm nicht zu leicht machen, ich habe anderes mit ihm vor, er soll leiden, überlegte Hacke.

Er ließ den Baseballschläger sinken.

Renner hielt sich die Schulter und versuchte mit schmerzverzerrtem Gesicht aufzustehen. Hacke ging auf ihn zu, umrundete ihn, packte ihn unter der rechten Achsel und schleifte ihn über den Parkettboden bis zum Esszimmer. Renner schrie vor Schmerzen. Unsanft wuchtete Hacke ihn auf einen Holzstuhl und bevor sich der Blondschopf wehren konnte, waren seine Waden mit Kabelbinder an den beiden vorderen Stuhlbeinen festgebunden und die Unterarme ebenfalls, sodass sein Oberkörper auf den Oberschenkeln lag.

„Sieht ziemlich unbequem aus", bemerkte Hacke zynisch und lächelte böse.

Der Gefesselte presste voller Wut hervor: „Was hast du mit mir vor, du kleiner Scheißer? Mach mich sofort los, sonst wirst du was erleben."

Hacke atmete tief durch, hob den Baseballschläger in die Höhe und fuchtelte damit vor Renners Gesicht herum. „Um das mal ganz deutlich zu machen und die Rollen zu klären", begann Hacke, „ich habe eine Waffe. Du bist an den Stuhl gefesselt und wehrlos. Das Opfer bist du, benimm dich also auch so!“

Wäre der Gefesselte eine Cartoon-Figur gewesen, hätten jetzt Rauchwolken aus seinen Ohren dringen und Geräusche wie bei einer alten Lokomotive zu hören sein müssen. In der Realität allerdings zerrte er lediglich so fest an seiner Fesselung, dass sich der Kabelbinder in die Haut einschnitt und den Stoff des Sweatshirts rot färbte. Als er merkte, dass er sich nicht befreien konnte, wurde er etwas ruhiger.

„Okay, was willst du? Warum bist du in meine Wohnung eingedrungen und bedrohst mich?“, fragte er mit zischender Stimme.

„Ich denke, du weißt, warum ich hier bin“, antwortete Hacke bedrohlich ruhig.

Renner erwiderte verächtlich: „Ich hab keine Ahnung, sag du es mir!“

Hacke baute sich vor dem Gefesselten auf.

„Na, weil du der Arsch bist, der meine Freundin so lange belästigt hat, bis sie abgehauen ist. Und jetzt ist sie tot. Kannst du dazu was sagen?“

„Was erzählst du da? Tot ist sie? Das wusste ich nicht. Du ... du denkst, ich bin daran schuld? Das ist ... das ist doch Blödsinn!“

„Fakt ist, Fraukes Katze ist tot und nun auch Frauke selbst.“

„Na und, das willst du mir vorwerfen. Haste mit eigenen Augen gesehen, dass ich was mit der einen oder mit der anderen Sache zu tun habe?“

Hacke schüttelte den Kopf.

Renner grinste. „Was du da sagst, sind alles nur Vermutungen. Du kennst dich doch mit der Polizei aus, weißt, wie die tickt. Momentan bist du derjenige, der in meine Wohnung eingedrungen ist und knietief in der Scheiße steckt. Denk mal darüber nach.“

„Du redest zu viel. Halt endlich die Fresse!" Hacke spürte Hass in sich aufsteigen und wieder war da der Impuls, zuschlagen zu wollen. Aber das wäre der falsche Weg, dann hätte Renner gewonnen, das war Hacke klar. Tief atmete er ein und aus.

Der Mann auf dem Stuhl fixierte ihn. „Du hast keine Chance", begann Renner. „Die Polizei wird herausfinden, wer du bist. Du wirst verhaftet werden und lange Zeit im Knast schmoren. Weißt du noch, wie es das letzte Mal gewesen ist, als du mich besucht hast?"

„Wenn du dich da mal nicht irren wirst?", zischte Hacke, der sich nun sicher war, dass er seinen Plan durchziehen würde. Jetzt gab es kein Zurück mehr, wenn es auch grausam war, was er vorhatte.

„Na sag schon, was willst du jetzt tun, du kleiner Bastard?", provozierte Renner.

„Du willst es wirklich wissen?" Ein boshaftes Lächeln umspielte Hackes Mundwinkel. „Na gut, ich werde es dir sagen."

Er legte den Baseballschläger aus seinen Händen, kramte aus der Hosentasche ein Stofftaschentuch hervor, drehte es, sprang hinter den Gefesselten und zog es brutal durch seine Lippen und verknotete die Enden hinter dem Kopf. Renner versuchte sich zu wehren, wollte schreien, aber es gelang ihm nicht.

Gehässig sagte Hacke: „Ich will dich nur schützen. Du sollst nicht so laut rumkrakelen. Das ist nicht gut für die Stimmbänder. Und außerdem möchte ich nicht, dass wir zwei beiden gestört werden. Ich will nur kurz etwas holen, bin aber gleich zurück." Hacke drehte sich um, ging durch den Flur und schnappte den Benzinkanister. Wieder zurück im Wohnzimmer platzierte er ihn neben dem Stuhl. Er nahm Renner den Knebel aus dem Mund, trat vor ihn hin und holte ein Teppichmesser aus seiner Hosentasche. Er durchschnitt den Kabelbinder, der den rechten Arm an das Stuhlbein fesselte.

Gleich darauf griff er den Kanister, hob ihn in die Höhe und zwang den Gefesselten den Griff und mehrere andern Stellen zu berühren. Dann packte er ihn an den Haaren und zerrte seinen Kopf nach hinten. „So, jetzt will ich dich nicht länger auf die Folter spannen. Deine Fingerabdrücke sind auf dem Kanister. Du siehst ja, ich trage Handschuhe und das aus gutem Grund. Ich werde das Benzin über deinen Körper gießen und darauf achten, dass all deine Kleider und auch dein Gesicht und deine Haare schön feucht sind. Streichhölzer finde ich bestimmt in deiner Küche, oder?"

Zum ersten Mal konnte Hacke Angst in den Augen des anderen sehen.

„Die Polizei wird später auf dem Kanister deine Fingerabdrücke finden. Ich werde ihn etwas entfernt platzieren, damit er nicht direkt im Feuer steht. Selbstmord wird die einzige Idee sein, die die Polizei haben wird."

Renner schwieg. Man sah förmlich, wie es hinter seiner Stirn arbeitete, bis er hervorpresste: „Respekt, aber nicht zu Ende gedacht." Er überstreckte seinen Hals und blickte mühevoll auf.

„Wie kommst du darauf, dass mein Plan nicht genial ist?"

„Mann, hör mal. Ich bin an einen Stuhl gefesselt. Wie sollte ich das alles bewerkstelligen, was du dir ausgedacht hast?"

Hacke lachte.

„Natürlich werde ich dich zuerst mit meinem Spielzeug", dabei zeigte er auf den hölzernen Schläger, „ohnmächtig schlagen und die Kabelbinder entfernen."

„Blödsinn! Die Spurensicherung wird sich über die Verletzungen wundern und herausfinden, dass ich gefesselt worden bin."

„Ach! Darüber mach dir mal keine Sorgen. Ich werde genügend Benzin verwenden. Du wirst als ein Häufchen Asche zurückbleiben. Da wird nichts mehr nachzuweisen sein." Hacke grinste. Nun hatte er seinen Widersacher da, wo er ihn haben wollte, ganz klein, ängstlich und gedemütigt. Er fühlte sich siegessicher.

Renner blickte nach einer kurzen Pause erneut auf. Sein Mund verzog sich zu einem schiefen Grinsen. „Du hast eben an der Eingangstür geklingelt, oder?"

„Ja? Und weiter?"

„Dann hast du direkt in meine Überwachungskamera gestiert."

„Quatsch, du bluffst bloß!", schrie Hacke erschrocken.

„Ich und bluffen? Hahaha. Du hast richtig gehört. Die Polizei wird ihre helle Freude haben, wenn sie die Aufzeichnungen sichtet. Sie wird dich identifizieren und verhaften."

„Aufzeichnungen. Welche Aufzeichnungen?"

„Ich habe mehrere Überwachungskameras und damit ich die installieren durfte, musste ich bei der Polizei angeben, wo die Dateien gespeichert werden. Ist halt so. Wegen der neuen Datenschutzverordnung. Hahaha!"

Hacke spürte, wie sein Mund offenstand, er versuchte aber, seine Überraschung nicht zu zeigen, als er sagte: „Ich hatte eine Kapuze über den Kopf gezogen. Das hast du doch gesehen. Man wird mich gar nicht erkennen."

„Blödmann, was denkst du denn? Die neuen Kameras liefern hochaufgelöste Bilder. Als du den Kanister reingeholt und dich dann aufgerichtet hast, da musst du genau in die Kamera gestiert haben. Hahaha! So jetzt weißt du Bescheid. Mach was du willst. Meine Leiden werden bald vorbei sein. Du wirst allerdings den Rest deines erbärmlichen Lebens im Knast verbringen. Das ist sicher! Wenn du das willst, dann leg halt Feuer."

„Scheiße!", schrie Hacke.

Renner legte nach: „Na, willst du im Knast verrotten? Willst du das?"

„Nein, nein", stotterte Hacke.

„Dann lass den Scheiß und mach mich los! Ich habe eine Idee. Und die ist garantiert nicht zu deinem Nachteil."

Hacke zögerte. Er war verwirrt. Er wusste nicht, was er tun sollte. Er brauchte einen klaren Kopf. „Komme gleich wieder", nuschelte er vor sich hin und verließ das Esszimmer, schlurfte durch den Flur und öffnete die Haustür. Neben dem Klingelschild sah er etwas Halbrundes, in dem anscheinend eine Kamera eingearbeitet war.

Verdammter Mist, dachte er.

Dann fiel ihm das schwarze Kabel auf, das die Kamera nicht nur mit Strom versorgte, sondern die aufgenommenen Bilder zu irgendeinem Computer übermittelte. Er verfolgte das Kabel. Es verschwand nach ein paar Zentimetern in einem Loch in der Wand. Was wäre, wenn die Kamera direkt mit der nächsten Polizeidienststelle verbunden ist? Dieser Gedankenblitz traf Hacke unvorbereitet. So ein Quatsch, beruhigte er sich sofort wieder, wenn es einen direkten Alarm geben würde, müssten die Bullen schon längst hier sein.

Hacke eilte zurück in den Flur und betrat das nächstbeste Zimmer. Hier musste das Kabel irgendwo aus der Wand kommen. Der Raum glich einem Arbeitszimmer. Schreibtisch, mehrere Bildschirme, Tastatur, Telefone, Drucker und eine Menge verteilter Papiere. Er wusste nicht, was er tun sollte. Er konnte ja nicht den PC und alle Geräte mitnehmen. Dann würde die Polizei garantiert nicht mehr an Selbstmord, sondern an Raubmord denken. Hacke ging auf den Schreibtisch zu und beugte sich über die Unmengen Papiere, die herumlagen.

Bingo! Blitzte es plötzlich in seinem Hirn auf, jetzt habe ich dich. Er kramte sein Smartphone hervor und machte Fotografien von mehreren Papieren, die er sehr interessant fand. Anschließend nahm er zwei Zettel an sich, faltete sie zusammen und steckte sie in eine der hinteren Hosentaschen. Beschwingt schlenderte er in den Flur und ging zurück in das Esszimmer.

Als er angekommen war und losplappern wollte, erstarrte er. Teile des Holzstuhls lagen auf dem Boden, eine Sitzfläche, die abgebrochene Lehne und drei herausgerissene Stuhlbeine.

Eines fehlte.

„Ark!" Ein Schrei ließ Hacke herumwirbeln und im nächsten Moment traf ihn etwas Hartes am rechten Arm. Reflexartig duckte er sich, drehte sich um, schaute auf. Direkt in das zur Fratze verzogene Gesicht des Blondschopfs. Er sah, wie dieser zu einem nächsten Schlag ausholte. Hacke hob den Arm und konnte das Holz abfangen. Er schnellte nach vorne, umklammerte die Unterschenkel seines Gegners und biss ihm mit aller Kraft in den Oberschenkel, ein Schmerzensschrei folgte. Renner fiel nach vorne, über Hackes Schulter hinweg, vergrub seine Hände in dessen Haaren und zog daran. Jetzt schrie Hacke, fand aber mit der rechten Hand die weiche Stelle zwischen den Beinen des Widersachers und drückte kräftig zu. Das Reißen an seinen Haaren ließ nach und er wurde an beiden Schultern gepackt und weggestoßen. Auf dem Rücken rutschte er über den Parkettboden. Dabei trat er gegen den Baseballschläger. Das Geräusch der über den Boden schlitternden Waffe ließ die beiden Kämpfenden kurzzeitig erstarren. Hacke rappelte sich als erster auf und kam auf die Knie. Der Hausherr sprang ebenfalls in die Höhe und hielt sich mit schmerzverzerrtem Gesicht den Schritt. Beide keuchten laut und belauerten sich. Hektisch bewegte Augäpfel verfolgten den Baseballschläger, der mittlerweile zur Ruhe gekommen war. Er lag nur wenige Meter entfernt und schien doch unerreichbar zu sein. Plötzlich spurtete Renner los. Hacke wollte es ihm gleichtun, rutschte aus und kam zu Fall.

Renner machte zwei, drei schnelle Schritte, ließ sich auf die Knie fallen und rutschte dem begehrten Objekt entgegen. Er erreichte den Griff der Waffe und schnappte danach. Noch während er über den Boden glitt, drehte er sich und richtete im nächsten Moment seinen Körper auf. „So, das war's wohl", stieß er atemlos hervor und hob drohend den Schläger, „ich handle aus reiner Notwehr. Das wird mir jeder Staatsanwalt glauben."

Hacke wich ängstlich zurück. „Warte!" Er hob die linke Hand, mit der rechten holte er die zusammengefalteten Papiere aus seiner hinteren Hosentasche hervor und hielt sie in die Höhe. „Ich habe was gefunden, das beweist, wie du Frauke gestalkt hast", sagte er atemlos. „Ich habe das mit meinem Smartphone abfotografiert und an einen Bekannten geschickt. Wenn ich mich nicht in den nächsten Stunden bei ihm melde, wird er die Bilder an die Polizei weitergeben und spätestens dann bist du am Arsch."

Der Sohn des Unternehmers zögerte kurz, bevor er den Baseballschläger erneut anhob. „Mir doch egal. Du bluffst ja nur", schrie er und ging einen Schritt auf Hacke zu. In diesem Augenblick war das Klacken eines Schlüssels im Schloss der Haustür zu hören.

***

„Tatsächlich! Da hat sich meine große Schwester erneut auf einen Mann eingelassen. Ich versteh das nicht, bei den Erfahrungen, die sie gemacht hat. Das ist ja kaum zu glauben." Elvira Stolze brabbelte ihre Gedanken vor sich hin. Der Asphalt der Autobahn glitt gleichmäßig unter ihr hindurch. Sie hatte den Tempomat auf 100 km/h eingestellt. Zeit spielte keine Rolle. Elvira nutzte die Ruhe der gleichmäßigen Fahrt zum Nachdenken.

In unserer Familie hat noch keine Frau Glück in Beziehungen gefunden, meine Oma verlor ihren Mann in jungen Jahren im Krieg und blieb dann alleine, meine Mutter schaffte es nach meiner Geburt endlich, sich von ihrem schlagenden Mann zu trennen und Frauke und ich hatten niemals langjährige Partnerschaften. Ich habe es mittlerweile aufgegeben. Der ganze

Mist mit der Liebe bringt nur Leid mit sich. Es ergibt keinen Sinn, sich auf Männer einzulassen.

Ein Hupen holte Elvira aus ihren Gedanken. Sie schaute in den Rückspiegel und erkannte einen wild gestikulierenden Mann in einem schwarzen Auto. Ruckartig lenkte sie nach rechts und ließ den ungeduldigen Fahrer passieren, ohne sich über das Drängelgehabe aufzuregen. Ruhig fiel sie gleich darauf wieder in ihre Gedanken zurück.

Ich dachte, Frauke hätte auch die Nase voll von dem unnützen Verlieben. Da habe ich mich wohl getäuscht. In ihrem Brief klingt sie jedenfalls sehr euphorisch. Er sei um einiges jünger als sie, hatte sie geschrieben, er sei sehr attraktiv, aber auch eigenartig, irgendwie mystisch. Es hätte sie getroffen wie ein Blitz. Sie wolle sich darauf einlassen, hatte sie geschrieben.

So ein Quatsch und dann romantisiert sie auch noch rum - sie möchte sich weiterhin in seine tiefen Blicke fallen lassen und wünscht sich seine Nähe, um in seinen Pheromonen baden zu können.

Was für ein schwülstiges Gelaber. Das soll meine Schwester sein? Ich glaube es nicht! Die muss es ganz schön erwischt haben.

Sie wolle ihn besuchen und vielleicht ein paar Tage bei ihm Unterschlupf finden. Er sei ihre letzte Hoffnung, um Abstand von dem ganzen Mist zu gewinnen, den sie ertragen musste. Frauke hat sogar die Adresse des jungen Lovers in ihrem Brief vermerkt. Zeyherweg 17 in Darmstadt.

Plötzlich hatte es Elvira eilig. Sie wollte so schnell wie irgend möglich Aug in Aug mit diesem Typen stehen. Sie wollte wissen, was er mit ihrer Schwester gemacht und wann er sie zum letzten Mal gesehen hatte. Elvira drehte das Radio auf, deaktivierte den Tempomat und trat das Gaspedal durch.

Eineinhalb Stunden später ließ sie den Blinker rhythmisch aufleuchten und bog in die Ausfahrt *Darmstadt Innenstadt*. Bald darauf fand sie dank ihres Navis den Zeyherweg. Sie parkte und stieg mit klopfendem Herzen aus. Der Flachdachbungalow mit der richtigen Hausnummer lag vor ihr. Der Name auf dem Schild über dem Briefkasten stimmte mit dem im Brief ihrer Schwester überein. Einmal noch atmete sie tief ein und drückte den Klingelknopf. Ein Vorhang hinter dem Fenster neben der Eingangstür wurde zur Seite geschoben. Ein junger Mann mit einem lustigen Lockenkopf und verkniffenem Gesichtsausdruck schaute heraus und machte eigenartige Handbewegungen. Elvira verstand nicht. Sie winkte zurück und als der Mann hinter der Fensterscheibe verschwunden war und nichts weiter geschah, klingelte sie erneut.

Endlich hörte sie Schritte. Jemand war an der Tür und öffnete. Elvira war neugierig. Sie erwartete den jungen Mann, vor ihr stand allerdings ein alter schlaksiger Typ mit faltigem Gesicht und nahezu keinen Haaren auf dem runden Kopf. Sein Gesichtsausdruck war abweisend.

Elvira nahm allen Mut zusammen und fragte mit brüchiger Stimme: „Kann ich mit dem sprechen, der mir eben am Fenster gewunken hat?"

„Meinen Sie meinen Sohn?", war die Gegenfrage.

„Kann schon sein, wenn Sie der Vater sind. Mein Name ist Elvira Stolze und ich bin wegen meiner Schwester hier. Ich glaube, Ihr Sohn hatte Kontakt zu ihr."

Der alte Mann schaute sie mehrere Sekunden lang abschätzig und mit heruntergezogenen Mundwinkeln an. Dann zuckte es in seinem Gesicht. Es sah aus, als wäre ein kurzes Lächeln darüber geschlichen.

„Sie sehen ihr tatsächlich sehr ähnlich", sagte er in eigenartigem Tonfall. Weitere Sekunden verstrichen. Der alte Mann im Türrahmen schien nachzudenken. Endlich ergänzte er: „Wenn Sie unbedingt wollen, kommen Sie rein." Er öffnete die Hauseingangstür vollständig und nachdem Elvira eingetreten war, ging er kurz nach draußen, schaute nach rechts und nach links, ob sich jemand auf der Straße befand, verschloss gewissenhaft die Tür und drehte den Schlüssel im Schloss herum. Normalerweise ließ er ihn stecken. Diesmal allerdings zog er ihn ab und verstaute ihn in seiner Tasche. Als er in dem langen dunklen Flur Elvira umschiffte und ihr den Weg zeigte, grinste er erneut.

***

Hacke horchte auf.

Renner ließ den Baseballschläger sinken.

„Peter, bist du zu Hause?"

Eine weibliche Stimme erklang.

„Mutti, du hier?", stammelte der Unternehmersohn, schaute kurz zu Hacke und führte den Zeigefinger an seine Lippe. Ein „Pssst" hörte Hacke nicht.

Renner bewegte sich hektisch in Richtung Flur, den Schläger ließ er über den Boden schleifen. Seine Mutter war schneller. „Wie sieht es denn hier aus?", keifte sie. „Was schleppst du denn da durch die Gegend? Wer ist das denn?", schoss sie ihm weitere Fragen entgegen.

Peter öffnete und schloss rhythmisch den Mund, ohne etwas zu sagen.

Hacke nutzte die Gelegenheit. Er sprang auf, wischte sich die Haare aus dem Gesicht und den Schweiß von der Stirn. Er überlegte kurz. Dann eilte er ins Esszimmer, schnappte den Benzinkanister und schlängelte sich zwischen dem Sohn und der Mutter hindurch, in Richtung Haustür.

Die ganze Zeit über redete die Frau auf ihren Sohn ein und wurde immer lauter.

Hacke öffnete die Tür. Kurz bevor er das Haus verließ, hielt er die zusammengefalteten Zettel in die Höhe und rief: „Schön mit dir geredet zu haben, Peter. Ich besuche dich mal wieder. Denk an das hier und viel Spaß mit deiner Mutter!"

Die Tür schlug ins Schloss. Hacke war erleichtert, dass er

unbeschadet das Haus verlassen hatte. Eine Zeit lang stand er einfach nur herum und sog frische Luft in seine Lunge. Plötzlich hatte er das unbändige Verlangen nach mehr Jägermeister. Also ging er zurück zur Tankstelle und kaufte eine große Flasche.

10. Doc Muffinski

Dobermann hasste den Keller der alten Villa in der Frankfurter Kennedyallee. Jedes Mal, wenn er die steinernen Treppen hinunterstieg, fühlte er sich mehr und mehr gefangen, gefangen tief in seiner Angst. Zum Glück musste er während seiner Ausbildung nur selten hier unten sein. Er befürchtete allerdings, dass er als Ermittler öfters diese Treppe hinabsteigen würde. Jede Treppenstufe spürte er körperlich. In ihm stieg eine Schwere auf, die er von früher kannte. Sein Gedankenkarussell kreiste auf vollen Touren.

Unten angekommen, öffnete sich die eiserne Tür wie von Geisterhand. Der junge Kommissar erschrak und blieb kurz stehen, ehe er einen langen Flur betrat. Boden, Wände und sogar die Decke waren mit weißen Kacheln versehen. Jetzt befand er sich inmitten des Instituts für Rechtsmedizin.

Es war eines der größten Europas. Gut 600 Tote wurden hier pro Jahr obduziert. Eine Obduktion dauerte im Normalfall ein bis zwei Stunden, konnte sich aber gegebenenfalls über den ganzen Tag erstrecken.

Bei Frauke Stolze hatte sie sogar mehr als einen Tag gedauert, es war ein sehr komplexer Fall. Doc Muffinski hatte mehrmals kopfschüttelnd vor der geöffneten Leiche gestanden, sich das Kinn gerieben und angestrengt nachgedacht. Irgendwann hatte er das Telefon geschnappt und Dobermann einbestellt. Es gäbe noch ein paar Dinge, die besprochen werden müssten, hatte er ihm gesagt. Manches, was er in Erfahrung gebracht hatte, wäre ihm sehr fremd.

Fremdbestimmt war das Wort, das plötzlich in Dobermanns Kopf aufblitzte. Jedes Mordopfer erlebte die Fremdbestimmung im Moment des Todes. Das Opfer war nicht in der Lage gewesen, dem Mörder etwas entgegenzusetzen. Es musste sich total ohnmächtig fühlen, ohnmächtig und unendlich alleine.

Dobermann blieb kurz stehen, überwältigt von diesem Gedanken und wurde sich bewusst, dass auch er das Gefühl kannte. Er fühlte sich oft fremdbestimmt, ohnmächtig und allein gelassen. Es hing mit seiner besonderen Kindheit zusammen. Das war ihm klar und auch jetzt wieder dachte er darüber nach. Er war das Kind eines Junkiepärchens. Fast zwei Jahre wuchs er dort auf. Geschlagen wurde er nie, dafür aber häufig allein gelassen und vernachlässigt. Er musste Vieles ertragen, bis sein Vater nach einem Apothekeneinbruch von Kriminaloberkommissar Lothar Ludwig Dobermann verhaftet worden war. Damals war der alte Apotheker so von der Waffe des Junkies beeindruckt gewesen, dass er an einem Herzinfarkt starb. Wegen Totschlags wurde Dobermanns leiblicher Vater zu vier Jahren Haft verurteilt. Seine Lebensgefährtin wollte keinen Entzug machen und so wurde der damals zweijährige vom Jugendamt in Obhut genommen. Nach einigem hin und her erreichte es Lothar Ludwig Dobermann, der selbst keine Kinder zeugen konnte, den kleinen Kerl zu adoptieren. So wurde aus dem Junkie-Sohn ein Oberkommissarsprössling. Seitdem spürte Dobermann eine tiefe Kluft in seinem Leben immer deutlicher: Einerseits die Gene zweier Drogler, andererseits die Erziehung und das soziale Umfeld eines Gesetzeshüters. Dobermann wollte schon als Heranwachsender unbedingt seinem Adoptivvater nacheifern. In seiner Kindheit fehlte es ihm an nichts und er konnte sich gut entwickeln. Jahre später war er sehr froh darüber, dass ihn Lothar Ludwig und Veronika aufgenommen hatten, fühlte aber gleichfalls, dass er anders als seine Adoptiveltern dachte, aussah und sich häufig anders verhielt. Er hatte viel Liebe und Zuneigung erhalten und dennoch fiel es ihm schwer, Vertrauen aufzubauen und seine eigenen Gefühle zuzulassen.

Diese Kluft plagte ihn im Laufe seines Erwachsenwerdens immer mehr. Er versuchte, das bohrende Gefühl so gut wie möglich zu verdrängen.

Nun hatte er sich zum ersten Mal wirklich verliebt und spürte, dass er irgendwo angekommen war. Es gelang ihm aber nicht, es Pia zu zeigen. Immer wieder enttäuschte er sie und jetzt wurde ihm bewusst, dass sie sich von ihm zurückzog. Das schmerzte und warf ihn in sein Inneres zurück.

Er konnte sich kaum darauf konzentrieren, was ihn hier unten in der Rechtsmedizin erwartete. Der junge Kommissar blieb kurz stehen und schüttelte sich. Er wollte nicht mehr weiter über sich nachdenken. Er hatte nun anderes zu tun und manchmal half das Schütteln, um ihn wieder auf die rechte Spur zu bringen. Heute gelang es ihm nur schwer, dennoch freute er sich auf Doc Muffinski. Er wollte ihn ausgiebig begrüßen und mit ihm ein wenig smalltalken. So hätte er ein wenig Zeit gewonnen, bevor er die Leichen in dem Raum, den er gerade betrat, betrachten musste. Die Toten waren mit weißen Tüchern abgedeckt, meist ragten die Füße heraus, an deren großen Zeh ein Zettel mit den privaten Daten hing. Dobermann schaute sich um. In dem Kellerraum standen zwei belegte und ein freier Seziertisch. Die Tische waren aus einem einfachen Metallgestänge gefertigt, mit einer Auflage aus Edelstahl, so groß wie ein sehr schmales Einzelbett aber ohne Matratze. In der Auflage war an den Seiten jeweils eine Vertiefung eingearbeitet, ähnlich einer Rinne, und am unteren Ende gab es ein Loch, damit Blut und andere Körperflüssigkeiten ablaufen konnten.

Dobermann winkte überschwänglich, als er Doc Muffinski sah, wie er hinter einem Seziertisch kniete. Ihm musste irgendetwas heruntergefallen sein.

„Hey Doc, du äußerst cleverer, gutaussehender Halbgott in Weiß. Hast du mittlerweile den Beruf des Hellsehers erlernt oder gründest du weiterhin deine Berichte auf die reine Faktenlage?“

Muffinski blickte kurz auf und antwortete: „Natürlich rein auf Fakten und deswegen knie ich auch vor dir auf diesem Fliesenboden, der dringend mal wieder aufgewischt werden müsste."

„Wie passt das denn zusammen", wollte der Kommissar verwundert wissen.

„Mein Schnürsenkel war offen. Wenn ich ihn nicht wieder gebunden hätte, wäre ich bestimmt darüber gestolpert und hätte mir den Schädel an der Ecke des Metalltisches aufgeschlagen. So einfach ist es mit den Fakten. Ursache und Wirkung, du verstehst? Gerade deswegen habe ich dich herbestellt. Ich will dir was zeigen."

Der Kommissar grinste breit. „Na, da bin ich mal gespannt. Ich habe deinen Bericht gelesen und bin ganz Ohr."

„Toll, dass du so ein eifriges Kerlchen bist und meine Ausführungen schon vollständig gelesen hast", frotzelte der Rechtsmediziner und lächelte herzerweichend. „Dann weißt du, dass unsere Leiche mit dem schönen Namen Frauke Stolze tatsächlich erst getötet und von allem Blut befreit wurde, um anschließend das *modern embalming* über sich ergehen lassen zu können."

„Aber daran hatte sie doch gar nicht mitgewirkt", erwiderte Dobermann mit leiser Stimme und brachte dadurch den Mediziner zum Nachdenken. Bevor Muffinski etwas sagen konnte, ergänzte der Kommissar: „Ihr Leben und ihr Körper wurden fremdbestimmt, es wurde mit ihr gemacht und ich vermute einmal, ganz und gar gegen ihren Willen, zumal sie zu diesem Zeitpunkt, Gott sei Dank, schon tot und machtlos war."

„Logisch", gestand Muffinski ein, „da muss ich mich bei meiner Wortwahl vergriffen haben. Aber willst du jetzt wissen, was ich dir zeigen wollte, oder nicht?"

„Natürlich, deswegen bin ich doch hier."

„Dann palavere nicht besserwisserisch herum, sondern hör mir einfach nur zu."

„Okay, wenn der Weise spricht, sollte der Unwissende schweigen."

„Genauso is es", lachte der alte Doc und hob seine rechte

Hand. Dobermann schlug ein und lachte ebenfalls.

„Also, was willst du mir zeigen?"

Muffinski wurde plötzlich ernst. „Du hast in meinem Bericht gelesen, dass unsere Leiche schwanger war?"

„Ja."

„Der Fötus war im siebten Monat. Er wurde postmortal entnommen, nach Kaiserschnittmanier. Der, der das getan hat, muss über medizinische Fähigkeiten verfügen. Er hat die Wunde sauber vernäht." Muffinski zeigte auf ein Regal und ging darauf zu. „Hier in diesem Glasgefäß ist der Fötus in Alkohol eingelegt, fast vollständig entwickelt."

„Wo habt ihr das Gefäß gefunden?", fragte der Kommissar erschrocken. Er konnte seinen Blick nicht davon abwenden, so grauste es ihn.

„Hast den Bericht doch nicht aufmerksam genug gelesen", grinste der Rechtsmediziner. „Die Kollegen von der SEK fanden ihn im Keller der Familie Kiebitz. In dem Raum standen obendrein verschiedene Geräte, die zur Einbalsamierung gebraucht werden. Schon ziemlich verrückt, die Sache hier."

„Das ist ja der Wahnsinn", entfuhr es dem Kommissar.

„Klar, aber jetzt zu den weiteren Fakten, die uns vielleicht helfen können. Schau dir den Fötus an." Muffinski hatte das Glas aus dem Regal geholt und hielt es Dobermann entgegen. Der musste sich zwingen, genau hinzuschauen.

„Siehst du die Lippen-Kiefer-Gaumenspalte?", fragte der Doc.

Dobermann nickte und verzog sein Gesicht.

„Diese Anomalie wird in bis zu 40 Prozent aller Fälle vererbt, meist rezessiver Erbgang, man vermutet aber zusätzliche Faktoren, die bei der Entstehung der Spalte eine Rolle spielen können."

„Was heißt das jetzt konkret?"

„Bei der Suche nach dem potenziellen Vater des Kindes habt ihr jetzt einen Anhaltspunkt. Das ist doch was, oder?"

„Okay. Prima. Gibt es weitere Erkenntnisse darüber, wie Frau Stolze getötet wurde?“

„Tja, ich vermute“, begann der Rechtsmediziner und stellte das Glas zurück auf das Regal, „ich vermute, dass unser Opfer mit Formalin ins Jenseits befördert wurde. Das ist zwar nicht mehr nachweisbar, da ja ihr gesamtes Blutsystem mit Formalin gefüllt wurde, aber eine andere Todesursache konnte ich nicht feststellen. Auch wurde ihre Kopfhaut mit Formalin verätzt. Daraufhin rasierte der Mörder fein säuberlich all ihre Haare ab und peppte den Kopf mit einer blonden Perücke auf. Er wollte sein Opfer so schön gestalten, wie es ihm vorschwebte.“

„Hmmh“, brummelte der Kommissar.

„Und noch etwas: Er tätowierte ein verziertes K auf den Steiß.“

„Was?“, fragte Dobermann mit entsetztem Blick, „woher willst du wissen, dass es der Mörder war, der das Tattoo gestochen hat?“

„Na, ich bin doch der äußerst cleverere, gutaussehende Halbgott in Weiß, wie du mich genannt hast. Ich kann doch wohl ein postmortal angefertigtes Tattoo erkennen, oder?“

„Verstehe“, antwortete Dobermann langgezogen, „das sind ja einige Neuigkeiten zum Nachdenken.“

„Deshalb habe ich dich hergebeten, denn ich denke, dass du genau das kannst.“

„Was meinst du jetzt?“, fragte Dobermann verwirrt.

„Na, das Nachdenken“, erwiderte Muffinski und schlug dem Kommissar mit der flachen Hand vor die Stirn. „Na, das Nachdenken halt“, wiederholte er lachend, „jetzt enttäusche mich aber nicht.“

„Okay, okay. Ich denke, das *K* steht für Kiebitz. Es gibt immer mehr Hinweise, dass unser Vogelmensch der Mörder ist.“

„Tja, ob du da wohl recht behältst?“, erwiderte Muffinski und entfernte sich ein paar Schritte.

„Halt“, schrie Dobermann fast, „was verheimlichst du mir

noch?"

„Nichts", erwiderte Muffinski, „aber es geht mir um die Fakten. Wir haben einige Belege dafür, dass unser *Vogelmensch* das Opfer einbalsamiert, verschönert und verziert hat. Ich kann aber nicht sagen, dass er die Frau auch tatsächlich ermordet hat."

„Das ist vollständiger Quatsch", echauffierte sich der junge Kommissar, „wer soll es denn sonst gewesen sein und warum sollte es einen anderen Mörder geben?"

„Das herauszufinden ist deine Aufgabe", sagte der Rechtsmediziner kaltschnäuzig. Er drehte sich um, ließ Dobermann einfach stehen und war im Begriff, den Raum zu verlassen.

Dobermann benötigte noch einige Sekunden, um reagieren zu können. „Stopp", schrie der Kommissar erneut und rannte hinter Muffinski her. Als er ihn eingeholt hatte, legte er die Hand auf dessen Schulter und drehte den alten Doc zu sich herum. „Wie kommst du darauf, dass es einen anderen Mörder gibt? Sind da weitere Fakten, die ich wissen sollte? Komm, sag schon!"

„Ungeduld ist die Zierde der Jugend", erwiderte der Rechtsmediziner lakonisch und riss sich los. „Fakten sind zwar wichtig, sie sind die Grundlage meiner Arbeit. Aber es gibt noch etwas Anderes. Ich nenne es *Bauchgefühl*. Das scheint sich erst im Laufe der Jahre und mit steigender Erfahrung zu entwickeln. Ich kann dir lediglich mein Gefühl mitteilen. Eine Begründung dafür habe ich nicht." Muffinski grinste breit. „Jetzt bist du dran, mein junger Freund. Bestimme eigenständig, wie du weiter vorgehst. Achte dabei auf dein *Bauchgefühl,* löse den Fall und sammle Erfahrung. Du wirst das schaffen."

Er drehte sich um und verschwand durch den langen Gang in einen der anderen Räume. Dobermann stand noch eine ganze Weile herum, dachte über Muffinskis Worte nach und verließ schließlich ebenfalls den Kellerraum. Als er die Treppen hinaufstieg, fasste er einen Entschluss. Dieser hatte zwar nichts mit dem Fall zu tun, würde aber sein weiteres Leben verändern, so hoffte er zumindest.

Das Schändliche hat sich mittlerweile sogar bei der Polizei eingenistet. Es ist kaum zu glauben, aber wahr. Sie soll die Staatsgewalt darstellen? Da kann ich nur lauthals lachen, haha! Mann, was für ein Haufen armseliger Gestalten? Früher, da konnte man noch Respekt haben. Da herrschte noch Zucht und Ordnung. Heute sind die Beamten verweichlichte Typen ohne Mumm, voll ausgerüstet zwar, aber nichts steckt dahinter. Die Einsatzkräfte fühlen sich nur stark, wenn sie mit einer Hundertschaft ausrücken. Und was machen sie dann? Sie stehen die gesamte Zeit dumm herum und warten. Der Mob, den sie in den Griff bekommen sollen, zeigt ihnen den erigierten Mittelfinger und verunglimpft sie. Keiner nimmt sie ernst.

Vor ein paar Wochen passierte es und zwar in der Schulstraße. Ich war zufällig in der Stadt und bekam alles hautnah mit. Beim Polizeipräsidium wurde gegen Nachmittag gemeldet, dass ein circa 30-jähriger Mann mit einem Messer bewaffnet hinter einer Frau herjage und in einem Hauseingang verschwunden sei. Die Polizei reagierte prompt. Sie sperrte die Schulstraße vollständig ab und verständigte ein Sondereinsatzkommando. Das kam zweieinhalb Stunden später aus Wiesbaden angefahren, ganz in schwarz und schwer bewaffnet. Es waren um die dreißig Mann. Nachdem sie endlich Befehle erhalten hatten, selbst denken geht ja nicht, drangen sie todesmutig in das beschriebene Haus ein und klingelten. Geöffnet wurde von einer jungen Frau, die mehr Angst vor den schwarzen Gestalten hatte, als vor ihrem Freund, mit dem sie sich längst schon wieder vertragen hatte und gemeinsam in der Küche zu Abend aß.

Welch eine Verschwendung von Steuergeldern. Wäre es nicht sinnvoller gewesen, wenn nur zwei oder von mir aus auch vier Streifenpolizisten gleich nach der Meldung im Präsidium geklingelt und nach dem rechten gesehen hätten? Und selbst, wenn das Pärchen sich dann noch gestritten oder Gefahr für Leib und Leben bestanden hätte, wäre in diesem Moment ein Eingreifen noch sinnvoll gewesen, aber zweieinhalb Stunden später wohl eher nicht?

Tja, so ist das mit der Polizei.

Und es wird noch toller, da fällt mir eine Geschichte ein, die mir eine Bekannte erzählte. Die Bekannte lebte in Traisa und fühlte sich nachts von dröhnendem Bassgewummer gestört. Der Lärm kam aus dem Wald in Richtung Darmstadt. Schnell war klar, dass es sich um eine Gruppe junger Menschen handelte, die am Bismarckturm spätnachts Partys feierten. Meine Bekannte rief beim Polizeipräsidium in der Klappacher Straße an. Zuerst wurde ihr gesagt, man sei nicht zuständig, sondern der Revierförster sei es. Die Anruferin machte klar, dass der Bismarckturm zur Gemarkung Darmstadt gehöre. Dann wurde ihr gesagt, die Polizei könne nicht rausfahren. Auf die Frage, warum?, bekam sie zur Antwort, dies ginge nicht wegen des Selbstschutzprinzips der Hessischen Polizei. Auf die weitere Frage, was das denn bedeute, erhielt meine Bekannte die Antwort, die Polizeistreife könne doch nicht nachts und dann noch bei vollkommener Dunkelheit in den Wald fahren. Das sei viel zu gefährlich.

Ein starkes Stück, oder? Da fragt man sich doch, wo sind wir hingekommen?

Obendrein frage ich mich, wie die hiesige Polizei bei Gewaltverbrechen oder gar bei einem Kapitalverbrechen, zum Beispiel bei Mord, reagieren würde? Kann sie dann auch nicht ermitteln, weil sie sich womöglich in Gefahr begibt? Vielleicht hat der Mörder ja eine Waffe und er macht einfach das Licht aus, wenn die Polizei seine Wohnung stürmt. Dunkelheit ist ja sehr gefährlich.

Und selbst, wenn die Gefahr zum Eingreifen gering wäre und die Beamten ermitteln würden, gibt es eine ganze Menge Morde, die nicht aufgedeckt werden? Das Verbrechen ist der Ordnungsmacht immer einen Schritt voraus. Davon bin ich überzeugt.

Gibt es den perfekten Mord, den niemand nachvollziehen und ahnden kann?

Ich denke schon.

Die Pressestelle der Polizei sagt, dass die Aufklärungsrate bei Mord in Deutschland weit über neunzig Prozent liegt und begründet das mit dubiosen Statistiken.

Soll man das glauben?

Ich weiß es nicht.

Was ist mit den ganzen Morden, die nicht als solche gesehen werden?

Die Ermittler müssen doch wissen, was in deutschen Altenheimen passiert und zwar tagtäglich. Da schaut keiner so genau hin.

Oder auch bei den Menschen, die von ihren Angehörigen gepflegt werden. So eine Pflege kann ganz schön stressen und die Leute an den Rand ihrer Belastung bringen. Da ist schnell mal ein Kissen hervorgeholt und ruht mit etwas Druck für ein paar Minuten auf der Nase des alten Menschen. Wem soll man das verdenken? Der Arzt wird gerufen und stellt einen Totenschein aus, meist wegen Herzstillstands. So einfach ist das. Und keiner kümmert sich darum.

Es gibt viele Kuriositäten. Ich habe mich schlau gemacht. Ich habe recherchiert und bin auf Interessantes gestoßen.

Kann es einen Mord ohne Opfer geben?

Natürlich!

Ich kenne eine Geschichte von einem reichen Industriellen, dessen Sohn eine junge Frau im Affekt umgebracht hatte, weil sie nicht so wollte wie er. Sein Vater hat sich gekümmert und die Leiche verschwinden lassen. Dumm nur, dass der Sohn zur Polizei gerannt ist und den Mord gestanden hatte, weil er angeblich von seinem Gewissen gebissen wurde. Die Polizei ermittelte, konnte aber nichts herausfinden. Die Leiche war verschwunden und der Vater war einflussreich. Er hatte ein paar Leute bestechen können, die glaubhaft versicherten, dass das angebliche Opfer ins Ausland gereist war. Ohne Opfer kein Mörder und so wurde der Sohn des Industriellen lediglich von der Polizei ausgelacht und für verrückt erklärt. Er wurde nicht bestraft, gegen seinen eigenen Willen. Tja, das ist unser System.

Hahaha!

Und, was ist mit der Möglichkeit des Vorhandenseins eines Opfers ohne Mörder?

Auch das ist möglich. Es gab da mal die Geschichte, die sich in England zugetragen hatte. Ein alter Lord schrie in seinem Zimmer herum: „Verschwinde, du Hundesohn!“ Ein Schuss löste sich, die Polizei wurde gerufen und musste die Tür zu dem Zimmer, in dem sich der Lord befand, aufbrechen, da sie von innen verschlossen war. Der Lord lag tot auf dem Boden, alle Fenster waren verschlossen und es befand sich auch bei genauerer Suche niemand sonst in dem Raum. Eine Bedienstete sagte aus, sie hätte jemanden durch den Garten wegrennen sehen, aber die Polizei stand vor einem Rätsel. Wie hätte diese Gestalt das Haus verlassen können, ohne gesehen zu werden?

Ein Mord ohne Mörder also.

Ein scheinbar unlösbares Problem.

Der Butler des alten Lords lief langsam und bedächtig, wie es seine Art war, durch das Zimmer. Er sah den aus der Wand gerissenen Haken, an dem die Mordwaffe an der Wand befestigt gewesen war.

Anscheinend hatte sich ein Unfall ereignet. Der Lord sah durch das geschlossene Fenster im Garten einen jungen Mann, den er schon länger verfolgt hatte und von dem er Böses erwartete. Er schrie: „Verschwinde, du Hundesohn!“, griff nach dem Gewehr. Dies verhedderte sich an dem Haken, ein Schuss löste sich und es gab ein Opfer ohne einen Mörder.

So einfach kann eine Erklärung sein. Eines ist klar, es gibt nichts, was es nicht gibt. Diese Beispiele sind zwar fundamental aber absolut primitiv. Die Kunst des Mordens wartet immer noch auf ihr Meisterwerk. Der perfekte Mord ist nichts Besonderes ohne eine gewisse Eleganz.

Ich bin derjenige, der den perfekten Mord und mehr noch auf seiner Agenda stehen hat.

Ich habe nun genug geübt. Nun werde ich mich an mein Meisterwerk begeben.

Der perfekte Mord ist ein Mord ohne Mörder und ohne Opfer.

Das klingt verrückt, ist es aber nicht.

Ich werde beweisen, dass ich in der Lage bin, dies zu arrangieren. Und ich werde beweisen, dass ich noch viel mehr bewerkstelligen kann.

Achtet auf mich, auch wenn ich unsichtbar bin.

Hahaha!

11. Der Vogelmensch

Geschützt durch die Äste einer alten Buche hockte er auf der Mauer, nunmehr seit knapp zwei Stunden und in vollkommener Bewegungslosigkeit. Auch heute war er bekleidet mit einer schwarzen enganliegenden Hose, schwarzen Schuhen und einem schwarzen Kapuzenpullover. Die Kapuze hatte er über den Kopf gezogen. Sie schloss übergangslos mit der grellweißen vogelähnlichen Maske ab, die sein Gesicht bedeckte. Er konnte allein mit der Bewegung der Augäpfel seine Umgebung inspizieren. Und darauf kam es ihm an. Er ging davon aus, dass er so regungslos, wie er dasaß, nicht auffiel. Die Mauer, auf der er kauerte, trennte die Dieburger Straße von dem Grundstück des Alice-Hospitals. Seine Mutter war hier vor etlichen Stunden eingeliefert worden. Das hatte er am Telefon erfahren. Man hatte ihm allerdings aus datenschutzrechtlichen Gründen nicht mitgeteilt, auf welcher Station und in welchem Zimmer sie untergebracht worden war. Wahrscheinlich auf der Kardiologie, vermutete er.

In der letzten Nacht war er nicht zur Ruhe gekommen. Er musste immer wieder daran denken, was er im Wohnzimmer gesehen hatte. Seine Mutter war von schwarz gekleideten und behelmten Männern umringt worden. Ihre Augen waren weit aufgerissen und die alte Frau schnappte ein paarmal hektisch nach Luft, kurz bevor sie zusammengesackt und einen Herzanfall bekommen hatte. Dann ging alles ganz schnell. Er musste sich verstecken und konnte erst später an dem Spektakel teilhaben, das sich vor seinem Elternhaus abgespielt hatte. Seine Mutter lag auf der Bahre und wurde in den blinkenden Krankenwagen eingeladen. Der Schmerz, den er in diesem Moment gespürt hatte, war groß gewesen. Er hatte es kaum ertragen können.

Auch jetzt wieder spürte er die Machtlosigkeit. Ein weiteres Elternteil war ihm entrissen worden. Das einzige Tröstliche war, dass seine Mutter noch lebte. Sascha hoffte, sie würde gut versorgt werden und doch war da der Verlust. Er fühlte Sehnsucht, aber auch die Angst, dass seine Mutter im Krankenhaus versterben könnte. Wenn das passieren würde, würde sie – und da hatte Sascha keine Zweifel - in der Maschinerie des zuständigen Bestattungsunternehmens zerrieben und womöglich sogar verbrannt werden.

Das durfte auf keinen Fall passieren!

Das durfte er nicht zulassen!

Er hatte sich geschworen, seine Mutter ewig zu erhalten, umso mehr, als es ihm bei seinem Vater nicht gelungen war. Er musste seine Mutter so schnell wie möglich aus den Fängen des Krankenhauses befreien.

Einfach ins Krankenhaus hereinspazieren, sich als Sohn der Frau Kiebitz auszugeben, war nicht möglich. Er selbst wurde polizeilich gesucht. Warum das so war? Das konnte er sich allerdings nicht erklären.

Sascha grübelte darüber nach, was er tun sollte und plötzlich kam ihm eine Idee. Geschmeidig wie eine Katze ließ er sich von der Mauer gleiten. Auf dem Boden angekommen, nahm er seine Maske ab und versteckte sie in dem kleinen Rucksack, den er auf dem Rücken trug. Regungslos verharrte er solange auf dem Boden und schaute sich prüfend um, bis er sicher war, dass ihn niemand beobachtete. Er nutzte den Schutz der Mauer, schlich daran entlang und verharrte schließlich genau gegenüber des Tores, in das die Krankenwagen einfuhren. Von dem Baum aus hatte er die Einfahrt beobachten können und ihm war etwas aufgefallen. Direkt an der Betonfassade befestigt, hing ein Aschenbecher und dieser zog die Pflegerschaft an, die der Nikotinsucht verfallen war.

In der Einfahrt standen manchmal zwei oder mehr Pfleger. Das war ihm zu viel. Eine rauchende Person war der Plan. Sascha hatte Geduld und wartete. Schließlich bekam er seine Chance. Vor dem Aschenbecher inhalierte ein einzelner den blauen Dunst. Als er zu Ende geraucht hatte, drückte er den Stummel aus und verschwand pfeifend in der Einfahrt. Sascha blickte sich ein letztes Mal um und huschte hinter dem Pfleger her. Als er ihn erreicht hatte, tippte er ihm auf die Schulter. Der Pfleger war so mit Pfeifen beschäftigt und in Gedanken versunken, dass er viel zu langsam reagieren konnte. Er drehte sich verblüfft um und wollte gerade fragen: Was wollen Sie hier?, als ihn die Faust am Kinn traf und sein Kopf nach hinten geschleudert wurde. Er verlor die Balance und fiel. Sein Hinterkopf schlug hart auf dem Asphalt auf.

Sascha schaute sich noch einmal prüfend um. Niemand hatte die Aktion beobachtet. Er packte beide Beine des Ohnmächtigen und zog ihn in eine dunkle Nische. Dann entkleidete er sein Opfer, holte den Kabelbinder aus seiner Hosentasche und band damit Hände und Füße zusammen. Das Unterhemd nutzte er als Knebel. Anschließend entledigte sich Sascha seiner schwarzen Klamotten, verstaute diese in seinem kleinen Rucksack, klopfte ihn ganz schmal und band ihn anschließend um seinen Bauch. Dann zog er sich die Kleidung des Pflegers über. Sie passte einigermaßen. Als er fertig war, strich er zärtlich über das Namensschild, das nun an seiner Brust haftete und betaste die Plastikkarte, mit der er den Aufzug betätigen konnte.

Langsam, sich immer wieder umschauend, betrat er den Aufzug und drückte den Knopf, der ihn ins erste Stockwerk gleiten ließ. Sascha wusste aus seiner Internetrecherche, dass dort die kardiologische Station lag, und hoffte, seine Mutter dort zu finden. Als der Aufzug ruckelnd anhielt, spürte er seinen Herzschlag. Tief atmete er ein und langsam wieder aus, um sich etwas zu beruhigen. Er betrat einen Flur und danach die Station. Er bemühte sich, nicht zu schleichen, den Kopf einzuziehen und die Schultern hängen zu lassen, wie er dies sonst tat. Er wollte selbstbewusst seine neue Uniform präsentieren. Das gelang ihm, obwohl er es etwas übertrieb. Er stolzierte wie ein Pfau durch die Gänge. Doch da war niemand. Er war allein, die Gänge waren wie leergefegt. Das Personal schien beschäftigt zu sein, entweder in den Krankenzimmern oder in der Teeküche. Sascha lief weiter und dachte nach. Er ließ seinen Kopf hin und her gleiten, um auf keinen Fall etwas zu übersehen. Er war so damit beschäftigt, dass er plötzlich gegen einen kleinen Rollcontainer stieß. Erschrocken blickte er auf, beinahe hätte er losgeschrien, so angespannt fühlte er sich. Erneut atmete er tief durch. Sein Blick fiel auf den Container. Dieser war offen. Im oberen Teil befand sich ein Gestänge und daran hingen fein säuberlich aufgereiht Akten, die alle mit einem kleinen Schildchen versehen waren. Die Schildchen waren in durchsichtiges Plastik eingelegt und das Beste war, auf ihnen standen die Namen der Patienten und die dazugehörenden Zimmernummern. Sascha war begeistert. Behände ging er alle Akten durch, fand aber nicht den Namen seiner Mutter. Erst konnte er es nicht glauben, schaute sich verstohlen um und begann seine Arbeit von vorne. Wieder nichts. Enttäuschung machte sich in ihm breit, aber auch die Gewissheit, dass er nun wusste, wie er seine Mutter finden konnte. Er musste lediglich auf den anderen Stationen nach solch einem Container suchen. Mit neuer Zuversicht stolzierte er zurück, durchquerte den Flur und betrat die nächste Station. Erneut gähnende Leere und nach einigen Metern ein offener Rollcontainer, der einfach so herumstand. Er schaute nach, las und blätterte, hatte aber auch hier kein Glück. Allzu gerne hätte er laut geschrien, er beherrschte sich jedoch, schluckte seine Enttäuschung hinunter, verließ diese Station und fuhr mit dem Aufzug ein Stockwerk höher. Auf dem Weg begegneten ihm zwei Ärzte, die er an den weißen Kitteln und den Namensschildern erkannte. Daneben lief ein Pfleger mit Wuschelkopf und runder Brille. Sascha senkte den Blick zu Boden und lief an ihnen vorbei, als habe er einen sehr wichtigen Auftrag zu erledigen. So gelangte er unerkannt in die nächste kardiologische Station und schaute sich neugierig um. Kein Pflegepersonal weit und breit, aber auch kein Rollcontainer. Sascha war ratlos, wollte aber nicht aufgeben. Er überlegte. Plötzlich öffnete sich eine Tür, eine Pflegerin eilte aus einem Krankenzimmer und lief ihm entgegen. Sascha nahm all seinen Mut zusammen, ging direkt auf die Frau zu und sagte mit einer Stimme, die er selbst für fest und selbstbewusst hielt: „Doktor Schwanisch schickt mich."

Den Namen hatte er auf dem Namensschild des einen Arztes gelesen.

„Frau Kiebitz hat einen spontan angeordneten MRT-Termin. Ich soll sie holen, habe aber in der Hektik vergessen, auf welchem Zimmer sie liegt."

„306", sagte die Pflegerin kurz angebunden und stürmte an ihm vorbei. Sascha konnte es kaum fassen. Er hätte schon wieder aufschreien können, diesmal vor Freude.

„306, 306, 306 ...", murmelte er vor sich hin, als habe er Angst, er könnte die Zahl aus dem Gedächtnis verlieren.

Wenig später fand er die Zimmertür.

Mit zittrigen Händen öffnete er sie und trat ein.

Es war ein Einzelzimmer. Neben dem Bett standen Geräte mit Bildschirmen, auf denen sich immerfort eine zackige Linie ausbreitete und es piepte leise aber gleichmäßig. Die Patientin, die in dem Bett lag, war bis zum Hals mit einem weißen Laken bedeckt und bewegte sich nicht. Ihre Augen waren geschlossen und der Unterkiefer nach unten geklappt.

„Mutter", entfuhr es Sascha, leise und andächtig. Die zugedeckte Gestalt reagierte nicht. Sascha ging auf das Bett zu. Auf dem Weg dorthin schnappte er sich einen Stuhl und schleppte ihn zum Kopfende. Er setzte sich und gestand sich ein, dass er wieder nicht wusste, was zu tun war. Tränen standen in seinen Augen. Instinktiv hob er leicht die Bettdecke an und suchte nach der Hand seiner Mutter. Er fand sie, zog sie unter der Decke hervor und war entsetzt. Ein Zugang steckte in der

Ader und war mit weißem Klebeband fixiert. An diesem hing ein Schlauch, der unter der Decke hervorquoll und irgendwo verschwand. Sascha schloss die Augen und streichelte zärtlich den Unterarm. Die Haut fühlte sich eigenartig an.

Kalt … eiskalt …, durchzuckte es Sascha.

Er schnappte nach Luft, Panik stieg in ihm auf. Er ließ den Arm los, der daraufhin über die Bettkante rutschte und nach unten fiel. Der Arm baumelte mehrmals leicht hin und her.

„Mutter, was ist mit dir?", schrie Sascha und sprang auf. Er stieß gegen den Stuhl. Dieser fiel krachend nach hinten um. Seine Mutter öffnete langsam die Augen. Ihre Iris war glanzlos. Die Pupillen stecknadelkopfgroß. Mit großer Anstrengung hob sie leicht den Kopf und blickte in Richtung ihres Sohnes. „Saschi, was … was … machst … du hier?", stotterte sie mit trockenem Mund und fiel wieder in sich zusammen.

Sascha küsste ihre Stirn. Dabei rannen Tränen aus seinen Augen und benässten ihr Gesicht. „Mama … Mama … Ich dachte du wärst gestorben", schluchzte er und ließ wieder von ihr ab, da er Angst hatte, er würde sie zu arg drücken. „Wie fühlst du dich? Geht's dir …?" Er schaute sie an und merkte, dass sie etwas sagen wollte. Er kam ein wenig näher und hielt sein Ohr an ihre Lippen.

„Warum … um Gottes willen … bist … bist du hier?", kamen ihm die gehauchten Worte entgegen.

Sascha hob den Stuhl auf, setzte sich erneut darauf, griff nach der baumelnden Hand und schob sie behutsam unter die Decke. Er wollte seiner Mutter so viel erzählen und erklären, aber er kam nicht dazu. Irgendwie blieben die Worte in ihm stecken. Das einzige, was er sagen konnte, war: „Ich hol dich hier raus!" Immer wieder: „Ich hol dich hier raus!"

Der junge Kiebitz sah weder das leichte Kopfschütteln seiner Mutter noch bemerkte er wie ihre linke Hand langsam unter der Decke hervor geschlichen kam, sich nach oben reckte und auf den kleinen weißen Kasten mit dem roten Knopf zu bewegte, der an dem Galgen über dem Bett hing.

„Ich besorge dir einen Rollstuhl und hole dich nach Hause", sagte Sascha schnell und fügte etwas ruhiger hinzu: „Dann geht es uns wieder gut. Du wirst sehen." Er strich noch einmal über die Stirn seiner Mutter, wischte die Tränen aus den Augen und erhob sich. „Zu Hause erkläre ich dir alles." Er küsste sie ein letztes Mal zärtlich auf die Stirn. Anschließend durchschritt er das Krankenzimmer, ohne sich noch einmal umzudrehen, öffnete die Tür und betrat den Flur. Er nahm weder das rote Licht auch nicht die drei Pfleger wahr, die auf ihn zueilten.

„Da ist er", schrie der eine.

„Er kam aus Zimmer 306", der andere.

„Schnappen wir ihn", ergänzte der Dritte.

Sascha blieb einen kurzen Moment wie angewurzelt stehen, dann erst reagierte er. Er flüchtete in die entgegengesetzte Richtung. Die Verfolger waren nur wenige Meter von ihm entfernt. Er spurtete den Flur entlang und sah das Bett. Es stand, belegt mit einer Person, einfach so herum. Sascha raste daran vorbei, bremste ab, schnappte das Eisengestell am Fußende und zog das Bett quer über den Flur. Der Kranke ächzte auf. Die Pfleger fluchten und Sascha entwischte durch die Tür, die ins Treppenhaus führte. Aus einer Intuition heraus nahm er die Stufen nach oben. Ein Stockwerk höher kauerte er sich auf den Treppenabsatz und versuchte, so ruhig wie irgend möglich zu atmen. Er musste sich konzentrieren, da sein Herz so stark hämmerte, dass es in seinen Ohren dröhnte. In Gedanken fragte er sich, wie die Pfleger ihn gefunden hatten. Er fand keine Antwort. Er dachte, er habe alles richtiggemacht. Er wusste nicht, dass eine Station immer darüber informiert wurde, wenn ein Transport zu einem MRT bevorstand. Die Pflegerin, die er gefragt hatte, musste nur kurz recherchieren, um herauszufinden, dass er gelogen hatte. Auch wusste Sascha nicht, dass mittlerweile der nahezu nackte Pfleger gefunden worden war und außerdem hatte er nicht bemerkt, dass seine Mutter in seinem Beisein den Notfallknopf gedrückt hatte.

Sascha kauerte auf dem Treppenabsatz und lauschte. Ein Stockwerk tiefer wurde die Tür aufgerissen und Menschen stürmten wild schimpfend in das Treppenhaus. Sascha hielt instinktiv die Luft an. Das Brennen auf seiner Lunge wurde sekündlich stärker, und er hatte das Gefühl, ersticken zu müssen.

„Der verdammte Arsch ist bestimmt nach unten abgedampft und will durchs Foyer flüchten. Das wird dem nicht gelingen. Ich habe schon die Kollegen angepiepst. Den kriegen wir."

Die Pfleger eilten die Treppe nach unten und Sascha sog so leise wie möglich Luft durch die Nase in seine Lungen. Die Empfindung war unbeschreiblich wohltuend. Er kauerte noch eine Zeit lang auf dem Treppenabsatz, bis ihm bewusst wurde, dass er es irgendwie schaffen musste, so schnell wie möglich, das Krankenhaus zu verlassen. Er richtete sich auf, atmete ein paarmal tief durch und betrat den vierten Stock. Auf der rechten Seite der Station tummelten sich einige Pflegerinnen und Pfleger, auf der linken Seite war es ein wenig ruhiger.

Sascha blickte sich unauffällig um. Er war auf der Suche nach einer Toilette. Dort könnte er seine Kleider aus dem kleinen Rucksack ziehen, sich umziehen und mit der Maske wieder zu seinem alten Selbstbewusstsein zurückfinden. Ein Pfleger kam ihm entgegen. Sascha blickte zu Boden und tat geschäftig.

Keine Toilette weit und breit.

Muss denn hier keiner kacken, schoss es ihm panisch durch Kopf. In diesem Moment sah er das Schild, auf dem „Wäschekammer" stand. Kurz überlegte er, bevor er die Tür öffnete. Die Kammer war dunkel, dennoch erkannte er ihm hinteren Eck einen Haufen aufgestapelter weißer Laken. Er schloss die Tür und bewegte sich in vollkommener Dunkelheit mit kleinen Schritten auf den weichen Haufen zu, der keineswegs frisch roch. Das war ihm vollkommen egal. Krampfhaft überlegte er weiter, wie er ungesehen das Krankenhaus verlassen konnte. Er musste die Klamotten des Pflegers loswerden und seine eigenen anziehen. Langsam öffnete er die Knopfleiste seines Hemdes und zog es aus. Danach nahm der den kleinen Rucksack, der um seinen Bauch gebunden war, öffnete ihn und holte seine eigenen Kleider.

Da vibrierte es.

Sein Handy.

Instinktiv kramte er es hervor und klappte es auf. Das Display des uralten schwarzen Samsung Prepaid-Handys leuchtete und Sascha erkannte die Nummer von IHM. Ein warmes Gefühl breitete sich in seinem Inneren aus. Freude und Stolz, dass er von IHM angerufen wurde. Er musste den Anruf annehmen, egal was geschah. Sascha drückte den Knopf und sagte leise „Ja". Die Stimme, die ihm entgegenschlug, erkannte er sofort. Sie war elektronisch verzerrt, so wusste er nicht, ob es sich dabei um eine Frauen- oder eine Männerstimme handelte. Dennoch nannte er den Anrufer *Meister* und hatte ihn auch so eingespeichert.

„Hallo Vogelmensch, ich will dir helfen. Du kannst wieder üben. Ich habe etwas Passendes für dich."

Sascha wusste sofort, was ER meinte. „Danke Meister", hört er sich leise sagen.

„Bist du bereit?"

„Natürlich bin ich bereit, habe aber ein Problem."

„Welches?"

„Ich komme momentan nicht an meine Maschine heran."

Nach einer kurzen Pause sagte die Stimme: „Das weiß ich. Vertraue mir!"

Sascha schluckte, bevor er leise antwortete: „Ja, ich vertraue dir." Dann übermannte ihn die Neugierde und er fragte: „Woran kann ich üben? Ist es ein Mensch?"

„Es sind sogar zwei, zwei ganz frische."

„Zwei? Das wird ja immer besser. Leben sie noch?"

„Klar und das wird auch noch solange so sein, bis die notwendigen Vorbereitungen getroffen wurden."

„Was meinst du damit?"

„Ich weiß, dass du deine Gerätschaften benötigst. Du wirst sie aus dem Keller deines Elternhauses holen und in ein Gartenhaus bringen. Dort wirst du ungestört arbeiten können."

Sascha spürte die warmen Wogen des Glücks. Er hatte vergessen, wo er sich gerade befand. „Wann können wir loslegen?", fragte er begeistert.

„Du wirst demnächst eine SMS erhalten."

Das waren die letzten Worte, die er hörte. Sascha stierte noch mehrere Sekunden auf das Display und schwelgte in Vorfreude.

Alles wird gut werden, dachte er.

Nun hatte er seine Möglichkeit, nun konnte er weiter üben, sich perfektionieren. Er hatte einiges vor, er musste sich schließlich für die Einbalsamierung seiner Mutter vorbereiten. Wenn sie gestorben war, durften ihm keine Fehler unterlaufen. Dann musste er perfekt sein. Ja, er hatte einen Plan. Er hatte seine Prioritäten verändert. Zuerst musste er üben, dann konnte er seine Mutter nach Hause holen.

Im Dunkeln streifte er umständlich die weiße Hose ab und zog seine schwarzen Leggins über. Danach sein T-Shirt und den Kapuzenpullover. Jetzt fühlte er sich besser. Jetzt konnte ihm nichts mehr passieren. Tastend arbeitete er sich zur Tür der Wäschekammer vor, öffnete sie leise und lugte in den Flur der Station. Er konnte sein Glück kaum fassen, keine Menschenseele weit und breit. Er suchte und fand ein anderes Treppenhaus. Es schien so, als halte eine unsichtbare Macht ihre schützenden Hände über ihn. Auf dem gesamten Weg hinunter in das Erdgeschoss begegnete er niemandem. Unten angelangt sah er blau flackerndes Licht und eine Menge wild aufeinander einredender Menschen vor dem Haupteingang. Sascha fand den Hinterausgang, der in den Garten führte, und verschwand. Der Garten grenzte an die Mathildenhöhe. Er verließ das Gelände des Alice-Hospitals, nahm die weiße Vogelmaske aus dem Rucksack und setzte sie auf.

12. Florian Hacke

Unruhig drehte sich der Langhaarige auf der alten speckigen Schlafcouch von der einen auf die andere Seite. Noch einmal drehte er sich um, zog beide Knie bis zur Brust und versank kurze Zeit in seinem alten Traum, der erneut mit einem Schrecken endete. Diesmal empfand er die Panik so intensiv, dass sich all seine Muskeln zusammenzogen und er im nächsten Moment aufrecht dasaß.

Hacke riss die Augen auf und um ihn herum drehte sich alles. Er schloss die Augen wieder und in ihm rumorte es. Er musste würgen, öffnete wieder die Augen und heftete seinen Blick an den kleinen Wasserkocher, der gegenüber auf einem Schränkchen stand. Das Hämmern in seinem Kopf wurde stärker. Der Geruch des verschimmelten Essens, der seit Tagen in den Töpfen hing, erreichte seine Nase. Entsetzt nahm Hacke die Unmengen von Fliegen wahr, die geschäftig herumschwirrten. Dann fiel sein Blick auf die Pfanne, die noch mit Nudeln gefüllt war. Erst dachte er, er habe eine Halluzination, dann realisierte er, dass sich die Nudeln tatsächlich bewegten. Unzählige Maden fanden hier Nahrung.

Sein Würgegefühl wurde stärker. Seine Innereien krampften sich zusammen und unweigerlich kroch ein dicker Klumpen die Speiseröhre hinauf. Er sprang auf, achtete nicht auf die leeren Bierflaschen, die ihm zu Füßen lagen, trat darauf und kam ins Straucheln. Nahezu waagerecht und mit ausgestrecktem rechtem Arm schoss er auf den Türgriff des Zirkuswagens zu. Seine Füße versuchten, irgendwo Halt zu finden. Allzu gern hätte er geschrien, konnte es aber nicht, sein Mund füllte sich. Im letzten Moment gelang es ihm, den Griff zu fassen und nach unten zu drücken. Die Tür sprang auf. Hacke breitete beide Arme aus. Er spürte nicht den Schmerz an seinen Unterarmen, die sich am Türrahmen verhakt hatten, sondern nur noch das rhythmische Würgen und die Erleichterung, als sich sein Mageninhalt auf die Wiese vor dem Zirkuswagen in weitem Bogen ergoss. In einer kurzen Würgepause gelang es ihm, seine Behausung zu verlassen. Er stolperte die Holzstufen hinunter, fiel auf die Knie und würgte weiter bis er eine gelb schäumende und bittere Flüssigkeit ausspuckte. Anschließend kippte er um und lag seitlich im Gras, die Knie angewinkelt. Das Hämmern in seinem Kopf war so stark, dass es ihm Schweißperlen auf die Stirn trieb. Das Atmen fiel ihm schwer, der Geschmack in seinem Mund war ekelerregend. Er konnte nichts weiter tun, als auf der Seite liegend die Augen geschlossen zu halten und sich auf sein Schnaufen zu konzentrieren. Irgendwann gelang es ihm, ruhiger und tiefer zu atmen. Das Hämmern in seinem Kopf wurde erträglicher. Immer mehr wurde er sich seiner Lage bewusst und ein Gefühl von Scham kroch in ihm hoch. Hacke blinzelte. Seine langen strähnigen Haare kitzelten an seiner Nase. Er blies die Haarsträhne zur Seite, aber es nutzte nichts, sie fiel zurück. Ächzend stützte er sich mit der rechten Hand ab und richtete sich unter Schmerzen auf. Als er endlich saß, strich er sich die Strähne aus dem Gesicht und fixierte sie, so gut es ging, hinter seinen Ohren. Er stierte auf seine fleckige Jogginghose.

Die habe ich schon angehabt, als der Kommissar bei mir war, dachte Hacke und wusste nicht mehr, wann das gewesen war. Die Frage beschäftigte ihn und er versuchte, krampfhaft durch den Nebel in seinem Kopf zu dringen. Plötzlich sah er Fraukes Gesicht vor sich. Mit ihr war irgendetwas geschehen. Der Kommissar hatte davon erzählt. Er hatte gesagt, sie sei tot … ermordet.

„Neiiin!", schrie Hacke. Er hob ruckartig die rechte Hand, als hätte sie auf einer heißen Herdplatte gelegen und patschte sich damit gegen seinen Mund. Der Nebel in seinem Kopf riss kurzzeitig auf. Panik machte sich breit. Hacke sprang auf, als säße er auf einem Wespennest. „Verdammte Scheiße!", schrie er und glotze auf das Erbrochene. Das Hämmern in seinem

Kopf kehrte schlagartig zurück und der Nebel zog sich wieder zu. Hacke wusste, er musste etwas tun, um einen klaren Kopf zu bekommen. Ein Hausrezept fiel ihm ein. Wie in Zeitlupe bewegte er sich auf die Eingangstür seiner Behausung zu, kletterte die beiden Stufen empor und betrat schwankend den Wagen. Im Kühlschrank fand er den Eierkarton. In dem kleinen Schränkchen neben dem Gasherd vermutete er die halbe Flasche Rotwein und hoffte, dass er sie nicht auch schon ausgetrunken hatte. Auf dem Weg dorthin sah er die leere Jägermeisterflasche und daneben noch den halbvollen Doppelkorn und wusste auf einmal, warum es ihm so schlecht ging. Er beachtete sie nicht weiter und öffnete die Schranktür. Der Wein war noch da. Er griff nach der Flasche, stellte sie auf den Tisch, holte ein Glas aus dem Schrank und füllte es halb voll. Anschließend schwankte er hinüber zum Kühlschrank und holte zwei Eier aus dem Karton. Er schlug beide an dem Rand des Rotweinglases auf und ließ die glibberige Substanz hineinfließen. Nun fehlten nur noch Salz und Pfeffer. Die Gewürze fand er nach einigem Suchen und auch eine saubere Gabel. Erst würzte er das Rotweingemisch ausgiebig, anschließend verquirlte er die Eier darin. Die Gabel flog in hohem Bogen in die Spüle, das Glas hob er an seinen Mund und schlürfte den Inhalt in einem Zug in sich hinein. Kurz darauf ließ er sich auf die Couch fallen und wartete, bis die Wirkung einsetzte. Das Hämmern in seinem Kopf ließ tatsächlich etwas nach, das flaue Gefühl im Magen ebenso. Bald schon fühlte er sich bereit, aktiv zu werden. Er wusste nur noch nicht, was er tun sollte. Also begann er mit dem Naheliegenden. Er suchte einen Müllsack und füllte ihn mit den verkrusteten Töpfen und der Pfanne. Als der Sack voll war, verknotete er ihn und warf ihn auf die Wiese vor seiner Behausung.

Ich muss neues Geschirr kaufen, dachte er, und machte sich an seine nächste Aufgabe. Er wollte sich waschen und frische Klamotten anziehen. Früher hatte ihm Frauke öfters erlaubt, bei ihr zu duschen. Das hatte er immer ganz besonders genossen, zumal in dem riesigen Badezimmer neben der Dusche noch eine Badewanne stand.

Die Zeiten sind nun wohl vorbei, dachte Hacke verdrießlich. Er stierte vor sich hin, riss sich aber bald schon von dem lähmenden Gefühl los und machte sich auf den Weg zum Duschen. Das konnte er nur im Traisaer Schwimmbad tun. Dafür hatte er eine Saisonkarte und er wusste, dass ihm die knapp zwei Kilometer, die er dorthin laufen musste, guttun würden. Zügig packte er eine Sporttasche mit Anziehsachen, Waschzeug und einem Handtuch und machte sich auf den Weg. Als er die Hauptstraße erreichte, bemerkte er, dass er sein Handy vergessen hatte, also ging er zurück, um es zu holen. Am Zirkuswagen angekommen, lichtete sich der Nebel in seinem Kopf und ihm fiel ein, dass er gestern einen Plan gehabt hatte. Er wollte Peter Renner, den Sohn des bekannten Darmstädter Unternehmers, besuchen. Aber was hatte er von ihm gewollt? Nachdenklich setzte er sich auf die Holzstufen vor seinem Zuhause und rieb sich die Schläfen. Für einen kurzen Moment verzog sich abermals der Nebel und Erinnerungen blitzten auf. Er war entsetzt darüber. Er wollte Frauke rächen, der Polizei zuvorkommen und Peter Renner die Strafe zukommen lassen, die er verdient hatte. Er wollte diesen Bastard von Unternehmersöhnchen töten. Er wollte ihn und sein Haus anzünden. Er wollte ihn leiden sehen und ihn schreien hören, und er hatte alles so geplant, dass auf ihn kein Verdacht fallen würde.

Welch ein perfider Plan.

Hatte er ihn tatsächlich umgesetzt? War er dazu in der Lage gewesen?

Hektisch wühlte er in seinen Erinnerungen, doch da waren keine weiteren Bilder. Da war nur Matsch.

Welcher Tag war heute?

Wann hatte ihn der Kommissar besucht?

Was war seitdem geschehen?

Tränen der Verzweiflung quollen aus seinen Augen. Er hasste sich selbst, er hasste seine Sauferei und die Unfähigkeit, sein Leben in den Griff zu bekommen. Hacke blickte auf seine verwatzte und stinkende Jogginghose, dann auf die Kotzbrocken im Gras und auf die Mülltüte. Alles ekelte ihn. Er ekelte sich vor sich selbst und sprang auf. Er musste etwas in seinem Leben ändern, und er sollte mit einer Dusche und sauberen Klamotten beginnen. Er drehte sich um die eigene Achse und ihm fiel wieder ein, weswegen er zu seinem Zirkuswagen zurückgekommen war. Er betrat den Wagen und suchte sein Smartphone. Als er gehen wollte, fiel ihm der Benzinkanister auf, der neben den leeren Schnapsflaschen stand. Er ergriff ihn und schüttelte das Hartplastikgefäß. Es war voll. War dies ein Hinweis, dass er seinen mörderischen Plan nicht in die Tat umgesetzt hatte? Verzweiflung machte sich in ihm breit. Selbstmitleid keimte auf. Dann Wut und eine innere Unruhe, die ihn antrieb, in Richtung des Traisaer Schwimmbades loszulaufen. Jeder Schritt fiel ihm schwer. Irgendwann schaffte er es, das Schwimmbad zu erreichen. Nach der Dusche und ein paar Bahnen im erfrischenden Nass fühlte sich Hacke etwas menschlicher. Eine leichte Zuversicht stieg in ihm auf. Vielleicht konnte er etwas in seinem Leben verändern. Vielleicht würde er doch noch herausfinden, ob er Renner wirklich besucht hatte und wenn ja, was geschehen war. Vielleicht konnte er sogar bei der Suche nach Fraukes Mörder behilflich sein. Nachdem er sich abgetrocknet und angezogen hatte, kämmte er die zerzausten Haare und setzte sich anschließend auf eine Holzbank neben dem kleinen Kiosk. Er kramte sein Smartphone hervor und recherchierte, was das Internet Interessantes über den Unternehmer Otto Renner zu berichten hatte.

Hacke gab die Suchbegriffe ‚Otto Renner', ‚Unternehmer', ‚Darmstadt' ein und war überrascht über die Vielzahl der Einträge. Ein paar Klicks weiter öffneten sich verschiedene Seiten, er durchscrollte sie, fand Verknüpfungen und hangelte sich somit weiter durch das unendliche Netzwerk der Informationen. Ihm kam seine ehemalige Tätigkeit als Programmierer zu Gute. In dem Job war er so lange erfolgreich, bis nach den durchgearbeiteten Nächten mit Unmengen an aufputschenden Drinks und Junk-Food irgendwann der Alkohol dazukam und bald der tiefe Fall in die soziale Bedeutungslosigkeit folgte.

Nach einer halben Stunde hielt Hacke inne und ein „na sowas" kam über seine Lippen. Ein „dachte ich es mir" folgte. „Anscheinend ist der alte Brenner in Cum-ex-Geschäfte verwickelt. Der hat wohl massiv Dreck am Stecken."

Hacke beendete seine Recherche. Ihn fröstelte es. Eilig packte er seine Sachen und machte sich auf den Nachhauseweg. Unterwegs drifteten seine Gedanken immer wieder ab. Mal waren sie bei Frauke und den besseren Zeiten, mal bei diesem Kommissar und was er ihm gesagt hatte und dann wieder bei seinem Traum von heute Mittag. Da waren verschiedene Bilder nahezu gleichzeitig in seinem Kopf. Der Kauf des Benzinkanisters, das Gespräch mit Renner, der Streit, der Kampf und das Eingreifen von Renners Mutter.

Alles war so real. War es wirklich geschehen?

Hacke schwankte nicht nur auf der Straße, sondern auch innerlich.

Aber nein, es konnte sich nur um einen Traum handeln. Die Sache mit Renners Mutter war so absurd, so etwas konnte nicht passiert sein, überlegte Hacke.

Außerdem stand der Benzinkanister in seinem Zirkuswagen und er war noch gefüllt, also hatte er kein Feuer gelegt.

Wenn er allerdings tatsächlich Peter Renner besucht hatte, wenn sich alles so zugetragen hatte, wie er es gerade dachte, wenn er Renners Villa verlassen und den noch gefüllten Benzinkanister ordentlich in seinem Zuhause abgestellt hatte, dann hätte er jetzt ein riesiges Problem.

Die Renners würden ihn bestimmt anzeigen, wegen Bedrohung oder irgend so einem Quatsch, die Polizei würde kommen und wahrscheinlich Peter und seiner Mutter mehr Glauben schenken als ihm. Genauso würde es kommen. Das Spiel kannte er.

„So eine Scheiße", brabbelte er vor sich hin und trat gegen einen Kieselstein, der am Straßenrand lag. „Immer bin ich der Depp. Frauke wurde ermordet, ihr Mörder läuft frei herum und mich kriegen die am Arsch. Das ist ungerecht."

„Hallo Florian. Na alles im grünen Bereich?"

Hacke zuckte zusammen. Er blickte auf und direkt in die mit Lachfalten umzogenen Augen eines alt eingesessenen Traisaer Bürgers.

„`nen guten Abend, Albert. Warum fragst du?"

„Na, weil der Kieselstein, den du so kraftvoll durch die Gegend gekickt hast, knapp den Kotflügel meines Autos verfehlt hat."

„Tschuldigung", nuschelte Hacke und versuchte ein Lächeln auf sein Gesicht zu zaubern. Es misslang.

„Na egal, ist ja nichts passiert. Sag mal, biste auch so entsetzt über den Mord an Frauke?"

„Woher weißt du davon?", stammelte Hacke.

„Denk`ste etwa, der Kommissar aus Darmstadt hätte vorgestern Abend lediglich dich befragt, oder was?"

Hacke riss die Augen auf und ließ die Kinnlade nach unten fallen. „Was für ein Tag haben wir heute?", fragte er endlich.

„Dienstag."

„Schon Dienstag?"

„Was ist denn los mit dir? Haste wieder gesoffen?"

Hacke antwortete nicht. Wie ein getretener Hund blickte er zu Boden.

„Warst ja mal `ne ganze Zeit weg von dem Zeug, als Frauke dich unter ihre Fittiche genommen hatte."

Hackes Wangen liefen rot an und er reagierte mit einem ansatzweisen Nicken.

„Und, was willst du jetzt tun? Weiter saufen oder dich der Realität stellen?"

„Komme vom Schwimmen", antwortete Hacke zusammenhanglos.

„Na prima, das klingt doch immerhin nach einem Anfang."

„Weißt du, ob die Polizei schon was rausgefunden hat?", fragte Hacke neugierig.

„Nee, der Kommissar hat am Sonntagabend zwar meine Telefonnummer aufgeschrieben und gesagt, er werde sich melden, wenn er noch 'ne Frage hätte, aber bis heute hat er es nicht getan. War schon ein knuffiger Typ, dieser Kommissar. Er hat gesagt, ich würd mich ja auskennen in Traisa und wär bekannt wie ein bunter Hund. Als er gehen wollte, hat er mir seine Karte entgegengestreckt und drum gebettelt, dass ich ihn anrufen soll, wenn mir was Verdächtiges auffällt."

„Hast du dem Kommissar was über den Renner erzählt? Wir haben damals ja darüber gesprochen", wollte Hacke wissen.

„Natürlich, ich hab dem erzählt, dass du der Meinung bist, der Renner hat Frauke gestalkt."

„Stimmt, das habe ich dem Kommissar auch erzählt. So eine Scheiße. Wenn die Polizei damals den Renner festgenommen hätte, würde Frauke vielleicht noch leben."

„Meinst du, der hat was mit Fraukes Tod zu tun?", fragte Albert erstaunt.

„Ich weiß nicht. Ich weiß gar nichts mehr", winselte Hacke und stieg von einem Fuß auf den anderen, als müsse er ganz dringend auf die Toilette. „Ich glaub, ich geh jetzt nach Hause. Muss noch aufräumen."

„Hast du was von Fraukes Schwester gehört", fragte Albert.

Hacke blickte erstaunt auf: „Nee, warum fragst du?"

„Na die wird doch wohl auch schon von der Polizei informiert worden sein. Vielleicht hatte sie Kontakt zu ihrer Schwester. Vielleicht kann sie einen Tipp geben. Ich habe leider keine Telefonnummer. Du hast die doch bestimmt, oder?"

Hacke überlegte. Gar nicht so dumm die Frage, dachte er und hörte sich im nächsten Moment sagen: „Ich werde sie mal anrufen."

„Würdest du mich informieren, wenn du was erfahren hast?", fragte Albert.

„Klar", antwortete Hacke.

Aufmunternd schlug ihm Albert auf seine Schulter und lächelte ihn an. Hacke ließ ihn stehen und machte sich auf den Weg. Zu Hause angekommen warf er die Sporttasche ins Eck und kramte sein Smartphone hervor. Er hoffte, er hatte Elviras Nummer nicht gelöscht. Elvira hatte sie ihm damals gegeben, als sie ihre Schwester besucht hatte. „Für alle Fälle", hatte sie gesagt und er hatte nichts darauf geantwortet. Jetzt klimperte er auf seinem Handy herum und fand die Nummer, tippte sie an und ließ das Handy wählen. Es dauerte ein paar Sekunden, bis das Freizeichen erklang. Danach klingelte es immer wieder, solange bis ein Besetztzeichen folgte. Hacke drückte die Wahlwiederholung. Das Freizeichen ertönte erneut und diesmal wurde abgehoben. „Florian hier, hallo Elvira ... Elvira, hörst du mich?"

Am anderen Ende der Leitung war lediglich Schweigen. „Hallo, hallo, ist da wer?", fragte Hacke jetzt noch lauter. Er meinte, ein leises Atmen zu hören. Er presste das Gerät ans Ohr und lauschte gebannt.

„Elvira, hörst du mich!", legte Hacke nach.

Nach einer Weile erklang ein geflüstertes „Ja" und dann: „Hilfe, ich bin gefang ..."

Es patschte, als habe jemand eine schallende Ohrfeige verpasst bekommen. Dann ein Scheppern und von weitem drang eine wütende Stimme an Hackes Ohr: „Du kleine Schlampe. Du hattest ein Handy versteckt. Das wirst du büßen." Ein erneutes Scheppern und noch eines und die Verbindung brach ab. Entsetzt wählte Hacke erneut und kurz später kam die Ansage: „Die Telefonnummer ist nicht erreichbar. Bitte prüfen …"

Hacke atmete schwer. Er ließ sich auf seine Couch fallen. Was sollte er tun? Reflexartig überlegte er, ob er noch eine Doppelkornflasche im Vorrat hatte oder wo er sich um diese Uhrzeit eine besorgen konnte. Nach ein paar schweren Atemzügen verwarf er den Gedanken. Er musste jetzt einen klaren Kopf bewahren. Er kramte sein Portemonnaie hervor, fand die Visitenkarte und wählte die Nummer von Kommissar Hartmann.

***

Zeitgleich erhielt Sascha Kiebitz eine SMS. Gebannt starrte er auf das Display und las:

Geh zu deinem eltern
haus. Am zaun zur ro
senhoehe steht ein vw
bus. Zwei leute von
mir helfen. Schleich
dich in deinen keller u
nd hol alles raus, was
du brauchst. Beeil dich
und sei leise. Das haus
wird observiert. Ein
bullenfahrzeug steht
davor. Ich melde mich
wieder.

13. Polizeipräsidium Südhessen

„Jetzt sitzen wir schon seit `ner geschlagenen Stunde in diesem verdammten Besprechungsraum, haben mehr Fragen als Antworten und es ist weit und breit kein Feierabend in Sicht." Pia rieb sich stöhnend die Augen.

„Sieh es positiv, so können wir die hereinbrechende Nacht gemeinsam verbringen", säuselte Dobermann augenzwinkernd und bemerkte sogleich seinen Fehler.

Pia wirkte plötzlich hellwach und blitzte ihn bösartig an. „Hör auf damit. Du weißt, bei diesem Thema verstehe ich keinen Spaß. Wenn du was zu unserem Verhältnis, oder wie du es auch immer nennen möchtest, zu sagen hast, dann sag es mir klar und deutlich, ansonsten halt einfach deine Klappe."

Dobermann schreckte zurück, als habe er eine schallende Ohrfeige erhalten. In seinem Kopf war plötzlich nur Leere und dieses übermächtige Ohnmachtsgefühl. Er versuchte, sich zu konzentrieren und wusste, er musste etwas sagen. Er stotterte los: „Ich will ..., ich will ..."

Die Tür zum Besprechungsraum wurde aufgestoßen und Hartmann stürmte herein.

„Ihr werdet es mir nicht glauben", brachte er aufgeregt hervor.

„Was denn?", fragte Pia genervt. Dobermann glotzte seinen Kollegen verdattert an. Er benötigte einen Moment, um zu verstehen, was gerade geschah.

Hartmann achtete nicht darauf und plapperte los: „Vor `ner halben Stunde rief mich der Zirkuswagenbewohner aus Traisa an."

„Und ...?" Pia saß aufrecht auf ihrem Stuhl und gierte danach, was Daniel zu sagen hatte.

„Angeblich hat er Elvira Stolze telefonisch erreicht. Sie habe ins Handy geflüstert, sie sei gefangen. Gleich darauf sei das Gespräch abgebrochen. Es hätte sich so angehört, als sei ihr das Handy aus den Händen gerissen und samt SIM-Karte zerstört worden. Jetzt könne man die Nummer nicht mehr erreichen, sagte er.

Ich habe es überprüft. Es stimmt, die Nummer ist nicht mehr verfügbar."

„Was hast du unternommen?", wollte Pia wissen.

„Ich habe eine Personenfahndung rausgegeben und eine richterliche Verfügung für eine Handyortung veranlasst."

„Kann man ein zerstörtes Handy orten?", meldete sich Dobermann zu Wort.

„Natürlich nicht", stänkerte Pia, „da hättest du in deiner Ausbildung etwas besser aufpassen sollen. Man kann aber herausfinden, in welcher Funkzelle das Handy zuletzt eingeloggt war, wenn man die Nummer weiß und die haben wir."

Hartmann nickte zuerst, dann schaute er seine Kollegen an und schüttelte den Kopf. „Mann, zwischen euch beiden herrscht vielleicht \`ne Stimmung! Die ist dermaßen geladen, dass sich meine Nackenhaare aufstellen. Hat das was mit dem Fall zu tun?"

„Nee, \`is was Privates", grummelte Dobermann vor sich hin.

„Siehst du das auch so, Pia?", provozierte Daniel.

„Wenn du weiterhin gut mit mir zusammenarbeiten willst, dann halt jetzt mal den Mund und lass uns über den Mord reden", keifte Pia zurück. „Bevor du gekommen bist, habe ich Benjamin erzählt, dass das Alice-Hospital angerufen hat. Dort kam es zu einem Zwischenfall, der auf unseren Hauptverdächtigen Sascha Kiebitz hinweist."

„Hab davon gehört", erwiderte Hartmann, „irgendjemand hat als Pfleger verkleidet Kontakt zu der Mutter unseres Verdächtigen aufnehmen können, ist dann aber geflüchtet und, soweit mir bekannt, unbekannt entkommen."

„Stimmt", bestätigte Pia.

„Gibt es was Neues bei der Fahndung nach dem jungen Kiebitz?", wollte Hartmann wissen.

„Nein", antwortete Pia, „die Kollegen observieren zwar das Haus, in dem die Kiebitze wohnen, aber da ist alles ruhig. Ansonsten nichts Neues. Der Kerl, der als Vogelmensch sein Unwesen treibt, ist nirgends aufgetaucht."

„So ein Mist!", sagte Hartmann.

„Aber egal, lass mal den Kiebitz außen vor, mein ehrenwerter Kollege wollte gerade erzählen, was er in der Pathologie erfahren hat", ergänzte Pia und fuhr an Dobermann gerichtet fort: „Du hattest doch gerade vor, große Reden zu schwingen, als Daniel unsere traute Zweisamkeit störte, oder?"

„Jetzt reicht es aber mal", blaffte Dobermann los. Sein Kopf war rot angelaufen. „Ja, ich habe ein Problem mit Beziehungen", drang es aus ihm heraus. „Ich kann schwer Vertrauen aufbauen und Nähe zulassen ... So ist das halt und das hat auch seinen Grund." Mit bebender Stimme erzählt Dobermann von seiner Kindheit, der späteren Adoption und seiner inneren Zerrissenheit. „Ja, ich hasse mich selbst dafür, dass ich weder ehrlich zu mir und auch nicht zu dir sein kann und nicht in der Lage bin, dir meine Liebe zu beweisen und gemeinsam mit dir aufzuwachen. Daniel kennt meine Geschichte und akzeptiert sie. Ich möchte, dass du das auch tust."

Pias Mund stand offen und sie war nicht in der Lage, etwas zu erwidern. Eine längere Pause entstand. Momentan hatten Worte keinen Platz.

Dobermann blickte flehend. Mehrere Atemzüge benötigte er, um anschließend etwas ruhiger sagen zu können: „Pia, du bist für mich was Besonderes und ich will dich nicht verlieren." Langsam streckte er seine Hände aus. Pias Wangen waren rot angelaufen, sie blickte nach unten, ergriff seine Hände und schwieg.

Hartmann verkniff sich ein Lächeln. Er wartete eine Zeit lang und sagte mit fester Stimme: „Benjamin, Mann, das waren starke Worte. Darüber solltet ihr euch mal in Ruhe unterhalten. Ist bestimmt sehr wichtig, hat aber nichts auf der Arbeit verloren. So, jetzt will ich weiter über unseren Fall sprechen. Okay?" Seine Kollegen nickten beide. „Also gut, wollt ihr mir nicht endlich sagen, welche Neuigkeiten Doc Muffinski auf Lager hatte?"

„Klar", antworteten Pia und Benjamin nahezu gleichzeitig. Pia ließ seine Hände los, nicht ohne ihn anzulächeln. Benjamin traf dieses Lächeln ganz tief innen. Es fühlte sich plötzlich alles so warm an. Er lächelte zurück und verfing sich kurzzeitig in Pias Augen.

Hartmann wurde unruhig. Er trommelte mit den Fingern auf dem Tisch, dann rückte er einen Stuhl zurecht und setzte sich. „Nun, ihr Turteltäubchen, Butter bei die Fische. Welche Neuigkeiten hat unser Doc offenbart?", fragte er ungeduldig.

Dobermann schreckte auf und erklärte, was Muffinski ihm in der Rechtsmedizin vorgetragen hatte, auch, dass das Opfer eine Perücke trug. „Der Doc meinte, der Täter wollte sein Opfer so schön gestalten, wie es ihm vorschwebte."

„Denkt ihr, es war ein Ritualmord?", fragte Hartmann, einer spontanen Idee folgend.

„Glaube ich nicht", erwiderte Pia.

„Hast du ein Grund für deine Vermutung?"

„Nein, ist nur mein Bauchgefühl."

„Hmmh", brummelte Dobermann, „ich bin mir da nicht so sicher. Frau Stolze wurde ein K auf den Steiß tätowiert und zwar postmortal."

Hartmann klappte die Kinnlade nach unten. „Das ist ja interessant", sagte er mehr an sich selbst gerichtet.

„Außerdem war sie schwanger", nahm Dobermann wieder den Faden auf, „und zwar im siebten Monat. Der Fötus wurde ihr entnommen und in Alkohol eingelegt. Die Kollegen von der Spusi haben ihn, aufbewahrt in einem Glasgefäß, gefunden und sichergestellt. Am Mund des Fötus ist eine Hasenscharte zu erkennen. Diese Anomalie ist vererbbar. Der Vater könnte auch eine haben. Das kann uns bei der Suche nach ihm helfen."

In Hartmanns Tasche klingelte ein Handy. Der Kommissar holte es heraus, nahm den Anruf entgegen und hielt das Gerät ans Ohr. „Ja, Daniel hier ... okay ... prima ... vielen Dank." Er beendete das Gespräch, steckte das Mobiltelefon zurück in seine Tasche. „Die Funkzelle, in der Elvira Stolzes Handy zuletzt eingeloggt war, befindet sich auf dem Darmstädter Oberfeld", sagte er.

„Dann muss sich Fraukes Schwester nach der Befragung unseres Kollegen aus Eschwege auf den Weg nach Darmstadt gemacht haben", schlussfolgerte Pia, „aber warum nur?"

„Das ist jetzt zweitrangig", meinte Hartmann, „viel wichtiger erscheint mir, dass sich Fraukes Schwester in der Nähe des Hauses unseres Hauptverdächtigen aufgehalten hat. Pia, du hast gesagt, dass das Haus der Familie Kiebitz observiert wird."

„Ja, warum?"

„Haben sich die Kollegen gemeldet? Ist ihnen irgendwas aufgefallen?"

„Nein, aber ich kann mich nochmals erkundigen."

„Warte mal!", forderte Dobermann. „Ich habe doch den Nachbarn, einen Herrn Schmidt, befragt. Mir kam der Typ eigenartig vor. Kam er zum Termin ins Präsidium? Er sollte doch noch seine Aussage zu Protokoll geben."

„Ich frage nach", sagte Pia und führte gleich darauf ein kurzes Telefonat. „Nein, er hat sich nicht blicken lassen", sagte sie, als sie den Telefonhörer aufgelegt hatte.

„Na, dann sollten wir ihn besuchen", erwiderte Hartmann. „Benjamin, begleitest du mich?"

„Klar, dann können wir auch die Kollegen befragen."

„Das klingt doch nach einem Plan", erwiderte Daniel und erhob sich.

„Jungs, passt auf euch auf. Ich halte hier die Stellung und bin immer für euch erreichbar", bemerkte Pia und klatschte ihrem

Freund auf den Po: „Wenn du nach der Befragung zurückkommst, hole ich `ne Flasche Spezialprävention und wir stoßen an."

„Eine was?", fragte Dobermann verwundert.

„Ist dir nicht bekannt, dass auf einer Brachfläche im südwestlichen Bereich unseres Präsidiums mit Genehmigung des Weinbauamtes Eltville ein Weinberg mit 99 Reben angelegt worden ist? Jährlich werden hier 200 bis 300 Flaschen Weißburgunder mit hervorragender Qualität produziert. Die Kollegen nennen ihn Spezialprävention. Damit dürfte das *PP Südhessen* das einzige Präsidium der Welt mit eigenem Weinberg sein."

„Wow! Ich wusste nichts davon", sagte Dobermann, „... dürfen wir alle davon trinken? Schließlich ruht bekanntlich im Wein die Wahrheit." Pia druckste herum: „Nein, der Wein wird für Ehrungen und besondere Anlässe aufbewahrt. Ich kenne einen, der geehrt wurde aber ein klassischer Biervieltrinker ist. Er hat mir `ne Flasche geschenkt, aber die würde ich nachher, wenn ihr wieder zurück seid, opfern."

„Ein tolles Angebot. Was meinst du, Daniel, sollen wir uns beeilen?"

„Klar doch", erwiderte der Angesprochene lächelnd.

***

„Und?", fragte Hartmann spitzbübisch.

„Was und?", warf Dobermann kurz angebunden zurück.

„Die Liebe ist schon ein seltsames Spiel, oder?"

Dobermann atmete tief ein. „Da muss ich dir wohl recht geben. Und anscheinend bin ich nur ein leidlicher Spieler."

„Aber immerhin bist du noch im Spiel", antwortete Hartmann augenzwinkernd.

Dobermann schwieg einen Moment. Er spürte die Vertrautheit zu seinem Kollegen und war dankbar, dass er nicht fahren musste. So konnte er sich besser auf sich und seine Gefühle konzentrieren. „Bei Pia ist es anders", begann er endlich, „bei ihr spüre ich zum ersten Mal Angst, dass sie mich verlassen könnte und das will ich nicht riskieren. Ich habe das Gefühl, mich bei ihr öffnen zu können, mit allen Gefahren, die darin lauern."

„Welche Gefahren meinst du?", fragte Hartmann interessiert nach.

Dobermann schaute seinen Kollegen lange von der Seite an, bevor er antwortete: „Ich hasse es, von mir und meiner Kindheit zu erzählen. Ich hasse die Bilder und Gefühle, die dann unweigerlich aufsteigen. Ich weiß nicht, was sie mit mir machen."

Hartmann schwieg, ließ seinem Kollegen die nötige Zeit.

„Bei Pia habe ich manchmal das Gefühl, dass sie mich nicht auslachen wird", vollendete Dobermann seinen Gedankengang.

Der Dienstwagen glitt gemächlich in Richtung Ostbahnhof.

In die Stille hinein sagte Hartmann: „Ja, lass dich fallen. Ich glaube es lohnt sich."

Die Ampel auf der Linksabbiegerspur sprang auf rot und Hartmann musste abbremsen. Es entstand eine längere Pause und Dobermann dachte nach. Als die Ampel endlich grün zeigte, gab Hartmann Gas und fragte: „Sag mal, ist eigentlich deine Dienstwaffe freigegeben worden?"

„Oh, Mist", erwiderte Dobermann, „ich habe total vergessen, bei der KTU nachzufragen, aber ich glaube schon. Die haben ja nur nachprüfen müssen, dass ich tatsächlich am Sonntag geschossen habe. Soweit ich weiß, ist auch das Projektil gefunden worden."

„Ich hoffe, du hast recht. Die Kollegen von der KTU arbeiten momentan sehr genau, wahrscheinlich wegen der *Goldenen Lupe.*"

„Wegen was? Du willst mich doch verarschen, oder?"

„Oh behüte, auf keinen Fall", gab sich Hartmann entrüstet. „Weißt du denn nicht, dass der Landespolizeipräsident vor einem Jahr damit die Kollegen von der Spusi für ihre hervorragende Tatortarbeit geehrt hatte? Und dieses Jahr wollen sie wieder nach der *Goldenen Lupe* greifen, hört man so, wenn man sich dafür interessiert und seine Ohren gespitzt hält", sagte Hartmann grinsend.

„Was man so alles aus informierten Kreisen erfährt. Da bin ich doch froh, so einen wissenden Kollegen an meiner Seite zu haben."

„Tja, davon kannst du ausgehen", erwiderte Hartmann, „deswegen geh morgen früh gleich zur KTU und frag nach deiner Dienstwaffe. Ich persönlich habe nicht so gern einen unbewaffneten Kollegen an meiner Seite, gerade bei diesem Fall. Kannste verstehen, oder?"

Hartmann bog vor dem Ostbahnhof links ab, überquerte die Bahnlinie und keine Minute später kam der Wagen vor dem Hofgut Oberfeld zum Stehen.

„Lass uns die paar Meter bis zum Zeyherweg laufen. Ich will keine schlafenden Hunde wecken. Außerdem können wir dann noch die Kollegen, die das Haus observieren, unauffällig befragen, ob ihnen etwas aufgefallen ist."

„Okay", antwortete Dobermann und stieg aus.

Beide Kriminalbeamte liefen schweigsam den kleinen Anstieg empor. Oben angekommen sagte Hartmann, er würde zu den Kollegen gehen, die im Auto gegenüber dem Hause der Familie Kiebitz saßen. Dobermann solle schon einmal zum Haus laufen, in dem Herr Schmidt lebt.

Dobermann machte sich auf den Weg und beäugte den Bungalow mit gemischten Gefühlen. Etwas Eigenartiges ging von ihm aus. Ein Schauer lief ihm über den Rücken. Das Haus lag in nahezu vollständiger Dunkelheit. Lediglich hinter einem schmalen Fenster, das sich direkt neben dem Eingang befand, strahlte ein schwaches Licht. Jetzt erst fiel dem Kommissar diese absolute Stille auf, die ihn umgab. Kein Geräusch fahrender Autos, kein Tatütata irgendwelcher Krankenwägen, noch nicht einmal der Ruf eines Käuzchens oder das Rauschen von Blättern. Vorsichtig versuchte Dobermann das alte Gartentörchen zu öffnen, um auf das Grundstück zu schleichen und vielleicht einen verstohlenen Blick durch das Fenster werfen zu können. Ein penetrantes Quietschen riss ihn aus seinen Gedanken. Mittlerweile war Hartmann herangeeilt und flüsterte ihm zu: „Alles ruhig, haben die Kollegen gesagt. In den letzten zwei Stunden gab es hier keinerlei Bewegungen."

„Na, dann lass uns mal den Herrn Schmidt befragen, ob er das genauso sieht", sagte Dobermann und betätigte die Klingel unter dem Namensschild, das in den betonierten Pfosten neben dem quietschenden Törchen eingelassen worden war. Nichts rührte sich. Dobermann klingelte erneut, diesmal ausdauernder. Ein zweites Licht im Haus ging an und schien sanft durch die Glasscheibe, die sich in der Haustür befand. Eine Weile später wurde die Tür geöffnet. Ein Mann mit braunem Lockenkopf stand im Rahmen und winkte die Kommissare herein. Dobermann und Hartmann folgten der Aufforderung, sie gingen auf die Hauseingangstür zu. Noch bevor sie sich ausweisen konnten, sagte der Mann: „Grüße Sie. Mein Name ist Helmut Schmidt. Ich wurde nach dem berühmten Bundeskanzler benannt, habe aber mit dem rein gar nichts zu tun. Ich bin nur der Sohn meines Vaters. Sie sind doch die Kommissare, die gestern bei dem Polizeieinsatz mit dabei waren. Kommen Sie doch herein. Mein Vater hat mir von dem tragischen Mordfall erzählt und auch, dass er im Polizeipräsidium angerufen und seine Vermutung hinsichtlich unseres Nachbarn, dem Sascha Kiebitz, geäußert hat. Das hat er gut gemacht, finde ich, oder was meinen Sie? … Ach egal. Endlich war mal was los in unserer Straße, es kam zu einem Polizeieinsatz. Ich habe alles durch das Fenster meines Zimmers beobachten können." Der junge Schmidt drehte sich um. „Schließen Sie die Tür hinter sich, man weiß ja nie, was für Gesocks hier herumläuft." Er redete ohne Punkt und Komma weiter und führte dabei die Kommissare durch einen langen Flur, von dem hinten links ein beleuchtetes Zimmer abging.

„Das war ein beeindruckender Polizeieinsatz, die schwarz gekleideten Männer hatten etwas Angsteinflößendes. Als dann noch der Notarzt und der Krankenwagen kamen, also wirklich ganz großes Kino ... Aber davon werden Sie mir bestimmt gleich erzählen, wenn es ihnen erlaubt ist, man hört ja so viel von der Geheimhaltung der Polizei, gerade, wenn noch die Ermittlungen laufen. Ich bin ganz aufgeregt. Das ist alles so spannend, Sie müssen wissen, ich wollte auch zur Polizei, bin aber leider durch die Aufnahmeprüfung gerasselt. Na ja, ich war zwar gut vorbereitet, hatte aber einen schlechten Tag gehabt, damals im Herbst 2001." Mittlerweile hatten sie das Zimmer des jungen Schmidt betreten. Es wurde offensichtlich als Wohn-, Arbeits- und Schlafzimmer genutzt. In der Mitte stand ein runder Tisch mit vier Stühlen. Schmidt deutete an, dass sich die Kommissare setzen sollten und plauderte auch schon weiter drauflos. „Ein zweites Mal wollte ich es nicht versuchen, habe dann andere Pläne verfolgt, das tut aber nichts zur Sache, glaube ich, oder was meinen Sie? ... Also nun erzählen Sie schon, wie verlief der Einsatz und vor allen Dingen, konnten Sie Sascha Kiebitz dingfest machen?" Der junge Schmidt setzte sich an den Tisch, griff nach der Pralinenschachtel, die neben einer Kerze stand, öffnete sie und sagte: „Wollen Sie eine? Die Packung ist ganz frisch, heute früh erst geöffnet. Alle Pralinen sind natürlich ohne Alkohol. Ich weiß ja, dass Sie während des Dienstes nichts trinken dürfen."

Die Kommissare schüttelten gleichzeitig mit ihren Köpfen.

„Ich kenne mich damit aus, weil mein Onkel arbeitet nämlich auch bei der Polizei, zwar nicht bei der Darmstädter, aber das ist ja wohl egal, der hat mir ..."

„Wir wollen mit Ihrem Vater sprechen. Ist er zu Hause?", unterbrach Hartmann.

„Ach, meinen Vater wollen Sie sprechen, da muss ich Sie leider enttäuschen, heute ist nämlich Dienstag und dienstags ist er immer mit seinen Saunafreunden im Jugendstilbad. Da gibt es kein Vertun. Das ist immer so und dann kommt er nicht vor eins nach Hause, weil nach dem Saunieren geht es dann immer zum Café Chaos, um sich die Elektrolyte, die ausgeschwitzten, wieder oral zuzuführen, Sie verstehen?" Helmut Schmidt klimperte mit den Augendeckeln. „Das Café Chaos heißt zwar Café ist aber eigentlich eine Kneipe. Meist kommt er sternhagelvoll ..."

„Ist Ihnen eine Elvira Stolze bekannt?", fuhr Dobermann ihm ins Wort.

Helmut Schmidt blickte verdutzt auf, verfiel aber gleich darauf wieder in seinen Sprechdurchfall. „Ist diese Elvira mit Frau Stolze verwandt? Ich weiß ja, dass das Mordopfer, womit der junge Kiebitz bestimmt was zu tun hat, auch den Namen Stolze trug. Das habe ich mir gemerkt. Stolze, da habe ich mir eine Frau vorgestellt, groß, grazil, gutaussehend mit leicht erhobener Nasenspitze und mich gefragt, warum gerade so eine Frau zu einem Mordopfer auserkoren wird. Wir leben in einer ganz und gar eigentümlichen Welt. Man weiß nie, was als nächstes passiert."

„Also, was ist jetzt? Kennen Sie Elvira Stolze oder nicht?", wurde Hartmann nun etwas lauter.

„Kennen, was heißt schon kennen", antwortete Helmut Schmidt gedehnt, „man macht sich schon seine Vorstellungen, aber so leibhaftig hat sie nie vor mir gestanden, also ich meine ..."

Die beiden Kommissare schauten sich genervt an und verdrehten ihre Augen. „Wir kommen hier nicht weiter", sagte Hartmann leise an seinen Kollegen gerichtet.

„Sie wollen weiter?", erwiderte Schmidt Junior traurig, der nur die Hälfte von Hartmanns Worten verstanden hatte. „Ich konnte ihnen wohl nicht helfen? Das tut mir leid, aber ich habe inständig versucht, all ihre Fragen nach bestem Wissen und Gewissen zu beantworten, aber wenn Sie jetzt wirklich schon gehen wollen, erlauben Sie mir, ihnen ein kleines Geschenk überreichen zu dürf…"

Dobermann schob den Wohnzimmerstuhl geräuschvoll nach hinten und erhob sich. „Können wir uns ein wenig im Haus umschauen?", fragte er und ergänzte dann: „Wir haben zwar keinen Durchsuchungsbefehl, aber vielleicht erlauben Sie es dennoch."

Schmidt schaute verdutzt. „Sie interessieren sich dafür, wie wir wohnen. Das freut mich. Ja, ich habe gehört, dass die Polizeigewalt normalerweise einen richterlichen Beschluss vorzeigen muss, um sich in privaten Wohnräumen umschauen zu können, aber ich kann ihnen versichern, das brauchen Sie bei mir nicht. Sehr gerne zeige ich ihnen unser kleines Häuschen, auf das mein Vater sehr stolz ist, da er es vor nahezu fünfzig Jahren mit eigenen Händen erbaut hatte. Ich selbst bin hier geboren und …"

„Können wir?", drängelte Hartmann, der sich mittlerweile ebenfalls erhoben hatte.

„Natürlich", sagte der junge Schmidt mit zuckersüßer Stimme und machte eine einladende Handbewegung. Er stand auf und ging voran.

Das Haus war in keinem gepflegten Zustand, aber alle Räume im Erdgeschoss als auch im Keller wirkten aufgeräumt, vielleicht ein wenig zu arg aufgeräumt, überlegte Dobermann und schaute sich weiter um. Der Keller kam ihm eigenartig vor, er wusste allerdings nicht, warum? Dennoch konnte er nichts Verdächtiges erkennen. Auch im oberen Stockwerk war nichts zu bemerken. Schmidt Senior war weit und breit nicht zu sehen und es gab keinerlei Anzeichen dafür, dass sein Sohn die Unwahrheit gesagt haben könnte.

Nach knapp einer halben Stunde verabschiedeten sich die

Kommissare, was Schmidt veranlasste, erneut verbal auszuholen: „Sie können nicht so einfach gehen. Das kann ich nicht zulassen. Vielleicht wissen Sie, dass ich Früchte in Alkohol einlege. Das ist ein Hobby von mir, schon seit vielen Jahren. Durch meine Erfahrung und meine vielfältigen Versuche kann ich sagen, dass meine Liköre großen Erfolg bei den Verkostern haben. Und, da ich ja, wie gesagt, ein Faible für die Polizei hege und Sie beide kennenlernen durfte und außerordentlich schätze und gerne irgendwie dazu beitragen möchte, dass es ihnen gutgeht und Sie so schnell wie möglich den Fall lösen, möchte ich ihnen zwei keine Fläschchen schenken. Sie müssen diese ja nicht gleich trinken, weil Sie ja noch im Dienst sind …"

Hartmann und Dobermann schauten sich an und zogen nahezu zeitgleich die Augenbrauen nach oben. Bevor sie etwas sagen konnten, war Helmut Schmidt verschwunden und kam kurz später aus dem kleinen Zimmer am Ende des langen Flures herausgestürmt. Er trug nun Latexhandschuhe und zwei kleine Glaskaraffen in Händen. Die Gefäße waren mit Korken verschlossen und mit handschriftlichen Aufklebern verziert. Auf einem stand in geschwungener Schrift *Kirschwasser*, auf dem anderen *Himbeergeist*.

„Bitte schön", sagte Schmidt und hielt die beiden Glasgefäße den Kommissaren direkt vor die Nase. Reflexartig, auch weil sie so schnell wie möglich das Haus verlassen wollten, griffen die beiden zu.

„Einen schönen Abend noch", wünschte Hartmann, „wenn Ihnen noch etwas einfallen sollte, bitte rufen Sie mich an." Er hielt ihm sein Kärtchen entgegen.

Dobermann überlegte noch kurz. Er wunderte sich. Die Glaskaraffe schon in seiner Hand haltend, fragte er: „Warum haben Sie Latexhandschuhe angezogen?"

Helmut Schmidt lächelte verschmitzt. „Ich habe gedacht, das passt. Ich wollte keine Fingerabdrücke auf dem Glas hinterlassen, nicht dass Sie irgendwann in Schwierigkeiten geraten, weil Sie die Liköre angenommen haben. So kann man keine Rückschlüsse auf mich ziehen und Sie müssen keine Befürchtung haben, dass ihnen in diesem Fall, der ja so außerordentlich ist, ein Bestechungsversuch vorgeworfen werden kann. Ich wüsste zwar nicht, weswegen ich Sie bestechen sollte, aber man weiß ja nie … Ha, ha, ha."

„Na dann. Ich kann zwar Ihren Humor nicht verstehen, aber wenn Sie meinen", sagte Dobermann genervt und auch irgendwie müde. Er verließ eilig das Haus.

Hartmann folgte ihm. Im Auto fragte er seinen Kollegen: „Und, was hältst du von diesem Laberheini?"

„Etwas verrückt, aber harmlos", meinte Dobermann. „Lass uns ins Café Chaos fahren und den alten Schmidt befragen, der müsste jetzt seine Saunagänge beendet haben."

Hartmann nickte und startete den Motor.

14. Elvira Stolze

„… allezeit und in Ewigkeit, Amen."

Monoton drangen die Worte in Elviras Ohren. Sie konnte nichts damit anfangen. Noch war sie tief in sich gefangen. Nur langsam erlangte sie ihr Bewusstsein zurück. Erst spürte sie ein Kribbeln an Händen und Füßen, dann einen stärker werdenden Schwindel im Kopf. Sie wollte die Augenlider heben, es gelang ihr nicht. Etwas hinderte sie daran. Sie versuchte es erneut, bewegte ihren Kopf. Ihre Augen waren fest mit einem Band oder sonst etwas umwickelt. Der Druck an den Schläfen schmerzte. Elvira konzentrierte sich auf ihre Hände. Sie schloss sie zu Fäusten und öffnete sie wieder. Die Bewegung tat gut, das Kribbeln ließ ein wenig nach. Sie genoss das Gefühl und hörte weiter in sich hinein. Sie lag auf dem Rücken. Mit den Fingern konnte sie grobkörnigen Stein erfühlen. Er war kalt. Schwerfällig zog sie die Beine an und stellte diese auf. Ein angenehmes Gefühl, bis die Knie gegen etwas Hartes stießen. Elvira ließ ihre Hände nach oben schnellen. Stein, überall grobkörniger Stein. Vor Schreck sog sie Luft durch die Nase und hielt diese in ihren Lungen fest.

Ich bin eingemauert, schoss es durch ihren Kopf.

Ihre Nackenmuskeln verkrampften sich, ihr Kinn wurde auf die Brust gedrückt. Sie wollte schreien, es ging nicht. In ihrem Mund steckte etwas. Er war verklebt. Sie wollte ihr Gesicht betasten. Ihre Hand schlug gegen die Decke, Haut schabte über den Stein und riss auf. Panik breitete sich blitzartig in ihrem Körper aus. Alle Muskeln kontrahierten. Hände und Beine stießen gegen Stein, unter ihr, über ihr, links von ihr und rechts?

Dort griff ihre Hand ins Leere. Da war nichts. Ohne nachzudenken, drehte sie ihren Körper, beide Beine noch immer angewinkelt, nahm die Kante nicht wahr, drehte sich noch ein Stück weiter und fiel.

Der Sturz war kurz, etwa eineinhalb Meter tief. Der Aufschlag hart. Schmerz empfand Elvira keinen. Sie drehte sich auf den Rücken. Hektisch betasteten ihre Hände Gesicht und Kopf, fanden das Band, das über die Augen gespannt war und zogen es über ihre Stirn nach hinten. Die Augenlider ließen sich öffnen und schlossen sich reflexartig im nächsten Moment. Helligkeit blendete.

Elvira blinzelte, bis sie etwas erkennen konnte. Zeitgleich versuchten ihre Finger den Mund von dem zu befreien, was sie am Schreien hinderte. Vergebens. Etwas klebte über ihren Lippen bis hin zu den Ohren. Die Finger fanden keinen Anfang und kein Ende, um daran ziehen zu können. Elvira gab es auf und konzentrierte sich darauf, was sie sah. Das schemenhafte Bild klarte auf. Hektisch drehte sie sich hin und her, erhob sich und schaute sich um. Sie befand sich in einem kargen Raum. Soweit sie erkennen konnte, war er nicht sehr groß. Zwei kleine vergitterte Fenster knapp unter der Decke. Ein Strahler stand etwa zwei Meter von ihr entfernt auf dem Boden. Sie konnte weder ins Licht schauen noch konnte sie erkennen, was sich hinter der Lichtquelle befand. Elvira hielt den rechten Arm vor ihre Augen und drehte den Kopf zur Seite. Da sah sie die steinerne Wand und darin die Nische, in der sie vor Kurzem noch gelegen hatte. Solch eine Nische in Form und Größe eines Sarges hatte sie noch nie zuvor gesehen. Elvira fröstelte. Sie drehte ihren Kopf erneut in Richtung des Lichtes und blinzelte. Rechts neben dem Strahler bewegte sich etwas, ganz langsam und geschmeidig. Es war ein Körper. Er war vollständig in schwarzem Stoff eingewickelt. Elvira kniff die Augen zusammen und versuchte erneut mit zittrigen Fingern die Verklebung auf ihrem Mund zu entfernen. Sie spürte einen irren Drang, schreien zu müssen. Stoßweise kam Atemluft aus ihrer Nase. Elviras Füße pressten sich gegen den Boden und schoben ihren Körper soweit nach hinten, bis ihr Rücken an die Steinwand stieß.

Die Gestalt, die eben noch neben dem Strahler gestanden hatte, wurde größer, kam seitlich des Lichtes zum Stehen. Elvira konnte jetzt die Umrisse eines Mannes erkennen. Ja, es musste ein Mann sein, diese Statur und diese Haltung. Der Mann war in einer Kutte eingehüllt, eine riesige Kapuze hing über seinem Kopf und nahm ihr die Möglichkeit, das Gesicht zu erkennen.

„Schön, dass du aufgewacht bist. Du hast mich lange warten lassen."

Die Stimme tief, die Worte stakkatohaft, ohne Klangfarbe und Sprachrhythmus. Die junge Frau kauerte an der Wand, zitternd vor Anspannung und Kälte und wartete gebannt auf weitere Sätze, die ihr vielleicht eine Erklärung bringen könnten.

Die Kutte bewegte sich leicht.

„Ich bin stolz auf dich. Du hast aus eigenem Antrieb den Weg zu mir gefunden, nicht so wie deine Schwester."

Elvira zog wie wild an dem Klebeband, das nicht nur über ihrem Mund klebte, sondern auch rund um ihren Kopf. Sie fand noch immer keinen Anfang und kein Ende, um es von dort aus zu lösen. Ihr Kopf bewegte sich wild hin und her. Elvira wollte Fragen stellen, etwas sagen, herausschreien, Antworten erhalten. Sie merkte, sie hatte keine Chance. Sie konnte lediglich weiter zuhören.

„Du hast das große Los gezogen. Sei glücklich! Neben einer anderen Person bist auch du auserkoren. Aus euch beiden wird etwas Besonderes gemacht. Ihr werdet Bestand haben auf alle Zeit und deine Schönheit wird erhalten bleiben."

Elvira hörte mit aufgerissenen Augen zu, verstand nichts und „mmhhtte" wie wild.

„Du musst dich nicht wehren. Alles wird gut."

Während der letzten Worte bewegte sich die Gestalt, kam näher. Elvira drückte beide Füße fest auf den Boden, nahm ihre Hände zur Hilfe und presste ihren Rücken die Wand empor. Endlich hatte sie sich aufgerichtet, bereit zur Flucht. Die Gestalt stand plötzlich direkt vor ihr, breitschultrig und mächtig. Im nächsten Moment wurde Elvira am rechten Arm gepackt, nach vorne gezogen und mit einer solchen Macht herumgerissen, dass sie nichts dagegen tun konnte. Kurz sah sie das Gesicht ihres Widersachers, erkannte es und war verwirrt. Wild kreisten Gedanken in ihrem Kopf, auch dann noch, als sie einmal um ihre eigene Achse gedreht worden war.

Sie spürte noch, wie der Typ sie mit eisernem Griff festhielt und ihr ein feuchtes Tuch auf ihre Nase drückte. Ein paar hektische Atemzüge später trübte sich ihr Sehfeld, Schwärze übermannte sie und ihr Körper sank in sich zusammen.

ER

Es ist soweit.

Ich bin bereit. Bereiter als jemals zuvor. Ich bin auf dem rechten Weg. Die Anzeichen mehren sich. Das Schicksal spielt mir in die Hände. Nein, es ist kein Schicksal. Schicksal wäre eine Fremdbestimmung. Dieser unterliege ich allerdings in keiner Weise. ICH bin ICH und ICH bin vollkommen selbstbestimmt. Ich habe alles im Griff, bin groß und mächtig und habe die Unterstützung, die meiner gebührt. Ich hebe mich ab von allen, die um mich weilen.

Die Menschheit wird weiterhin in ihren Möglichkeiten agieren, kleingeistig und zerstörerisch, das war von Beginn so angelegt, das war und ist noch immer der göttliche Plan. Gott ist genial. Sein Plan geht in naher Zukunft auf. Zu Anbeginn hatte er die Menschheit als kleine Population entstehen lassen. So konnte sie weder der Natur noch sich selbst Schaden zufügen. Gott hat allerdings in seiner weisen Vorsehung der Menschheit den Intellekt und eine unbändige Zeugungskraft gegeben und somit einen Kipppunkt in ihrer Entwicklung eingebaut. Irgendwann reichte die Gabe der Menschheit, sich selbst durch Kriege zu dezimieren, nicht mehr aus. Auch begehrte sie gegen die natürliche Verringerung durch Seuchen auf, indem die Menschen ihren Intellekt nutzten und sich dagegen schützten. So wuchs die Population der Spezies Mensch immer weiter an und wird in naher Zukunft eine kritische Masse erreichen, die alles zerstören könnte, zerstören wird, nämlich die notwendige Natur zum Überleben und somit letztendlich sich selbst.

Im Gegensatz hierzu hat Gott den Tieren eine andere Gabe übertragen. Vor einiger Zeit machte John B. Calhoun, ein amerikanischer Psychologe, ein interessantes Experiment mit Ratten. Er wollte wissen, welchen Effekt das Wachstum der Bevölkerung auf ihr soziales Verhalten haben würde. Die Zunahme der Anzahl der Ratten fand in einem gleichbleibenden beschränkten Raum statt. Ab einer gewissen Anzahl von Ratten waren die Effekte dramatisch. Die Rattenweibchen zeigten Verhaltensstörungen. Schwangerschaften wurden frühzeitig beendet und viele Weibchen überlebten die Schwangerschaft nicht. Weibchen, die es überlebten, versagten bei ihren mütterlichen Aufgaben. Männchen legten sexuell ein abweichendes Verhalten an den Tag, unter anderem Kannibalismus. Manche wurden hyperaktiv, andere wiederum zogen sich zurück. In bestimmten Gruppen betrug die Kindersterblichkeit 96%.

Übrigens ist bekannt, dass nicht nur Ratten Maßnahmen ergreifen, um ihre Population zu verkleinern, wenn es notwendig ist. Auch andere Arten treffen solche eingreifenden Maßregeln. Das drastischste Beispiel hierfür sind die Walfische, die kollektiv Selbstmord begehen.

Nur der Mensch verhält sich anders. Dank seines Intellekts kann er zwar die Probleme der Überbevölkerung sehen, tut aber aus falsch verstandenem Humanismus nichts dagegen, frei nach dem Motto: Heute stehen wir vor dem Abgrund, morgen sind wir schon einen Schritt weiter. Hahaha!

Ja, der göttliche Plan ist einzigartig. Er schlägt die Menschheit mit ihren eigenen Waffen und lässt sie vergehen.

Auch ich bin ein Teil der Menschheit und dennoch bin ich anders. Gott nutzt mich.

Er lässt mich an seinem Plan teilhaben und führt mich zur Fähigkeit, Ewigkeit zu erschaffen.

Er gibt mir die Möglichkeit, mich darin zu üben und zum Meister zu werden.

Er hat meine Genialität und meine Möglichkeiten erkannt und führt mir Menschen zu, die mich und meine Fähigkeiten weiter entwickeln.

Ja, so ist es und so wird es immer sein.

Der Schöpfer ist in mir und er glaubt an mich.

15. Sascha Kiebitz

Sascha war glücklich. Beseelt streichelte er das Dialysegerät, das akkurat aufgestellt und mittlerweile mit Strom versorgt worden war. Leise brummte es vor sich hin. Das Geräusch wirkte beruhigend. Saschas Blick glitt gedankenverloren durch den kleinen, in sanftes Licht getauchten Raum. Alles, was im Kellerraum im Zeyherweg gestanden hatte, war hierher transportiert und aufgebaut worden. Hierher in diese Hütte, die zwar nur aus einem Raum bestand, aber dennoch ausreichend groß war. Anscheinend war sie vor Saschas Eintreffen extra für ihn leergeräumt worden. Lediglich eine Spüle und ein kleiner Holzofen befanden sich darin.

Sascha vermutete, dass die Hütte irgendwo am Rande der Stadt liegen musste. Er war so aufgeregt gewesen, dass er nicht auf den Weg geachtet hatte, als er hierher gefahren wurde. Alles hatte gut geklappt, die Helfer seines Mäzens hatten kräftige Hände und im Nu war der Transporter ausgeräumt und Sascha konnte sein neues Reich einrichten.

Lediglich eine Sache vermisste Sascha schmerzlich. Der in Alkohol eingelegte Fötus war verschwunden, aber das musste und das würde er verkraften können. Darüber hinaus war er zuversichtlich, dass er hier in dieser Gartenhütte seine Exerzitien, wie er sie nannte, nicht nur weiter fortführen, sondern auch zum Ende bringen könnte. Er war sich sicher, weil ihm sein Mäzen einen Hinweis gegeben hatte, der ihn schneller an sein Ziel bringen würde. Die Helfer seines Mäzens hatten ihm einen Laptop auf den kleinen Holztisch neben den Eingang der Schrebergartenhütte gestellt und einen Notizzettel direkt daneben geklebt. Darauf stand in akkurater Schrift: ‚Google den Namen *Alfredo Salafia*. Das wird dir helfen!'

Sascha zögerte nicht. Er startete den Laptop und wunderte sich nur kurz darüber, dass hier in diesem Gartenhäuschen eine Internetverbindung bestand. Er ließ seine Finger über die

Tastatur gleiten und gab den Namen *Alfredo Salafia* in die Suchleiste ein. Er wählte Wikipedia aus. Der Blick auf den Bildschirm ließ ihn erstarren. Was es hier zu lesen gab, schockierte ihn dermaßen, dass er erst einmal aufspringen musste und somit nicht in der Lage war, weiter auf den Bildschirm zu blicken. Er benötigte einen Moment, um wieder klar denken zu können. Es schien, als könnte sein Traum jetzt tatsächlich in Erfüllung gehen. Jetzt musste er sich fokussieren, musste seine gesamte Erfahrung einsetzen und er musste an sich und seine Bestimmung glauben. Offensichtlich tat „Der Meister", wie er seinen Mäzen nannte, es ebenfalls. Weswegen hätte er ihm ansonsten all die Möglichkeiten in dieser Hütte geben sollen und ihm darüber hinaus noch zwei neue Körper, zum Experimentieren, in Aussicht gestellt. Sascha atmete tief durch. Tränen standen in seinen Augen. Tränen der Freude und des Stolzes. Er hatte eine Vision und er konnte sie in die Realität umsetzen. Überwältigt von seinen eigenen Gefühlen, wischte er verschämt die Augen und Wangen trocken. Anschließend setzte er sich erneut auf den Stuhl vor dem kleinen Holztisch und stierte auf den Bildschirm. Wieder und wieder las er den Text: *„Salafia war schon zu Lebzeiten eine Berühmtheit. Er hatte unter anderem den Körper von Italiens Premierminister Francesco Crispi (1902) und des Erzbischofs von Palermo Michelangelo Kardinal Celesia (1904) konserviert. Diese Leichen sind so gut erhalten, dass Zeitzeugen bei Exhumierungen berichteten, dass die Personen so aussahen, als seien sie gerade nur eingenickt gewesen. Der Körper Crispis († 1901) war zunächst von Präparatoren aus Neapel behandelt worden, doch erwiesen sich ihre Methoden als unzureichend. Ein Jahr später erhielt Salafia den Auftrag, den Körper zu retten, was ihm in mehrmonatiger Arbeit auch gelang. Durch Paraffininjektionen konnte er auch die Gesichtszüge Crispis wiederherstellen. Der von Salafia konservierte Körper Celesias († 1904) galt ebenfalls als Sensation. Er war fünf Jahre lang in der Kapuzinergruft von Palermo zu sehen, ehe er in die dortige Kathedrale überführt wurde. Be-*

sonders bekannt wurde Salafia durch die Einbalsamierung von Rosalia Lombardo im Jahre 1920. In einem Bericht über deren Mumie heißt es: Jedes Härchen auf ihrer pfirsichfarbenen Haut ist erhalten. Das Gesicht ist so zart und friedlich, als sei sie eben erst eingeschlafen. Rosalia gilt als die schönste Mumie der Welt."

„Ja, ja, das ist großartig!", entfuhr es Sascha.

Die schönste Mumie der Welt. Eine solche wollte er auch schaffen. Er wollte genau das erreichen. Er wollte in die Geschichte eingehen. Er wollte in Wikipedia erwähnt werden. Er wollte erreichen, dass es ihm gelänge, den Tod und mit ihm die Verwesung zu überwinden. Das war seine Bestimmung und nun wusste er, dass es auch anderen gelungen war. Auch er konnte seine Kunst zur Perfektion bringen, er konnte es schaffen!

Die Frage bestand lediglich darin, wie genau? Er benötigte ein effektiveres Rezept dafür, Menschen nachhaltig zu erhalten. Er brauchte eine Anregung, was er noch tun musste, um die vollendete Perfektion zu erlangen. Vieles hatte er schon versucht. Letztendlich war er gescheitert. Er hatte Fehler begangen. Und jetzt saß er hier und las über einen, dem es schon vor mehr als hundert Jahren gelungen war.

Warum hatte er noch nie etwas von diesem Genie gehört? Warum war er niemals auf die Idee gekommen, genauer zu recherchieren? Warum hatte er nicht schon früher dieses so verteufelte und dennoch überaus geniale Internet befragt?

Egal, er musste lernen. Er musste sich weiterentwickeln. Jetzt hatte er die Chance dazu. Wie wild ließ er seine Finger über die Tastatur rasen, öffnete immer neue Fenster und scrollte durch die Texte, solange, bis er eine Seite geöffnet hatte, die seinen Atem stocken ließ. Seine Finger hörten auf, auf der Tastatur herum zu rasen und seine Augen starrten auf den Textabschnitt, den er gefunden hatte: *„… vor einem halben Jahr entdeckten Forscher die Methode seiner Einbalsamierungen. In einem bei Anna Phillipone, der Großnichte von Salafias zweiten Ehefrau* *aufgefundenen Nachlasspapier mit dem Titel „Nuovo metodo speciale per la conservazione del cadavere umano interno allo stato permanentemente fresco" hatte Salafia geschrieben, dass ein Teil Glycerin, ein Teil Formalin, angereichert mit Zinksulfat und Chloriden, dazu ein dritter Teil Alkohollösung mit Salicylsäure die richtige Mischung sei."*

Sascha schnappte einen Zettel und einen Stift und schrieb mit zittrigen Händen das Rezept auf. Alles Ingredienzien, die ich in jeder Apotheke besorgen kann, dachte er beschwingt, griff dann nach seinem Prepaid-Handy und tippte eine SMS an seinen Mäzen:

Bin bereit!
Brauche den
ersten körper.
Heute nacht noch?
K.

16. Dobermann und Hartmann

„Oh Mann! Da hat uns der junge Schmidt ganz schön an der Nase herumgeführt."

„Vielleicht dachte er wirklich, sein Vater sei in der Sauna gewesen", mutmaßte Hartmann.

„Ach papperlapapp, seine Saunafreunde haben ausgesagt, der alte Schmidt sei schon seit Wochen nicht mehr aufgetaucht. Sie hätten vergeblich versucht, ihn übers Telefon zu erreichen. Irgendwann hätten sie es aufgegeben. Da stimmt doch was nicht, oder?", regte sich Dobermann auf.

„Mmmhhh, da magst du recht haben. Was sollen wir jetzt tun? Was schlägst du vor?"

„Lass uns zurück in den Zeyherweg fahren. Ich hätte da noch ein paar Fragen an den jungen Schmidt."

Hartmann nickte lächelnd, startete den Motor und fuhr rückwärts aus der Parklücke.

Kaum sieben Minuten später standen die beiden Kommissare erneut vor dem Bungalow im Zeyherweg. Das Haus lag vollkommen im Dunkeln. Die Kommissare ließen das Eingangstörchen quietschen und durchschritten den schmalen Garten. Mehrmaliges Klingeln half nichts. Die Kommissare lugten durch alle Fenster und klopften gegen die Türen. Es wurde ihnen nicht geöffnet.

„Und, jetzt?", fragte Dobermann genervt.

„Ich geh mal zu den Kollegen rüber, vielleicht haben die was gesehen", erwiderte Hartmann und verschwand in der Dunkelheit. Zwei der drei Straßenlaternen waren ausgefallen. Das bemerkte Dobermann eben erst und er fühlte sich alleingelassen in der Finsternis. „Warte, Daniel, ich komme mit", rief er seinem Kollegen hinterher.

Als die beiden Kommissare das am Straßenrand stehende Fahrzeug erreichten, ließ der Kollege die Fensterscheibe auf der Fahrerseite herab. „Ihr schon wieder", war die genervt klingende Ansprache.

„Hat in der letzten Zeit ein junger Mann das Haus da drüben ...", Hartmann deutete auf den Bungalow, „... verlassen?"

„Kollege, hier ist es absolut ruhig. Keiner ging und keiner kam. Nur euer Gehabe ist total auffällig. Wenn ihr so weitermacht, können wir unsere Observation an den Nagel hängen. Dann weiß bald jeder, dass in dieser alten Karre zwei Zivilbullen rumhängen, die den verdammten Auftrag haben, bei dieser Kack-Kälte dunkle und verlassene Häuser zu bewachen."

„Lasst es gut sein", sagte Dobermann, der mittlerweile das Auto erreicht hatte. „Komm Daniel, ich habe eine Idee." Er packte seinen Kollegen am Arm und zerrte ihn fort. Nach ein paar Metern hielt er kurz inne, ging zurück zu dem Wagen und fragte durch die geöffnete Scheibe der Fahrertür: „Habt ihr `ne Taschenlampe?"

Der Beifahrer kramte im Handschuhfach und gab einen länglichen Gegenstand an den Fahrer, der die Lampe weiterreichte. „Na, zufrieden jetzt?", knurrte er.

Dobermann verschwand ohne ein weiteres Wort. Er zog seinen Kollegen zurück zum Bungalow der Schmidts, bog links ab, umrundete das Gebäude und erreichte den verwilderten Gartenteil. Der Schein der Taschenlampe glitt langsam über Hecken, Sträucher, eine wild wuchernde Wiese und blieb schließlich an einem Maschendrahtzaun hängen. Darin befand sich ein Durchgang, geschützt von einer einfachen Tür, die offenstand.

„Hier also ist unser Vögelchen ausgeflogen", bemerkte Dobermann lakonisch und ging auf die Tür zu. „Ah, ein Zugang zum Park an der Rosenhöhe. Das ist ja praktisch, insbesondere für Hundehalter", juxte er.

Hartmann schaute sich um. „Gib mir die Taschenlampe", sagte er. Dobermann reichte sie ihm und Hartmann machte sich auf den Weg. Er durchschritt das Tor und ging rechts am Maschendrahtzaun entlang. „Habe ich es mir doch gedacht."

Etwa fünfzig Meter weiter befand sich ein weiteres Tor, diesmal ein zweiflügliges. Es stand offen.

„Daniel, warte!", rief Dobermann, „leuchte den Boden aus!"

Hartmann ließ den Lichtkegel der Lampe umherschweifen.

„Da sind eine Menge Reifenspuren."

„Ja, und sie sind frisch."

„Sie müssen von einem Transporter oder so etwas in der Art stammen. Anscheinend hat das Fahrzeug gedreht und ist dann rückwärts an die Tür herangefahren."

„Oh Mann, ich glaube, ich weiß, was hier passiert ist. „Komm mit!", rief Dobermann, riss seinem Kollegen die Lampe aus der Hand und verschwand durch die Tür in den Garten der Familie Kiebitz. Hartmann blickte sich kurz um und folgte ihm. Auch hier sah es verwildert aus. Es gab lediglich einen Unterschied. Ein schmaler mit Verbundsteinen ausgelegter Weg erstreckte sich bis zu einem Treppenabgang. Dobermann stürmte den Weg entlang, erreichte die Treppe und nahm die sechs Stufen mit drei Schritten. Unten angekommen drückte er den Griff und war nicht überrascht, dass sich die Tür öffnen ließ. Kurz wartete er auf seinen Kollegen, betrat ungeduldig den ersten Kellerraum, durchquerte einen Flur und stand vor der Tür, die ehemals von seinen Kollegen versiegelt worden war. Das Siegel war zerrissen. Dobermann öffnete die Tür zu dem Raum, von dessen Inhalt und Funktion er im Bericht der Spurensicherung gelesen hatte. Der Taschenlampenschein kreiste hektisch darin herum, bis Hartmann auf die Idee kam, den Lichtschalter zu suchen, ihn fand und ihn drückte. Beide Kommissare hielten sich reflexartig die Hände vors Gesicht, die Hundertwattlampe blendete. In dem Moment, als sie sich an die Helligkeit gewöhnt hatten, erstarrten sie. Es dauerte einen Augenblick, bis sie erfassen konnten, was sie sahen. „Ich glaube es nicht", begann Dobermann, „die haben alles ausgeräumt. Die Kollegen halten vorne Wache und hinten spielt die Musik. Hol die zwei Vorderhaus-Observierer. Die müssen nicht mehr nutzlos in ihrer Karre herumhängen und sich den Hintern verkühlen. Hier gibt es Arbeit."

Hartmann griff nach seinem Handy und begann zu telefonieren. Dabei ging er zurück in den Flur. Dobermann stolperte in den auf den ersten Blick leeren Raum hinein. Er ließ seine Augen schweifen und sah eine Lampe, die an der gegenüberliegenden Wand befestigt war. Es war ein Siebzigerjahre-Modell aus Gusseisen, ziemlich verschnörkelt und es gab ein Bändel, das unten heraushing. Daran konnte man ziehen, um das Licht an und auszuschalten. An dem Bändel war ein Stück Papier festgebunden. Dobermann fühlte sich magisch davon angezogen. Langsam ging er darauf zu. Parallel hörte er, wie sein Kollege hektisch in sein Handy sprach und immer lauter wurde. Er spürte, dass ihn der Raum auf eine eigenartige Weise veränderte. Ein komisches Gefühl, als sei er nicht mehr Herr seines Körpers, sondern würde von unsichtbaren Fäden gezogen. Wie in Trance durchschritt er den Raum und die Angst davor, was er nun entdecken sollte, wurde größer und wahrhafter. Als er nur noch zwei Meter von dem Papier entfernt war, stockte er. Sein Name und der seines Kollegen standen in großen Buchstaben ganz oben auf dem Papier, das sich leicht hin und her bewegte. Dobermann machte einen großen Schritt, schnappte nach dem Zettel und riss ihn von dem Bändel ab. Er verschlang Satz für Satz des Geschriebenen und mit jedem Wort potenzierte sich die Angst in ihm und wurde zur Panik.

„Daniel!", schrie er völlig außer sich.

Sein Kollege reagierte nicht. Er telefonierte noch immer.

„Oh Kacke! Daniel! Ich brauch dich!" Dobermann drehte sich um die eigene Achse, machte einen Schritt nach vorne, stoppte, drehte sich nochmals und tapste zwei Schritte in Richtung der offenen Tür. Hartmann bemerkte die Dringlichkeit in der Stimme seines Kollegen und beendete mit ein paar letzten Worten das Telefonat. „Was ist denn los, dass du so herumschreien musst?“

„Lies … lies den Brief!“, stammelte Dobermann und streckte Hartmann das Papier entgegen.

„Du bist ja ganz bleich um die Nase. Mann, was ist denn jetzt schon wieder passiert?“, fragte Hartmann genervt, schnappte nach dem Papier und las den gedruckten Text. Mit jeder Sekunde, die er länger darauf stierte, sank er mehr in sich zusammen. Irgendwann stammelte er: „Das gibt es doch nicht“ und ließ das Papier aus seiner Hand gleiten. Wie ein Blatt im Herbst sank es zu Boden.

„Was will der Wahnsinnige von uns?“, fragte Dobermann atemlos.

Hartmann patschte sich vor die Stirn. „Oh Mann! Wir haben einen grundlegenden Fehler begangen. Das hätte nicht geschehen dürfen.“

„Was?“

„Keine Handschuhe!“

„Waaas?“

„Wir haben keine Handschuhe übergezogen, wir haben vielleicht Spuren verwischt.“

Dobermann gestikulierte wild vor sich hin: „Das ist doch vollkommen egal. Du hast doch gelesen, was der Wahnsinnige geschrieben hat.“

Hartmanns Hände zitterten. „Klar, aber vielleicht hätte die Spusi was rausfinden können.“

„Kommen die bald?“

Hartmann blickte auf. „Ja, ich habe sie informiert. Sie sind auf den Weg.“

„Was sollen wir jetzt tun?“

„Komm, lass uns die Zeit nutzen, bis die Kollegen kommen. Lass uns den Brief nochmal lesen und nachdenken.“

Dobermann nickte.

Die Kommissare gingen nahezu gleichzeitig in die Knie und glotzten auf das Papier. Hartmann las laut:

Na, Ihr beiden Ermittlungsanfänger!

Benjamin Dobermann und Daniel Hartmann sind eure Namen. Ich kenne euch und Ihr kennt mich. Und dennoch wisst Ihr nicht, wer ich bin. Das muss euch auch nicht interessieren. Was euch aber interessieren könnte, ist: Ich bin in der Lage und bin bereit dazu, den perfekten Doppelmord zu begehen, und das Beste ist, Ihr könnt nichts dagegen tun. Ihr wollt zwar Gesetzeshüter sein und die Menschheit vor dem Bösen bewahren, aber das wird euch in meinem Fall nicht gelingen. Außerdem solltet Ihr andere Prioritäten setzen, denke ich. Kümmert euch um euch selbst! Warum?, fragt Ihr bestimmt.

Nun, es gibt einen guten Grund dafür. Ich werde euch töten oder besser gesagt, ich habe euch bereits getötet, aber das ist noch nicht manifestiert.

Kompliziert, was?

Ich möchte niemand dumm sterben lassen.

Ich werde es euch erklären.

Meine Prämisse ist, der perfekte Mord ist nichts Besonderes ohne eine gewisse Eleganz. Und daran arbeite ich erfolgreich.

Kann es einen Mord ohne Mörder und auch ohne Opfer geben?

Natürlich ist das möglich.

Ich hoffe, ich überfordere euch nicht? Aber es ist so. Ich habe es initiiert.

Irgendwann werdet Ihr Opfer sein, aber wird es dann einen Mörder geben?

Findet es heraus!

Das Gift des Vergehens befindet sich schon in eurem Körper. Könnten es Gedanken sein, ein Nervengift oder eine Droge? Oder ist es womöglich ganz anders. Fragen, die euren analytischen Verstand aktivieren sollten. Was ihr herausfinden werdet, weiß ich nicht.

Es ist mir auch egal.

Fakt ist lediglich, Ihr werdet sterben.

Wann?, fragt Ihr euch bestimmt.

Da bin ich großzügig. Das könnt Ihr selbst entscheiden. Das ist doch toll, oder?

Ich allerdings bin daran beteiligt. Findet heraus, in welcher Form. Denkt aber daran, dass Ihr vergänglich seid.

Ein wenig Hektik wäre angebracht.

Glaubt mir!

Vertraut mir!

Im Endeffekt meine ich es gut mich euch.

Aber bedenkt, die Zeit läuft. Genauer gesagt, eure Zeit läuft ab.

Macht das Beste draus!

Ich drücke euch die Daumen!

17. Florian Hacke

Der Tag sollte friedlich und gut zu Ende gehen, ganz ohne Alkohol. Er sollte der erste seines neuen Lebens werden. So war es Hackes Plan und er hatte den Tag genauso begonnen, wie er es sich vorgestellt hatte: ausschlafen, einen langen Morgenspaziergang und danach aufräumen und saubermachen. Weit war er gekommen und es hätte alles so schön werden können.

Doch als seine Faust das Gesicht des Polizisten traf, wusste Hacke schlagartig, es würde alles anders kommen.

Wenige Augenblicke zuvor, als es an der Tür seines Zirkuswagens klopfte, hatte er bereitwillig geöffnet. Er war sogar froh, dass ihn die Polizei aufsuchte. Er hatte sich erhofft, Neuigkeiten über Fraukes Verschwinden zu erfahren. Als ihm der Beamte allerdings eröffnete, Peter Renner habe eine Strafanzeige gestellt und nun solle er, Florian Hacke, zu den Anschuldigungen befragt werden, schrie Hacke nur herum. Als ihn der Beamte am Unterarm packen wollte, hatte es kein Halten mehr gegeben. Hacke hatte wild um sich geschlagen und mit einem rechten Schwinger den Wangenknochen des Polizisten getroffen, sodass dieser rückwärts aus dem Zirkuswagen getaumelt war.

Jetzt lag der Uniformierte zusammengekrümmt auf der Wiese. Der zweite Beamte ging einen Schritt zurück und zog seine Waffe. Hacke stürmte mit einem zur Fratze entstellten Gesicht und einem markerschütternden Schrei aus seiner Behausung und ließ dem bewaffneten Polizisten keine Chance. Bevor er auch nur darüber nachdenken konnte, ob er abdrücken sollte, wurde er zu Boden gestoßen. Hart knallte er auf den Rücken. Hacke sprang über ihn hinweg und spurtete los. Der andere Beamte rappelte sich auf, drehte sich herum, befreite die Dienstpistole aus dem Holster, entsicherte sie und schrie: „Halt oder ich schieße!“ Hacke flüchtete weiter. Ein Schuss löste sich. Hacke rannte noch immer, sprang durch eine Hecke und verschwand. Mittlerweile hatte der umgestoßene Polizeibeamte sein Handy geschnappt und Verstärkung angefordert. Indessen rannte Hacke an der Bahnstrecke entlang, die sich direkt hinter seinem Grundstück befand, überquerte die Straße und verschwand in der Dunkelheit des angrenzenden Waldes. Er lief so lange, bis er das Traisaer Hüttchen erreicht hatte. Hier suchte er für einen kurzen Moment Schutz, um zu Atem zu kommen. Langsam konnte er wieder einen klaren Gedanken fassen und verfluchte sich selbst.

Was ist los mit mir?, fragte er sich.

Warum musste ich so reagieren?

Mann, was für `ne Scheiße, jetzt verfolgen die mich.

Die haben sogar auf mich geschossen.

Die werden Verstärkung holen und mich jagen, bis sie mich haben.

Und dann wandere ich in den Knast …

Die Gedanken prasselten auf ihn ein wie Hagelschlag. Eben noch hatte er sich in der hinteren Ecke der Holzhütte verschanzt, jetzt sprang er auf. Er raufte sich die Haare und wollte losschreien, verbat es sich allerdings, weil er Angst hatte, dass man ihn hören könnte. Er versuchte, zur Besinnung zu kommen. Tief atmete er ein und aus. Er beruhigte sich ein wenig und trat vor die Hütte. Die Nacht umgab ihn. Er lauschte. In der Ferne hörte er mehrere Martinshörner.

Sie waren auf dem Weg. Sie würden kommen, vielleicht sogar mit Hunden, schoss es durch seinen Kopf.

Er hatte nicht mehr viel Zeit, musste handeln. Nur, was sollte er tun? Er ging zurück in die Hütte, setzte sich auf eine Bank, stütze beide Ellenbogen auf dem schweren Holztisch ab und vergrub sein Gesicht in den Händen.

Er dachte nach und eine Erkenntnis überfiel ihn.

Also hab ich es doch getan. Ich war bei Peter und wollte sein Haus anstecken. Dieser Scheiß-Alkohol. Der hat mich dazu gebracht.

Wut stieg in ihm auf.

Wieder sprang er auf und verließ die Hütte.

Schuld an allem war Peter, dieser Arsch. Ja, dieser Scheißtyp, hat früher schon nicht die Finger von Frauke lassen können und dann hat er sie noch gestalkt. Ich hätte ihm schon damals die Fresse polieren sollen. Hab ich aber nicht, hab ihn nur zu Rede gestellt. Und was hatte ich davon? Nichts! Der hat Frauke fertiggemacht und die Polizei kommt zu mir und will jetzt mich fertigmachen. Es trifft immer den Falschen. So eine Scheiße. So eine verdammte Scheiße. Wie komme ich nur raus aus dieser Nummer?

Er lief hin und her und trat gegen herumliegende Steine.

Ein Erinnerungsfetzen.

Abrupt blieb er stehen. Bilder durchzogen sein Hirn. Er hatte in Renners Arbeitszimmer Unterlagen gefunden. Er konnte beweisen, dass Renner Frauke gestalkt hatte. Er hatte diese Unterlagen über einen Bekannten an die Polizei weitergeleitet. Ja, er konnte sich retten. Renner konnte überführt werden und er wäre aus dem Schneider! Alles wäre gut!

Er überlegte.

Erneut stieg Wut in ihm auf.

Diese verdammte Bullerei, unternimmt nichts. Wahrscheinlich haben die meine Beweise gar nicht beachtet, zur Seite gelegt oder in den Papierkorb geworfen, dachte er böse. Die kümmern sich nicht um die Schuldigen. Frauke war ermordet worden. Den Drecksack von Renner lassen die Bullen laufen und ich werde gejagt. Die wollen mich in den Knast stecken und so schnell nicht mehr rauslassen. So eine große Scheiße!

Hacke lief ein paar Meter weit in Richtung der Brücke, die über die Schienen der Odenwaldbahn führte. Martinshörner waren nicht mehr zu hören.

Wahrscheinlich sammeln sich die Arschlöcher und hecken einen Plan aus, wie sie mich schnappen können, dachte Hacke. Ich habe nicht mehr viel Zeit. Ich muss was tun! Ich darf nicht das Opfer sein. Nein, auf keinen Fall. Ich bin kein Opfer. Wenn die mich schlachten wollen, da haben die sich geschnitten. Ich werde mich wehren. Ich werde nicht flüchten, Angriff ist die einzige Lösung. Bevor ich weggesperrt werde, werde ich Peter zur Rechenschaft ziehen. Ja, ich muss es tun! Muss es für Frauke tun! Ich muss sie rächen. Ich werde Peter töten. Heute noch! Gleich jetzt!

Voller Elan überquerte Hacke die Brücke und machte sich auf den Weg. Der Himmel war wolkenlos und ein halber Mond leuchtete matt, gab aber genügend Licht, dass Hacke leicht den Weg fand, der parallel zur Waldstraße hinter den Häusern entlang in Richtung Trautheim führte. In der Ferne hörte er Hundegebell. Spurtend überquerte er die Bundesstraße nach Darmstadt und verschwand wieder im Wald unterhalb des Kirchbergs. Er hielt Ausschau. Am Waldweg stand ein altes Haus. Davor ein Baustellenschild. Er betrat das Grundstück und fand in einem Schutthaufen ein Stück Eisen, das mit zwei Nägeln an einem vermoderten Holzbalken festhing. Mit dem rechten Fuß hielt er den Balken am Boden fest und mit beiden Händen schnappte er das Eisen und drehte es, bis es sich von dem Holz löste. Danach hielt er es prüfend in die Höhe und schlug damit ein paarmal in die Luft.

Eine tolle Waffe, dachte er, besser als mein Baseballschläger. Er grinste bösartig und ging weiter. Renners Villa war nicht weit entfernt. Hundegebell oder Martinshörner hörte er nicht mehr.

Bestimmt suchen die im Traisaer Wald nach mir. Ich kann es schaffen. Jetzt wirst du deine gerechte Strafe erhalten, Rache kann so süß sein, dachte er und lief etwas schneller. Nach wenigen Minuten erreichte er das Grundstück der Renners. Er drang von hinten ein. Der flache Jägerzaun war kaum ein

Hindernis. Er stapfte wütend durch den akkurat hergerichteten Garten mit englischem Rasen, einem kleinen Teich am Rande, der mit Schilf umwachsen war und überall verteilt, kleinere und größere, leuchtende Kugeln.

Mann, Mann, Mann, nobel geht die Welt zugrunde, dachte er böse, betrat die Verbundsteine der großflächigen Terrasse und sah Renner im hell erleuchteten Wohnzimmer. Er stand mit dem Rücken zu ihm. Mit der Camouflage-gemusterten Militärhose und dem alten khakifarbenen Sweatshirt passte er nicht in diese prunkvolle Villa, mit echten Gemälden an den Wänden und Designermöbeln, die mit antiker Vollholzschreinerei korrespondierten.

Renner passte auch nicht ins Leben, überlegte Hacke und war sich sicher, jeder wäre froh darüber, wenn er Richter und Henker in Personalallianz wäre. Jetzt war der Moment der Gerechtigkeit gekommen.

Hacke beobachtete angewidert, wie der Blondschopf mit dem platten Hinterkopf und den versifften Klamotten einen Whiskyschwenker gefüllt mit einer honigfarbenen Flüssigkeit in der linken hielt. In der anderen Hand ruhte ein Smartphone, dessen Display er mit seinem Daumen bearbeitete.

Schon wieder ein neues Opfer, das er mit seinen Nachrichten bedroht, dachte Hacke, ging noch zwei schnelle Schritte, hob die Eisenstange und ließ sie mit voller Wucht gegen die Scheibe der Terrassentür donnern. Glas splitterte.

Renner drehte sich erschrocken um. Zwei weitere Schläge waren nötig, um das Glas soweit zu entfernen, dass Hacke den innenliegenden Türgriff nach unten drücken und die Tür aufstoßen konnte. Er drang schreiend, einem Berserker gleich, ins Wohnzimmer. Renner ließ das Whiskyglas fallen und tippte hektisch mit der freien Hand auf seinem Handy, presste es ans Ohr und bewegte sich rückwärts. Hacke stürmte mit erhobener Eisenstange auf seinen Widersacher zu und ließ sie auf ihn nieder schnellen. Renner konnte gerade noch den linken Arm schützend über seinen Kopf legen und fing mit dem Unterarm den brachialen Schlag ab. Jetzt schrie auch er, drehte sich um und flüchtete. Hacke lief ihm hinterher und ließ die Stange durch die Luft sausen. Diesmal traf er nicht. Vielmehr hatte er dermaßen weit ausgeholt, dass das Eisen an der futuristisch wirkenden Pendellampe, die den Wohnzimmertisch überspannte hängengeblieben war und diese mit einem furchtbaren Scheppern von der Decke holte. Renner nutzte Hackes Missgeschick und rannte in Richtung des Flurs. Sein linker Arm hing schlapp herunter. Mit der rechten Hand hob er das Smartphone in die Höhe und schrie hinein: „Hilfe, der will mich töten!"

Währenddessen befreite Hacke sein Schlagwerkzeug aus den Überresten der Lampe und nahm die Verfolgung auf. Renner hatte die Haustür erreicht, drücke die Klinke und zog an dem schweren Türblatt. Das kostete Zeit und ließ Hacke heraneilen. Die Eisenstange traf Renners rechtes Knie. Schreiend brach er zusammen und versuchte nun kriechend, gestützt auf sein linkes Bein und seinen rechten Arm, aus dem Haus zu fliehen. Er kam nur ein paar Meter weit, dann stand Hacke über ihm, lachte böse und hob das Eisen zu einem erneuten Schlag. Die Bewegungsmelder vor der Haustüre reagierten und gaben ein Signal an die Lampen weiter, die nun den Weg bis zur Straße in grelles Licht tauchten. Hacke blickte sich um. Er kam sich vor wie ein Künstler, der im Scheinwerferlicht auf einer großen Bühne stand und etwas Weltbewegendes aufführte. Im nächsten Moment ließ er die Eisenstande erneut nieder fahren. Krachend schlug sie knapp neben Renners Kopf auf dem steinernen Boden auf. Funken flogen. Renner hatte es geschafft, sich gerade noch rechtzeitig wegzudrehen.

„Verdammte Scheiße, zappel nicht so rum!", brüllte Hacke und hob die Eisenstange erneut. Renner stieß sich noch immer auf dem Rücken liegend mit dem linken Fuß ab, versuchte auf die Seite zu kommen, um wegzukriechen. Hacke setzte sich auf Renners Bauch. Mit beiden Knien glitt er nach vorne und fixierte mit ihnen Renners Oberarme.

„Lass mich los!", schrie der auf dem Boden Liegende und stierte Hacke panisch an. Hacke wusste, er hatte gewonnen. Er genoss die Macht, die er fühlte. Langsam nahm er das eine Ende der Stange in die rechte Hand, ließ die linke darüber gleiten, bis sie das andere Ende erfassen konnte und drückte das Eisen in Richtung des Halses seines Gegners.

Renner war klar, was Hacke vorhatte. Hektisch zappelte er mit dem gesamten Körper, spannte die Nackenmuskulatur an und spuckte seinem Peiniger mitten ins Gesicht. Hacke ließ sich davon nicht beeindrucken. „Du kleine miese Kröte", zischte er durch die zusammengepressten Zähne. Speichel tropfte von seiner Nase zurück auf Renners Gesicht. Immer tiefer presste Hacke die Eisenstange. Er wollte ihm endlich den Atem und das Leben nehmen.

„Halt! Lassen Sie den Mann sofort los!" Die Worte tröpfelten nur ganz langsam in Hackes Bewusstsein. Er hatte anderes zu tun, als darauf zu hören. Mittlerweile gelang es Renner, seinen rechten Arm zu befreien. Er packte das todbringende Eisen und versuchte es mit ganzer Kraft nach oben zu drücken. Hacke hielt dagegen, spürte, dass Renners Kräfte endlich waren, musste sich allerdings mächtig anstrengen und atmete schwer.

Das Gartentor wurde aufgestoßen. Ein Hund bellte. „Hören Sie auf!", schrie der Nachbar, der seinen Pudel ausführte und nun hereineilte. Hacke blickte auf, er musste sich beeilen. Ein langwieriges Erdrosseln konnte er sich nicht erlauben. Also sprang er auf, hob das Eisen und schlug damit auf Renner ein. Einmal traf er ihn, dann wurde er am Arm festgehalten. Hacke drehte und befreite sich von dem Griff und ging auf den Hundebesitzer los. Erst wollte er ihn ausschalten, um sich danach wieder um Renner kümmern zu können. Zu spät bemerkte er, dass mittlerweile um ihn herum alles in blau blinkendes Licht getaucht war.

„Bleiben Sie stehen oder wir schießen!", hörte er eine durch ein Megafon verzerrte Stimme. Hacke bewegte sich, als träume er. Er wollte fliehen, aber es gelang ihm nicht. Seine Füße hafteten am Boden. Es war, als würden sie seinen Befehlen nicht gehorchen wollen. Drei schwarz gekleidete Gestalten kamen näher, mit Waffen im Anschlag. Einer von ihnen schnappte den Hundeführer und leitete ihn auf die Straße. Die anderen stürzten auf Hacke zu.

Hacke spürte einen machtvollen Tritt in seiner Kniekehle, er fiel nach vorne und landete auf dem Boden. Gleich darauf wurde seine rechte Wange auf den Steinboden gepresst, beide Arme nach hinten gezogen und ein stechender Schmerz durchfuhr seine Schultern. Die Handgelenke wurden mit Kabelbinder zusammengebunden. „Aufstehen!" erklang der Befehl und Hacke wurde unter beide Achseln gepackt und nach oben gezerrt. Sein Gesicht brannte, Blut tropfte aus der Wunde an seiner Wange. Tränen standen in seinen Augen. Tränen der Wut. Er blickte sich um, sah eine Blutlache am Boden. Renner bewegte sich nicht. Seine Augen starrten ins Leere. Hacke schaute auf seinen ehemaligen Schulkameraden hinunter. Ein Lächeln umspielte seine Lippen, bevor ihn ein Polizist abführte. Als er in das bereitstehende Polizeifahrzeug geschubst wurde, sah er den heraneilenden Notarztwagen und hoffte, dass jede Hilfe zu spät kommen würde.

18. Sascha Kiebitz

Aus dem alten Prepaid-Klapphandy erklang der Ton einer eingehenden SMS. Das Geräusch riss Sascha aus seinen Gedanken. Er griff nach dem Gerät.

Habe dich er
hört. Koerper
ist vorhanden.
Wir sind in
eile. Oeffne
die Tuer!

Sascha lief bei den Worten, die er las, ein freudiger Schauder über den Rücken. Der Meister hatte sich gemeldet, jetzt schon, mitten in der Nacht. Was für ein Segen. Sascha musste nicht sinnlos herumsitzen und bis zum nächsten Abend warten. Er konnte jetzt schon loslegen, üben, neue Erfahrungen sammeln und wachsen. Wachsen an der Kunst, der Verwesung und somit letztlich der Endlichkeit ein Schnippchen zu schlagen. Er blieb noch eine Weile auf dem hölzernen Stuhl sitzen und streichelte mechanisch das Dialysegerät, ehe er sich erhob und zur Tür des Gartenhauses ging. Ehrfürchtig zog er an dem Griff. Er wusste nicht, was ihn erwartete. Vor der Hütte war nichts als Dunkelheit. Nur langsam gewöhnten sich seine Augen daran. Er nahm den ausladenden Pflaumenbaum wahr, der in der Nähe des Eingangs wuchs. Die dicken Äste und die Blätter, die noch daran hingen, versperrten die Sicht in den Himmel und auf den zarten Halbmond. Vorsichtig tappte Sascha zwei Schritte nach vorne. Da war nichts. Noch ein paar weitere Schritte und er hatte den Werkzeugschuppen erreicht. Endlich, da war etwas. Vor dem Schuppen, auf einem schmalen Weg, zeichnete sich die Silhouette eines Stuhles ab. Sascha blickte sich um. Kurz hatte er das Gefühl, beobachtet zu werden. Er lauschte in die Nacht. Nichts war zu hören. Er schob das ängstliche Gefühl beiseite, wie man einen Fleck auf einer glatten Fläche wegwischt, und konzentrierte sich erneut auf seine Vorfreude. Nach einem tiefen Atemzug ging er auf den Stuhl zu. Wie es schien, hatte dieser Räder. Immer deutlicher konnte er die Umrisse erkennen. Auf dem Sitz hing etwas. Es musste ein Körper sein. Saschas Herz hüpfte. Er umrundete den Rollstuhl und schob ihn in Richtung der Gartenhütte. Dabei beäugte er seine Fracht. Der Körper war in eine braune Decke gehüllt. Beide Arme waren mit Ledergurten an den Lehnen festgezurrt. Mit einem weiteren Gurt war der Rumpf an der Rückenlehne festgebunden, sodass der Körper aufrecht saß. Den Kopf bedeckte eine Schirmmütze und darüber war noch eine schwarze Kapuze gezogen. Sascha überlegte, ob es sich bei dem Körper um einen Mann oder eine Frau handelte. Es muss ein Mann sein, dachte er und war überrascht. Er hatte mit einer Frau, einer Frau mittleren Alters, gerechnet. Jetzt hatte er einen Mann bekommen, der auf den ersten Blick älter zu sein schien. Er bugsierte den Rollstuhl bis in die Mitte der Hütte, ließ ihn stehen und schloss gewissenhaft die Tür ab. Danach umrundete er erwartungsvoll sein Geschenk und entfernte die Kapuze und die Schirmmütze. Als Sascha das geschafft hatte, erstarrte er. Reflexartig wich er zwei Schritte zurück, hielt sich eine Hand vor den Mund und stöhnte: „Oh, mein Gott! Manfred, du? Ich hatte dir zwar den Tod gewünscht, als du mich verraten hast, aber …“

Die letzten Worte verschluckte er und lief ein paar Schritte hin und her. So konnte er besser überlegen. Er dachte an seinen Meister und langsam wurde ihm klar, es gab keine Zufälle.

Alles war im Fluss, alles würde letztendlich gut werden, dachte er. Er hatte sich überlegt, selbst zum Mörder zu werden, die Schuld des Mordens auf sich zu nehmen, um sich beim alten Schmidt zu rächen. Jetzt war ihm diese Schuld genommen worden. Er war auf dem rechten Weg. Konnte stolz auf sich sein. Er konnte sich seiner Profession widmen. Er war der Gute, der Bewahrer! Er war kein Mörder!

Sascha hob beide Hände an und blickte nach oben. Tränen standen in seinen Augen. „Danke“, flüsterte er. „Danke, Meister, Danke.“ Er verharrte in dieser Position ein paar Sekunden, schritt zur Leiche hin und lächelte verschmitzt.

Mein Meister hatte an alles gedacht, ging es ihm durch den Kopf, als er die Kunstfertigkeit bewunderte, mit der das Kinn des Leichnams hochgebunden war, damit der Mund nicht offenstand, wenn die Leichenstarre eintreten würde. Sascha strich zärtlich über das Gesicht und genoss die Kühle der Haut. Dann erst löste er die Gurte, die die Unterarme an der Lehne fixierten, und prüfte, ob die Leichenstarre schon eingetreten war. Der Arm fiel locker. Behände schob Sascha den Rollstuhl neben die Massagebank. Er betätigte den Schalter und die Liege glitt langsam nach unten. Anschließend fixierte er die Räder des Rollstuhls und stellte sich vor den Toten. Nachdem er auch den Gurt um den Rumpf gelöst hatte, fädelte er seine beiden Arme unter die Achseln ein und wuchtete den Körper bei einem innerlich gezählten *Drei* mit einer geschmeidigen Bewegung auf die Massagebank. Er legte den Mann auf den Rücken und schloss dessen Augen. Sascha fand, es sei nicht angebracht, dass er die ganze Zeit angestarrt wurde.

Nun musste er den Leichnam von den Kleidern befreien, waschen, mit sterilen Laken abdecken und mit einem Gürtel auf der Unterlage fixieren. Die Liege so einstellen, dass der Kopf etwas nach unten hing, um am Hals einen Schnitt zu setzen. Hier verliefen zwei Gefäße, die Vene und die Halsschlagader. Bei einem plötzlichen Tod, und davon ging Sascha aus, war das gesamte Blut in den Venen. Er würde eine Kanüle einführen und den roten Lebenssaft ausfließen lassen. Dafür hatte er extra eine große Plastikwanne bereitgestellt. Danach musste er eine spezielle Lösung in die Halsschlagader spritzen, um das restliche Blut zu verdünnen, damit er es besser abzapfen konnte. Wenn er schließlich soweit war und den Körper vorbereitet hatte, konnte er an ihm üben und seine Fähigkeit im *modern embalming* zur Perfektion bringen. Im Internet hatte er das Rezept für den besten Blutersatz gefunden. Ein Teil Glycerin, ein Teil Formalin, angereichert mit Zinksulfat und Chloriden, dazu ein dritter Teil Alkohollösung mit Salicylsäure. All das würde er in einer Apotheke bekommen. Dumm nur, dass es Nacht war und die Apotheken geschlossen hatten. Sascha war darüber solange betrübt, bis ihm einfiel, dass es einen Notdienst gab. Sollte er sich auf den Weg machen und die Ingredienzien in dieser Nacht noch besorgen oder wäre dies zu auffällig und gefährlich? Immerhin wurde er polizeilich gesucht. Aber, was konnte schon passieren? Es war Nacht und sein Fall war bestimmt nicht so wichtig, dass die Staatsanwaltschaft die Notdienste der Apotheken überwachen ließ. Das Risiko war überschaubar, der Nutzen unermesslich. Er musste es einfach tun.

Beim letzten Gedanken hatte sich Sascha entschieden. Beherzt setzte er das Skalpell an und öffnete die Vene. Er wusste, Blut gerann post mortem ziemlich flott, deswegen musste er sich beeilen. Nachdem alles Blut ausgeflossen und Sascha die Verdünnung eingespritzt und nochmals abgezapft hatte, deckte er den Leichnam mit einer Decke ab. Die ästhetischen Behandlungen, also die Versieglung des Mundes, meist mit Klebstoff oder einer feinen Naht, als auch die Fixierung der Augenlider, konnte er später noch durchführen, wenn er von der Apotheke zurückkommen und die Konservierungsflüssigkeit eingepumpt haben würde. Darauf freute sich Sascha, denn danach wartete die kniffligste Arbeit auf ihn. Er musste dem Körper sämtliche Organe entnehmen, die dem Zersetzungsprozess durch Mikroorganismen unterliegen. Anschließend musste er die entstandene Leere mit Füllmaterial aufpolstern und alles fein säuberlich vernähen. Für all das hatte Sascha den gesamten nächsten Tag eingeplant. Würde er müde werden, würde er ein oder zwei Stunden schlafen und anschließend weiterarbeiten. Er würde die Gartenhütte erst wieder verlassen, wenn der Körper des alten Schmidt vollständig präpariert und für die Ewigkeit vorbereitet wäre. Ein warmes Glücksgefühl durchfloss seinen Körper. Er warf einen letzten Blick auf die Leiche, die noch immer ausblutete, zog gemächlich seinen Kapuzenpulli über, nahm die Vogelmaske zur Hand und verließ die Hütte, nicht ohne gewissenhaft abzuschließen. Er nutzte das mitgebrachte Fahrrad. Bis zur Apotheke musste er einige Kilometer zurücklegen. Er war so in Eile, dass ihm nicht die Gestalt auffiel, die hinter dem Stamm des Pflaumenbaumes hervorlugte. Als Sascha weggefahren war, löste sich die Gestalt aus dem Schatten des alten Baumes und ging hinüber zur Hütte. Der Schlüssel passte. Die Tür öffnete sich, und die Gestalt trat ein.

19. Dobermann und Hartmann

Mehrere Mitarbeiter der Spurensicherung waren eifrig damit beschäftigt, nochmals den Kellerraum aus den sechziger Jahren zu durchforsten, der in seiner Blütezeit mit verschiedenfarbigen Lampen und ebensolchen Getränken für Stimmung gesorgt hatte. Zuallererst hatten sich die Beamten um das auf den Boden liegende Stück Papier gekümmert. Sie packten es ein und schickten es auf Leuthners Anraten ins Labor, um es schnellstmöglich auf ein Kontaktgift untersuchen zu lassen. Die beiden Kommissare waren sofort aus dem Kellerraum heraus gedrängt worden und standen nun gemeinsam mit Karl auf der Straße vor der alten Villa.

„Ich habe Muffinski informiert. Er wollte dabei sein, wenn der Krankenwagen kommt, um euch beide zu versorgen. Er kennt sich mit allen möglichen Kampfstoffen aus, fragt mich nicht warum, ist aber so", erklärte Karl den beiden Kommissaren.

Dobermann schwieg. Ihm war noch immer der Schrecken ins Gesicht geschrieben. Auch Hartmann wirkte abwesend. Er atmete tief durch und nutzte die kalte und feuchte Herbstluft, um klarer denken zu können.

Das Tatütata des heraneilenden Krankenwagens wurde lauter. Wenige Augenblicke später bogen nicht nur der Krankenwagen, sondern ebenso der Notarztwagen als auch das Fahrzeug von Doc Muffinski in den Zeyherweg ein. Bevor die Sanitäter anhalten und aussteigen konnten, war der alte Doc schon aus seinem Auto gesprungen und eilte wie ein dotzender Gummiball auf die beiden Kommissare zu.

„Wie hast du das so schnell geschafft", fragte Leuthner den Rechtsmediziner.

„War bei meinem Lieblingsitaliener am Woog. Zum Glück war ich schon beim Espresso, als du mir die Mitteilung gesendet hast. Jetzt lass mich mal durch!"

Er schubste Leuthner zur Seite und ging auf die Kommissare zu. Zeitgleich zog er sich Einmalhandschuhe über, kramte eine Taschenlampe aus seiner Jackentasche und begann damit, den Kommissaren in die Augen zu leuchten. „Na ihr beiden Spezialisten. Wie geht es euch?"

Hartmann antwortete zuerst: „Eigentlich ganz gut. Ein wenig müde vielleicht, war aber auch ein anstrengender Tag heute. Sag mal, warum leuchtest du mir in die Augen?"

„Wenn es sich um Sarin handeln sollte, und ihr es eingeatmet oder oral zu euch genommen hättet, müsstet ihr jetzt schon unter Krämpfen leiden, die unweigerlich zum Atemstillstand führen. Das ist aber augenscheinlich nicht der Fall. Wenn ihr allerdings eine geringere Dosierung aufgenommen habt, dann verläuft der Vergiftungsprozess um einiges langsamer. Deswegen wollte ich erst einmal sehen, wie deine Pupillenreflexe sind. Scheinen aber okay zu sein."

Muffinski wendete sich an Dobermann: „Also auch an dich die Frage, wie geht es dir? Hast du Symptome wie Nasenlaufen, Sehstörungen, Augenschmerzen, Atemnot, Speichelfluss oder Muskelzucken?"

Dobermann war sichtlich mit der Situation und den vielen Fragen, die auf ihn einprasselten, überfordert. Er stammelte lediglich etwas Unverständliches vor sich hin und bewegte sich komisch vor und zurück.

Mittlerweile war der Notarzt ausgestiegen und kam herüber. Da Muffinski keine klaren Antworten von Dobermann erhielt, drehte er sich in Richtung des Arztes und streckte ihm seine Hand entgegen. „Grüße Sie, Muffinski mein Name, Rechtsmedizin die Profession."

Der Notarzt ergriff die Hand und sagte: „Dr. Lombarski, um was geht es?"

„Verdacht auf Vergiftung mit irgendeinem Kontaktgift. Derzeit allerdings keine erkennbaren Vergiftungssymptome. Ich bin aber dennoch der Meinung, dass man zur Dekontamination Atropin spritzen sollte. Was denken Sie?"

Lombarski schaute verwundert drein. „Haben Sie mal an die Nebenwirkungen gedacht? Die können Halluzinationen und Bewusstlosigkeit auslösen, die in vereinzelten Fällen zum Tod führen." Lombarski rieb sich das Kinn. „Ist denn definitiv sicher, dass es sich um Sarin handelt?", fragte er und antwortete kurz später selbst: „Es könnten auch Soman, Tabun oder das chemisch sehr eng verbundene Parathion verabreicht worden sein, wenn die Kommissare überhaupt mit einem Gift in Kontakt gekommen sind."

„Papperlapapp", polterte Muffinski. „Sie müssen was unternehmen. Die beiden sind an einem heißen Fall dran und es ist wichtig, dass sie weiterarbeiten können."

„Moment …", erwiderte Lombarski streng, „erst einmal bilde ich mir selbst eine Meinung, dann sehen wir weiter, ob die beiden weiterarbeiten können oder aus dem Verkehr gezogen werden. Ist das klar?"

Muffinski verzog sein Gesicht, nickte aber ansatzweise.

„Haben die beiden Symptome? Lassen Sie mich mal durch."

Der Rechtsmediziner ging einen Schritt zur Seite. Lombarski befragte die Kommissare, leuchtete ihnen ebenfalls in die Augen, prüfte die Gesichtsfarbe und schaute ihnen in den Rachen. Dann forderte er die beiden auf, ihm zu folgen und ging mit ihnen hinüber zum wartenden Krankenwagen.

Doc Muffinski konnte heute Nacht nichts mehr tun, das musste er sich eingestehen. Zum Glück hatte er mit eigenen Augen sehen können, dass es den jungen Kommissaren momentan gutging und keine eindeutigen Vergiftungssymptome zu erkennen waren. Dennoch machte er sich Sorgen. Schweren Herzens ging er zu seinem Auto zurück. Ein paar Stunden Schlaf würden ihm bestimmt guttun. Morgen war ein neuer Tag und es gab eine ganze Menge Arbeit.

20. Benjamin und Pia

Dobermann zuckte zusammen und riss die Augen auf, als wäre eine riesige, schwarz behaarte Spinne über seine Hand gekrabbelt. Plötzlich hellwach und schwer atmend lauschte er auf das gleichmäßige Geräusch, das aus Pias Mund kaum wahrnehmbar heraus kam. Er schaute auf die rotglühende Anzeige seines Digitalweckers, ohne die Uhrzeit wirklich zur Kenntnis zu nehmen. Er hatte geträumt. Das fühlte er. Aber was? Da war lediglich Nebel in seinem Kopf.

Der junge Kommissar setzte sich auf. Sein Herz raste. Gierig sog er die kühle Herbstluft in seine Lungen. Er mochte es, bei geöffnetem Fenster zu schlafen. Pia akzeptierte seinen Wunsch. Von außen war kein Laut zu hören, noch nicht einmal das Tatütata der Krankenwagen, die ihre Patienten zu dem nahegelegenen Klinikum brachten. Dobermann lauschte in die Stille und musste sich nach einigen Minuten eingestehen, dass die Unruhe, die er spürte, nicht von außen kam. Langsam versuchte er, seinen Atem unter Kontrolle zu bekommen.

Die ersten medizinischen Untersuchungen waren unauffällig, allerdings misstraute er den Ergebnissen. Hatten die Ärzte wirklich alles untersucht? Was hatte er für eine Chance? Konnte er den Anschlag überleben? Ihm war flau im Magen. Ein leichtes Gefühl von Übelkeit überkam ihn.

Er dachte an den Tag, der vor ihm lag.

Würde er den Fall lösen können?

Würde er die Person finden, die den Zettel geschrieben hatte?

War er tatsächlich vergiftet worden oder nicht?

Hatte er nur noch eine begrenzte Lebenszeit?

Würde er langsam dahinsiechen?

Er benötigte Klarheit für sich und seinen weiteren Lebensweg.

Was würden die nächsten Tage und Wochen bringen?

Würde er nicht nur sein Leben, sondern auch Pia verlieren?

Beim letzten Gedanken empfand er einen stechenden Schmerz in seiner Brust und ließ ihn aufstöhnen.

Dobermann stierte die gegenüberliegende Wand an, die im Halbdunkel lag.

Andere Gedanken machten sich in ihm breit. Jedes Leben war endlich. Auch, wenn er nicht vergiftet worden wäre, könnte er am nächsten Tag über den Haufen gefahren werden. Oder es würde ein Baum umfallen und ihn treffen. Oder es würde ein Krieg ausbrechen. Oder, oder, oder …

Er sollte die Zeit nutzen. Er sollte leben, lieben und den Fall lösen. Jetzt hatte er die Möglichkeit dazu. Aber wie viel Zeit blieb ihm? Und schon wieder sah er das Papier vor Augen. Darauf stand schwarz auf weiß in großen Buchstaben, dass er und Hartmann bald sterben mussten. Diese Drohung, dieser Keim, der in ihm eingepflanzt worden war, ließ ihn nicht los. Er war noch keine fünfundzwanzig Jahre alt, hatte maximal ein Drittel seiner Lebenszeit hinter sich. Er war frisch verliebt und hatte viele Pläne. Und jetzt das! Er konnte es nicht fassen.

Er grübelte weiter und ihm wurde klar, er hatte lediglich eine Chance. Er musste sich seiner Angst stellen. Er musste alles tun, um den Fall zu lösen.

Das Klingeln des Weckers riss ihn aus seinen Gedanken. Dobermann schaltete ihn ab, drehte sich und blickte Pia an, wie sie in ihre Decke eingemummelt dalag. Nur ihr Kopf schaute heraus. Langsam öffnete sie ihre Augen. Zärtlich küsste er ihre Stirn, sog ihren Duft ein und fragte leise: „Willst du einen Kaffee?“

Auf Pias Gesicht erschien ein bezauberndes Lächeln, das Dobermann ein Glücksgefühl und gleich danach einen Stich ins Herz gab. Ohne eine Antwort abzuwarten, sprang er aus dem Bett und eilte nackt zur Kaffeemaschine, die er kurz später mahlen und sprutzen ließ. Er wusste, Pia liebte Café Crema schwarz, ganz ohne Milch- oder Zuckerverdünnung.

Mit zwei Tassen bewaffnet, betrat er kurz darauf das Schlafzimmer. Pia saß mittlerweile im Bett und erwartete ihn. Die Bettdecke umspielte ihren Bauch und Dobermann war entzückt von dem Anblick. Er zögerte einen Moment, bis er die Worte sagen konnte, die die ganze Zeit in seinem Kopf herumschwirrten: „Wir müssen los! Gleich nach dem Kaffee. Im Präsidium wartet Arbeit auf uns."

Während er das sagte, schloss er mit seinem Fuß die Tür.

„Wie geht es dir?", fragte Pia mit sanfter Stimme und verschlafenem Blick. Dobermann wusste nicht, was er erwidern sollte.

„Komm ins Bett. Lass uns den Kaffee trinken und dann möchte ich gerne von dir gewärmt werden. Wir haben noch Zeit, die Arbeit läuft uns nicht fort", waren Pias Argumente und dagegen war rein gar nichts einzuwenden, dachte Dobermann. Vorsichtig, ohne den Kaffee zu verschütten, kroch er unter die Bettdecke. Pia legte sich in seinen Arm und beide genossen schweigend das belebende Getränk. Dobermanns Gedanken kehrten zu dem Traum zurück, in dem er kurz vor dem Aufwachen verfangen war.

Er war unterwegs mit Hartmann. Es war eine eigenartige Stimmung. Eine Befragung. Es war düster. Der Kellerraum war unauffällig. Die Worte des Herrn Schmidt fanden kein Ende. Sie prasselten auf ihn ein. Er konnte nicht nachdenken. Etwas stimmte hier nicht. Der Keller war unauffällig, die Worte quälten. Er wollte gehen, er konnte nichts Verdächtiges finden …

Dobermann vergaß die Kaffeetasse, die er in Händen hielt. Ohne weiter darüber nachzudenken, bildeten sich die Worte in seinem Mund: „Irgendetwas stimmt hier nicht, irgendetwas stimmt hier nicht …"

Pia schaute fragend zu ihm auf. Ihr Freund bemerkte es nicht.

„Etwas stimmt hier nicht …", wiederholte er solange, bis es plötzlich aus ihm herausbrach: „Ja klar, der Keller ist zu klein!"

Er verschüttete den Kaffee. Pia schreckte auf. Es war zu spät. Die Bettdecke war bekleckert.

„Hey, was ist mit dir?" Pia löste sich und blickte ihn überrascht an.

„Logisch …", Dobermann schlug sich patschend an die Stirn. „… Dass ich nicht früher drauf gekommen bin. Der Keller ist zu klein. Als Daniel und ich gestern Abend in dem Bungalow der Schmidts waren, haben wir uns das gesamte Haus angeschaut. Wir konnten nichts Verdächtiges finden. Alle Räume waren leer. Aber im Keller gab es was, das mich stutzig gemacht hat. Und nun weiß ich, was es war. Der Keller war im Vergleich zum Erdgeschoss kleiner. Es muss dort noch Räume geben, die wir nicht gesehen haben. Und darin könnte sich etwas befinden, was uns weiterhilft. Ich brauche einen Durchsuchungsbefehl. Ich muss mit dem Präsidium telefonieren."

Dobermann sprang wie von der Tarantel gestochen auf. Pia schüttelte enttäuscht ihren Kopf. Sie musste sich aber eingestehen, dass sie den Anblick seiner blanken Rückseite mit all den Rundungen genoss.

Nach einigen Minuten kehrte er zurück und verkündete, Daniel sei schon im Präsidium und würde sich kümmern. Ohne ein weiteres Wort zu verlieren, kroch er wieder unter die Decke und wärmte sich an Pia. Zuerst fröstelte sie, dann drang ein Kichern aus ihrem Mund und sie ließ sich auf seine Berührungen ein.

***

Zwei Stunden und ein gemeinsamer Duschgang später saßen Benjamin und Pia ihrem Kollegen gegenüber. Ein PC lief und verschiedene Akten lagen auf dem Tisch.

„Da seid ihr ja endlich. Ich dachte schon, ihr kommt heute gar nicht mehr", frotzelte Hartmann und blickte auf seine Kollegen, die mit nassen Haaren vor ihm saßen.

„Was liegt an?", begann Dobermann geschäftig.

Hartmann grinste vor sich hin. „Also erst einmal die gute Nachricht. Auf dem Brief gab es keine Anhaftungen von irgendeinem Gift."

„Gott sei Dank", entfuhr es Dobermann spontan. „Meinst du, der Brief wurde von Sascha Kiebitz geschrieben? Wurden irgendwelche Fingerabdrücke gefunden?"

„Das ist die schlechte Nachricht", antwortete Hartmann, „keine Fingerabdrücke und somit keine Hinweise, von wem das beschriebene Stück Papier stammen könnte. Es wäre zwar naheliegend, dass ihn unser Vogelmensch dort befestigt hatte, aber wir wissen es nicht. Das Papier ist klinisch rein und es gibt auch sonst keine Besonderheiten."

„Haben Karl und seine Spusi-Gang noch irgendetwas im Keller gefunden?", wollte Pia wissen.

„Nein", antwortete Hartmann resigniert, „die waren ja erst ein paar Stunden zuvor am Tatort und hatten alles durchsucht und Spuren gesichert. Jetzt beim zweiten Mal gab es nichts Neues bis auf den Zettel und unsere Fußabdrücke." Hartmann durchblätterte ein paar Papiere, blickte Dobermann an und sagte: „Wir sind wohl durch den Dreck gelaufen und haben vergessen Plastik-Überschuhe anzuziehen, als wir den Keller betraten. Auch wurden wir gerügt ..." Hartmann hielt eine Ansammlung von zusammen getackerten Schriftstücken hoch, „... weil wir keine Handschuhe trugen."

„Shit happens", erwiderte Dobermann lakonisch, zuckte erst mit den Achseln und dann zusammen. In seinem Magen krampfte es. Die Übelkeit, die er heute früh schon gespürt hatte, war zurückgekehrt. Er hielt sich den Bauch.

„Was ist?", fragte Pia besorgt.

„Nichts."

Hartmanns Smartphone klingelte. „Ja, was gibt es?", fragte er, und kurz später sagte er: „Prima, vielen Dank für die Info. Mach es gut!" An seine Kollegen gerichtet, fasste Hartmann das Telefonat zusammen: „Der Richter hat einer Durchsuchung zugestimmt. Die Kollegen sind unterwegs zum Bungalow. Bin mal gespannt, was die da noch alles finden."

Dobermann fühlte sich ernst genommen und freute sich, dass er seinem Bauchgefühl vertrauen konnte.

Pia hielt die noch heiße Kaffeetasse in beiden Händen, nippte daran und überlegte. „Wir brauchen einen neuen Ansatz. Lasst uns unser Mordopfer in den Mittelpunkt stellen", begann sie. Hartmann und Dobermann schauten sie verblüfft an. „Ja, ich glaube, wir verrennen uns. Unsere Ermittlungen drehen sich momentan nur um diese Schmidts und Kiebitze. Lasst uns nachdenken. Back to the roots. Was wissen wir über Frauke Stolze?"

Ihre beiden Kollegen dachten nach.

„Gute Idee", erwiderte Dobermann.

„Also, wer hatte Kontakt zu unserem Mordopfer?", fragte Pia, erhob sich und schrieb mit einem dicken schwarzen Edding-Stift auf das bereitstehende Flipchart drei Namen. Helmut Schmidt, Peter Renner, Florian Hacke.

„Da fehlt Elvira Stolze, oder?", fragte Dobermann.

„Lass die mal außen vor", antwortete Pia, „die wohnt in Nordhessen und kam erst kürzlich hierher. Sie ist verschwunden und die Fahndung läuft. Bei den anderen drei wissen wir allerdings, dass sie auf unterschiedliche Art mit Frauke verbunden waren. Florian Hacke wohnt direkt neben ihrem Haus. Er hat sich immer mal wieder als ihr Beschützer aufgespielt, Peter Renner dagegen hat anscheinend Frauke gestalkt, sogar ihre Katze ermordet und erreicht, dass sie vor einigen Wochen abgehauen ist. Zum Schluss kommt dieser eigenartige Helmut Schmidt ins Spiel. Laut dem Brief, den Frauke an ihre Schwester geschrieben hat und den wir in Elviras Fahrzeug sichergestellt haben, hatte sich Frauke anscheinend in einen aus der Schmidt-Familie verliebt."

„Was hat es mit dem Brief auf sich? Davon wusste ich noch gar nichts", fragte Hartmann verdutzt.

„Hast du nicht den Bericht des Kollegen Glauberg gelesen?", erwiderte Pia.

„Ist mir wohl durch die Lappen gegangen. Bring mich mal auf den Stand."

„Gestern Abend, als ihr den jungen Schmidt befragt habt und auf der Suche nach dem alten Schmidt unterwegs wart, fanden die Kollegen am Hofgut, also unweit vom Zeyherweg, ein verdächtiges Fahrzeug. Eschweger Kennzeichen sind in Darmstadt nicht häufig. Die Halterabfrage ergab, dass das Auto auf Elvira Stolze zugelassen ist, also ein Volltreffer. Elvira war nach Darmstadt gekommen und verschwand danach irgendwo im Zeyherweg."

„Komm mal zur Sache!", sagte Hartmann unwirsch und wirkte ungeduldig. „Du hattest von einem Brief gesprochen."

„Sei mal nicht so hektisch", entgegnete Pia. „Wer die Akten nicht liest, muss sich manchmal ein paar Worte mehr anhören."

„Okay, mein Problem. Aber was ist nun mit dem Brief?"

„Die Kollegen haben das Fahrzeug geöffnet und durchsucht. Da gab es nichts, was auf den konkreten Aufenthaltsort von Elvira hinwies, bis der Brief gefunden wurde. Er lag im Handschuhfach. Frauke hatte ihn vor ein paar Wochen an ihre Schwester geschickt. Darin stand, dass sie sich verliebt habe, allerdings fehlte der Name des Glücklichen, da stand nur die Adresse: Zeyherweg, Hausnummer 17."

„Das ist doch Schmidts Adresse. Vielleicht finden wir doch noch was im Keller des Bungalows!“, warf Dobermann hoffnungsvoll ein.

„Schaun mer mal“, sagte Hartmann lakonisch, „aber Pias Idee ist gut, lass uns mal recherchieren, was die Drei verbindet.“

„Okay“, begann Pia erneut, „alle drei hatten Kontakt zu unserem Mordopfer.“ Sie deutete auf das Flipchart. Mit Edding schrieb sie unten auf das Blatt den Namen *Frauke Stolze*.

„Lasst uns beginnen: Was wissen wir von den Dreien? Welche Gemeinsamkeiten gibt es?

„Alles Männer“, bemerkte Hartmann.

„Alle etwa gleich alt“, ergänzte Dobermann.

„Wissen wir das genaue Alter?“, fragte Pia.

Dobermann blätterte in den Akten, die vor ihm auf dem Tisch lagen. „Schmidt und Hacke sind dreiunddreißig Jahre alt, Renner ist vierunddreißig.“

Pia schrieb die Zahlen unter die Namen und fragte: „Wie alt war Frauke Stolze?“

„Dreiundvierzig“, antwortete Hartmann und Pia notierte es. „Was wissen wir noch?“

„Soweit ich weiß, sind alle drei in Darmstadt aufgewachsen.“

„Vielleicht waren sie gemeinsam in einem Sportverein?“

„Oder vielleicht auch auf einer Schule. Lass uns da mal nachschauen.“ Dobermann klappte den bereitstehenden Laptop auf. „Ihr müsst wissen, ich habe einen StayFriends Account.“

„Einen was?“, fragte Hartmann erstaunt.

„Das ist eine Website zum Finden und Verwalten von Schulfreunden. Soweit ich weiß, gibt es StayFriends schon seit 2002. Ich habe mich im letzten Jahr registrieren lassen, um alte Klassenfotos anzuschauen, habe es aber bald bereut. Andauernd bekommt man Anfragen per Mail und `ne Menge Werbung. Es nervt, aber ich habe es noch nicht geschafft, mich wieder abzumelden. Na, vielleicht haben wir ja Glück." Dobermann ging auf die Website und loggte sich ein. Er tippte die drei Namen nacheinander ein. Nur bei einem, ausgerechnet bei Peter Renner, gab es einen Treffer. Die Georg-Büchner-Schule am Rande des Alten Friedhofs von Darmstadt.

„Das passt", entschied Hartmann.

„Könnten die anderen beiden auch …?", fragte Pia.

„Ich weiß nicht", unterbrach Dobermann. „Ich schaue nach."

Hartmanns Handy klingelte. Neugierig nahm er das Gespräch entgegen, erstarrte nach kurzer Zeit und sprang auf. Aufgeregt drückte er das Gerät an sein Ohr und lief in dem kleinen Besprechungsraum hin und her. „Ja … Ja … wirklich? … Das kann doch nicht sein … Sollen wir kommen? …. Okay! … Ich sag es den Kollegen … Macht weiter! … Danke für die Info." Entgeistert beendete er das Telefonat

„Was ist los?", brach es aus Dobermann heraus.

Das Handy meldete sich erneut. Hartmann nahm das nächste Gespräch entgegen, ohne auf seine Kollegen zu achten. „Ja … Was? … Wann? … Echt? … Okay … Das könnte uns weiterhelfen … Ja, bringt ihn in den Verhörraum 1 … Wir kommen."

Hartmann beendete auch dieses Telefonat, ohne aufzuschauen. „Das gibt`s doch nicht", brabbelte er vor sich hin.

„Waaas?", schrien seine Kollegen nahezu gleichzeitig.

Hartmann zuckte zusammen. Er brauchte einen Augenblick, um sich zu sammeln. „Ihr werdet es nicht glauben!"

„Was werden wir nicht glauben? Nun sag schon!" Dobermann rüttelte Hartmann so arg an der Schulter, dass er ihn mit großen fragenden Augen anstarrte. Endlich begann er: „Die Spusi hat im Keller des Schmidt-Bungalows einen Durchgang gefunden. Er lag hinter einem schweren Schrank, der mit Rollen versehen war und somit verschoben werden konnte. Du hattest recht, Benjamin. Im Keller befinden sich noch weitere

Räume. Der eine führte in einen, der nahezu leer war. In der Mitte stand ein Strahler auf einem dreibeinigen Ständer. Gegenüber von ihm war eine Nische in die Wand gestemmt. Die Kollegen fanden Lederriemen, die zur Fesselung gedient haben könnten, und auch einen Schal. Weiterhin fanden sie auf dem Boden ein Stück Stoff, dass womöglich mit Äther getränkt worden war. In dem anderen Raum, der noch kleiner ist, fanden sie eine Tiefkühltruhe und darin lag eine Leiche, tiefgefroren."

„Eine Leiche", presste Pia heraus.

„Ja, ein Mann um die dreißig mit einer Auffälligkeit." Hartmann machte eine kleine Pause, um sich der Aufmerksamkeit seiner Kollegen sicher zu sein: „Er hat eine ausgeprägte Lippen-Kiefer-Gaumenspalte, auch Hasenscharte genannt."

„Der Vater von Fraukes Ungeborenem", kombinierte Dobermann, der sich an seinen Besuch in der Rechtsmedizin erinnerte.

„Möglich wäre es", relativierte Pia. „Weiß man schon, wer der Leichnam ist?"

„Nein, er konnte noch nicht identifiziert werden, aber die Kollegen sind dran."

Die Drei schauten sich an und senkten ihre Köpfe. Ihre Gedanken kreisten darin. Dobermanns Magen krampfte erneut und er fühlte, wie etwas langsam die Speiseröhre hochkroch. Eben noch war er von den Ereignissen so abgelenkt gewesen, dass er nicht auf seinen Körper geachtet hatte, in dieser kurzen Pause der Ruhe spürte er es jedoch wieder. Er begann, langsam und gleichmäßig zu atmen.

„Und das andere Telefonat?", wollte Pia wissen. „Du hast so eigenartig reagiert und was von Verhörraum 1 gefaselt."

„Klara Potente hat mir mitgeteilt, dass Fabian Hacke festgenommen worden sei und sich im Präsidium in Gewahrsam befindet."

„Das glaube ich jetzt nicht", stöhnte Dobermann, der sich noch immer den Bauch hielt. „Warum das denn?"

„Er hat zuerst einen unserer Kollegen verprügelt, ist geflüchtet und hat anschließend Peter Renner mit einer Eisenstange schwer verletzt", erzählte Hartmann.

„Der Hacke?" In Pias Stimme schwebte ein großes Fragezeichen. „Der hatte sich doch bei dir gemeldet. Ich dachte, der wollte uns helfen."

„Dachte ich auch", brummelte Hartmann vor sich hin. „Aber etwas Gewalttätiges hatte er schon an sich, als er am letzten Sonntag mit einem Baseballschläger vor mir stand."

„Na, da hatte er dich nicht als Polizist erkannt und du hattest widerrechtlich auf einem fremden Grundstück herumgeschnüffelt", stänkerte Dobermann.

„Irgendwie ist der Hacke schon ein eigenartiger Mensch. Wie er so lebt und was ihn mit Frauke Stolze verbunden hat. Wir sollten ihn befragen, deswegen habe ich ihn in den Verhörraum bringen lassen."

„Gute Idee", bemerkte Pia und erhob sich. Dobermann wollte es ihr gleichtun, doch ein Schmerz durchzuckte seinen Unterleib und er stöhnte laut auf.

„Was ist mit dir?", fragte Pia besorgt.

„Ach, geht schon", wehrte Dobermann ab und fragte seinen Kollegen: „Wie geht es dir? Spürst du nichts."

Hartmann winkte ab. „Nein, mir geht es gut. Ich glaube mittlerweile nicht mehr daran, dass wir vergiftet worden sind. Es wurde nichts am Tatort gefunden und in der letzten Nacht haben uns die Ärzte gründlich durchgecheckt."

„Die Blutwerte stehen noch aus", erwiderte Dobermann gequält.

„Komm, ich fahre dich ins Krankenhaus. Die Ärzte sollen dich nochmals untersuchen", schlug Pia vor und legte sorgenvoll ihren Arm um seine Schulter. Dobermann musste sofort an die Krankenwagenfahrt denken, die er vor ein paar Tagen mit Pia erlebt hatte und augenblicklich ließen die Schmerzen nach. „Lass mal, geht schon besser. Vielleicht bin ich einfach nur hysterisch und bilde mir das alles ein …" Dobermann blickte auf. „Ihr habt ja recht. Daniel hat keine Symptome, die Ärzte haben nichts gefunden und auch die Spusi hat keine neuen Erkenntnisse. Lasst uns diesen Hacke verhören. Ich bin gespannt, was der zu sagen hat." Er erhob sich und ging zur Tür. Daniel und Pia schauten sich an.

„Na, dann", sagte Daniel. „Wer befragt?"

„Mach du das", forderte Pia. „Ich glaub, du kannst gut mit ihm. Benjamin und ich gehen hinter den Spiegel und beobachten euch."

Dobermann nickte beiläufig.

***

Als Hartmann den Verhörraum betrat, saß Hacke zusammengesunken an dem kleinen viereckigen Tisch. Er wirkte wie ein schüchterner Schuljunge. Beide Arme lagen mit einer eisernen Acht verbunden unter der Tischplatte versteckt auf seinen Oberschenkeln. Sein Rücken war gekrümmt und sein Blick fixierte einen Punkt, der in der Mitte des Tisches zu liegen schien. Die ungewaschenen Haare hingen ihm ins Gesicht. Eine Strähne musste an der Nasenspitze kitzeln. Bei jedem Atemzug hob und senkte sie sich. Weder strich Hacke sie hinter sein Ohr zurück noch rührte er sich überhaupt.

Hartmann schritt langsam bis zum Tisch und setze sich. „Guten Tag, Herr Hacke", begann er mit ruhiger Stimme und schaltete das Mikrofon ein. „Sind Sie einverstanden, dass ich unser Gespräch aufzeichne?", war seine rhetorische Frage.

Ein leichtes Nicken war die Antwort.

„Gut." Hartmann lehnte sich auf seinem Stuhl zurück, ließ ein paar Sekunden verstreichen und stellte seine erste Frage.

„Mich würde interessieren, warum haben Sie Herrn Renner aufgesucht und bedroht?"

Hacke hielt stoisch seine Position und blickte nicht auf. Hartmann sah, wie es hinter seiner Stirn arbeitete. An seinen Schläfen pochten dicke Adern. Er atmete schwer. Plötzlich blickte er auf und dem Kommissar direkt in die Augen. Sein Gesichtsausdruck hatte sich verändert. Die Worte, die er nun aus seinem Mund schleuderte, schlugen aggressiv auf Hartmann ein: „Ich hasse den, ich hasse den seit der Schulzeit!"

Hartmann beugte sich ein wenig vor und fragte ruhig: „Warum hassen Sie ihn?"

Hackes Augen glühten und er bellte erneut los: „Schon damals ließ der nicht die Finger von Frauke. Schon damals wollte der sie immer angrabschen und erzählte uns, was er alles machen würde, wenn er allein mit ihr wäre. Schon damals war er der der größte Arsch an der gesamten Schule."

Jeder Satz strengte Hacke massiv an. Als er fertig war, starrte er wieder auf die Tischplatte. Hartmann gab ihm die nötige Zeit und schwieg, bis sein Gegenüber weitersprechen konnte, diesmal ein wenig ruhiger. „Zum Glück musste Peter nach der Zehnten die Schule verlassen, da er zu dumm fürs Abitur war. Da half auch nicht das ganze Geld, das sein Vater an die GBS gespendet hatte. Soweit ich weiß, war er damals fortgezogen. Ich sah ihn mehrere Jahre nicht mehr. Erst als er nach Trautheim zurückkam und anfing, Frauke zu stalken, ist er mir wieder begegnet. Verstehen Sie, er wollte Frauke fertigmachen!"

Hacke schaute wieder auf. Mittlerweile hatte er die gefesselten Arme auf den Tisch gelegt und die Hände zu Fäusten werden lassen. Sein Blick war flehend. „Verstehen Sie?"

Hartmann nickte ansatzweise.

Hacke sprach weiter: „Ich habe alles versucht, um diesen Arsch zu stoppen. Ich habe die Polizei informiert, aber nichts ist geschehen. Der Drecksack konnte immer weitermachen, bis er Frauke dermaßen fertiggemacht hatte, dass sie abgehauen ist. Und dann ..." Hacke kämpfte mit den Tränen. „... und dann wurde Frauke ermordet ... Und daran ist Peter bestimmt nicht unschuldig ... Ich musste etwas tun." Hacke schluchzte auf und wiederholte: „Ich musste doch irgendetwas tun. Sonst wäre der Arsch wieder davongekommen. Das verstehen Sie doch, oder?"

Hartmann blickte den Festgenommenen offen an.

„Das müssen Sie verstehen", wimmerte Hacke.

„Sie waren mit Herr Renner in einer Klasse", stellte der Kommissar trocken fest und ließ seine Aussage wie eine Frage klingen. Damit konnte er Hacke etwas ablenken und aus seiner Verzweiflung ziehen.

„Ja, wir waren von der Siebten bis zur Zehnten auf der GBS. Anfänglich waren wir Freunde. Wir waren zu dritt. Helmut Schmidt war auch dabei."

„Ach, der Schmidt aus dem Zeyherweg", wiederholte Hartmann so ruhig wie möglich.

„Klar war der auch dabei, warum fragen Sie?"

„Wie haben Sie Frauke Stolze kennengelernt? Sie war mindestens zehn Jahre älter als Sie."

Hacke zuckte unmerklich zusammen. Seine nächsten Worte waren nahezu geflüstert: „In der Neunten kam eine Referendarin an die Schule. Sie unterrichtete auch in unserer Klasse. Wir hatten sie in Deutsch und Sport. Sie hieß Frauke Stolze und wir haben uns alle Drei sofort in sie verliebt, jeder auf seine Weise."

„Verliebt?"

„Ja, Frauke war so besonders, so einzigartig, außerdem war sie wunderschön."

„Sie haben gesagt, jeder von ihnen hätte Frauke Stolze auf seine eigene Weise geliebt. Wie meinen Sie das?"

Hacke dachte kurz nach. „Ich glaube, Helmut hatte sich in ihr Äußeres verguckt, Peter wollte sie einfach nur besitzen und ich habe mich in die gesamte Person verliebt." Er schwieg einen Augenblick. „Ich glaube, Frauke hat das gespürt und deswegen hatte sie später nur zu mir Kontakt aufgenommen, als es mir schlechtging. Sie hat mir das Grundstück angeboten, auf das ich meinen Zirkuswagen stellen durfte."

„Ihnen ging es schlecht?"

Hacke fixierte erneut den ominösen Punkt auf dem Tisch und flüsterte: „Ja, ich hatte als IT-ler einen guten Job, habe aber, wie so viele andere auch, nicht nur Energydrinks, sondern auch Alkohol und Koks genutzt, um auch nachts wach und kreativ zu sein. Bei mir ist es ausgeufert. Bald hatte ich nichts mehr im Griff, weder bei der Arbeit noch im Privaten. Klar hat das mein Chef gemerkt und mich rausgeworfen."

Hacke schwieg erneut, bis er mit gebrochener Stimme weitersprach: „War wohl nicht stark genug für diese Welt. Bin abgestürzt, habe alles verloren und mich dann in ein einfaches Leben zurückgezogen. Den Zirkuswagen habe ich mir gerade noch in dem Moment zugelegt, als das Jobcenter die achttausend Euro auf meinem Konto aufgespürt hat und als Vermögen anrechnen wollte. Zirkuswagen kaufen und dafür keine Miete zahlen, war der Deal und das Jobcenter hat sich darauf eingelassen. Die Steuergelder müssen ja gut und effektiv verwendet werden ..." Hacke lachte heiser.

„Sie sagten, Frauke Stolze habe Ihnen ihr Grundstück angeboten, damit Sie den Zirkuswagen dort abstellen konnten."

„Ja, Frauke war sehr großzügig." Hacke blickte auf. „Sie müssen sich vorstellen, Frauke hatte sogar eine Badewanne. Manchmal haben wir dann noch in ihrer Küche zusammengesessen und über die alten Zeiten gesprochen. Frauke hat mir erzählt, sie konnte Peter von Anfang an nicht leiden und den Helmut hatte sie gehasst, weil der immerzu über seinen jüngeren Bruder hergezogen ist, nur weil der geistig etwas zurückgeblieben war und eine Hasenscharte hatte."

„Eine Hasenscharte?", fragte Hartmann und konnte seine Überraschung kaum verbergen.

„Ja, warum fragen Sie so erstaunt?"

„Erzählen Sie bitte mehr von dem Bruder."

„Klaus-Dieter heißt er … Der Name alleine half beim Verspotten und dann noch seine Art, wie er halt so durch die Gegend gestapft ist, und natürlich dieser Schnitt an der Lippe, wodurch er ganz eigenartig gesprochen hat. Wir haben ihn damals alle ausgelacht. Wir waren Jugendliche und so gemein. Frauke hat es mir aber nicht ganz und gar übelgenommen … Sie hat Klaus-Dieter immer mal besucht und sich offen gegen seinen Bruder, den Helmut, gestellt, wenn der ihn niedermachen wollte. Frauke erzählte mir noch vor ein paar Wochen, mit Klaus-Dieter könne man sich gut unterhalten, wenn man sich auf seine Art einließ. Er wäre überaus nett und zuvorkommend, sagte sie. Ich glaube, sie mochte ihn wirklich." Hacke blickte stur geradeaus und schreckte auf, als die Tür zum Verhörraum aufgerissen wurde. Dobermann polterte herein und winkte hektisch. An Hartmann gerichtet schrie er fast schon: „Komm schnell! Große Neuigkeit! Wir haben einen Anruf bekommen. Wir müssen los!"

ER

Die wahre Größe eines Menschen erkennt man daran, ob er Fehler eingestehen kann. „Wer a sagt, muss nicht unbedingt b sagen. Er kann auch erkennen, dass a falsch war“, sagte schon Bertolt Brecht.

Und ich gebe ihm recht.

Ich bekenne, etwas übersehen zu haben.

Ich bekenne, nicht unfehlbar zu sein.

Das zeichnet mich aus.

Es gibt mir Reife und Größe.

Es zeigt, dass ich eine Vision verfolge und dennoch die Realität erkennen und reflektieren kann.

Ja, ich hatte einen Plan und ich hatte einen Weg, um zum Ziel zu gelangen. Den Plan habe ich noch immer, aber der Weg wird ein anderer sein. Das ist mir klargeworden. Klarheit in der eigenen Lebensplanung ist notwendig, Flexibilität ebenso.

Ich habe beides und deswegen werde ich meinen Plan umsetzen, ohne Wenn und Aber, denn ich bin genial!

Nur etwas abgewandelt werde ich vorgehen. Ich muss kreativ sein und das bin ich auch. Gestern habe ich auf Sascha Kiebitz gesetzt und ihn unterstützt. Heute habe ich andere Erkenntnisse und werde ihn ans Messer liefern. Tja, so ist das eben. Alles ist im Fluss und alles verändert sich ständig. Um daran Teil haben zu können, muss man hellwach und äußerst flexibel sein. Man muss sich an die Realität anpassen können. Das verlangt das Leben. Und man darf keine Skrupel haben.

Ich habe mir folgende Frage gestellt: Passen Humanismus und Morden zusammen?

Meine Antwort lautet: Natürlich!

Man muss lediglich in die Bibel schauen, um das zu erkennen. Alle Menschen sind Brüder, aber das waren Kain und Abel auch. Und was haben sie miteinander gemacht?

Hahaha!

Und so wird klar, wie der Hase läuft. Jeder ist sich selbst der Nächste. Jeder ist seines eigenen Glückes Schmied. Aus diesem

Grund muss man das Eisen schmieden, solange es noch glüht. Das habe ich gelernt.

Es gibt so viele große Persönlichkeiten, die ihr Glück und ihre Anerkennung daraus schöpfen, zu wissen welchen Weg sie gehen müssen und dies auch konsequent tun. Konsequenz ist das Zauberwort und dementsprechend handele ich.

Mein Ziel ist es, Ewigkeit zu erlangen. Ich darf und ich werde nicht vergehen. Die Ägypter hatten das Wissen. Später wurde es vergessen oder besser gesagt, es wurde immer mehr verwässert. So glaubten einige Jahrtausende später Anhänger der verschiedenen Religionen an das *Ewige Leben* und sogar an die Wiedergeburt. Das ist nicht verwerflich, das ist legitim und dennoch nur die halbe Wahrheit. Das *Ewige Leben* ist verheißungsvoll, nur, was nutzt es, wenn es körperlos ist?

Wenn der momentane Körper perfekt und vollkommen ist, ist es kontraproduktiv, wenn dieser nach dem Herzstillstand verbrannt oder eingegraben in der Erde von Würmern zerfressen wird.

Was bleibt also?

Alte Kulturen wussten, was zu tun war. Sie hatten dieses Wissen. Der perfekte Körper darf nicht vergehen. Er muss bewahrt werden, um die unsterbliche Seele wieder aufnehmen zu können. Das ist eine alte Weisheit und sie besteht noch immer.

Sascha hat eine ähnliche Idee, viel eingeschränkter als meine und irgendwie primitiv. Er will lediglich den Körper seiner Mutter erhalten, da er den seines Vaters verlor. Welch naive Einstellung. Eine Zeit lang war Sascha ein gutes Werkzeug. Er hatte eine Vision und auch die notwendige Fingerfertigkeit, um alte Praktiken auszuprobieren und wiederzubeleben. Ich habe ihn unterstützt und gefördert. Ich gab ihm Fraukes Körper und auch den Körper von diesem alten Trottel. Der Plan war, ihn auch noch an Elvira herumexperimentieren zu lassen. Dann hätte er womöglich die notwendige Perfektion erlangt. Ich glaubte an seine Fähigkeiten, aber nun hat er sich selbst ins Aus gestellt. Zu auffällig waren sein Gehabe und sein Äußeres. Diese vermaledeite weiße Vogelmaske und dieser Drang, seine Mutter aus dem Krankenhaus holen zu wollen. So ein verbohrter Blödmann. Das habe ich frühzeitig erkannt. Die Polizei ist ihm auf den Fersen und womöglich würden sie ihn auch ohne meine Hilfe stellen. Aber was wäre die Folge? Dieser unbeholfene Kiebitz würde womöglich von seinem Mäzen, seinem Gönner erzählen und irgendwelche SMSe als Beweis anbringen. Damit wäre zwar noch immer keine Verbindung zu mir hergestellt, aber es wäre klar, dass er nicht alleine gehandelt hat. Diese Kommissare würden auf ein Pferd gesetzt, was sie nicht besteigen sollten. Sie würden weiter recherchieren und mir womöglich in die Quere kommen. Das muss und werde ich verhindern. Und deswegen bin ich aktiv geworden und habe die richtigen Weichen gestellt. Jetzt kann die Staatsgewalt weiterarbeiten, die sich auf die Fahnen geschrieben hat, das Böse zu bekämpfen. Aber, sie wird für mich arbeiten und genau das herausfinden, was ich möchte.

Hahaha!

Und dann sind da noch diese beiden Kommissare, diese Kleingeister. Sie sind gefangen in ihren Gefühlen und ihren Vorstellungen. Sie werden daran zugrundegehen. Über kurz oder lang werden sie sterben. Dafür habe ich gesorgt.

Auch das gehört zu meinem genialen Plan. Ich bin der Macher und ich bin der Beobachter. Das Leben ist so aufregend und vielschichtig, wenn man in der Lage ist, es in den eigenen Händen zu halten und die Menschen an langen Fäden zu führen, wie Marionetten. Mir ist das möglich, vielen anderen nicht. Deswegen bin ich so besonders und unangreifbar. Ich habe die Möglichkeit, Schicksale zu kreieren, das kommt dem Göttlichen nahe, aber ich bin mir bewusst, zur Vollkommenheit bedarf es noch einiges. Ich bin zwar auf dem Weg, aber nicht am Ziel. Auch ich mache Fehler und dazu kann ich stehen. Das ist meine Stärke und es erhebt mich über andere. Auch wegen dieser Fähigkeit bin ich besonders und erhaltenswert und ich werde alles daransetzen, meinen Plan umzusetzen.

Ich habe nichts zu verlieren.

Und wenn dennoch etwas schiefgehen sollte, wenn womöglich Elvira nutzlos stirbt, was ich mir nicht vorstellen kann, dann bin ich mir meines Glaubens an eine höhere Macht bewusst und halte mich an Heinrich Heines tröstende Worte: „Gott wird mir verzeihen, das ist sein Beruf."

21. Benjamin, Pia und Daniel

„Kommt schnell! Lasst uns fahren! Ich habe einen Dienstwagen gebucht“, stieß Dobermann hektisch hervor und rannte durch einen langen Gang im Präsidium. Pia folgte ihm.

„Und welchem Geist jagen wir heute nach?“, fragte Hartmann genervt, der es nur schnaufend schaffte, das Tempo seiner Kollegen zu halten. Auf dem Parkplatz angekommen sprangen die drei Kommissare in das bereitstehende Fahrzeug.

Dobermann quetschte sich hinters Steuer und gab Gas. „Ich hoffe, es ist kein Geist“, keuchte er und bemühte sich, den nächsten Krampf, der sich in seinem Bauch ankündigte, durch intensives Atmen zu unterdrücken. Er durfte sich nicht um sich selbst kümmern. Der Mord an Frauke Stolze musste aufgeklärt und ihre Schwester dringend gefunden werden.

„Also sag schon, wohin fahren wir?“ Mit diesen Worten holte ihn Hartmann aus seinen Gedanken. „Und vor allem, warum fährst du wie eine gesenkte Sau?“

Dobermann atmete noch einmal tief durch und erklärte: „Die Zentrale hat einen anonymen Anruf zu mir weitergeleitet. Eine elektronisch verzerrte Stimme teilte mit, unser Vogelmann, Sascha Kiebitz, habe sich in einer Gartenhütte am Oberfeld einquartiert und würde dort eine neue Leiche einbalsamieren.“

„Der Anrufer kannte sich anscheinend aus, er brach das Telefonat genau dann ab, als wir die Chance gehabt hätten, ihn zu orten“, ergänzte Pia.

„Habt ihr Verstärkung angefordert“, wollte Hartmann wissen, dem die ganze Sache ein ungutes Gefühl bereitete.

„Klar doch, das SEK ist informiert. Es wird aber wie immer etwas dauern, bis sie vor Ort sein können. In der Zwischenzeit sollten wir schon mal die Lage sondieren. Wir sind jung, gut ausgebildet und zu dritt, was soll da schon passieren?“

Hartmann ließ ein heiseres Lachen hören. „Was soll schon passieren?“, wiederholte er leise und missmutig.

Dobermann fuhr über den Cityring, bog am Darmstadtium in die Alexanderstraße, fuhr diese hoch bis sie in die Dieburger Straße mündete und dann weiter stadtauswärts. Am schön gelegenen Biergarten vorbei und nach der Überquerung der Brücke, unter der die Odenwaldbahn ihren Weg fand, rechts ab in Richtung des Löwentores, vorbei an einigen wunderschönen Anwesen bis zum Beginn des Oberfeldes. Hier lagen, etwas versteckt, Schrebergärten, eine kleine Ansammlung von bewohnten Bauwagen und weiter hinten einzelne Grundstücke, bestückt mit Gartenhütten, die gut und gern zu Wohnzwecken benutzt werden konnten.

„Laut unserem anonymen Anrufer sollen wir den Seitersweg solange entlangfahren, bis wir den Molkenbach überquert haben. Danach zweigt links ein kleiner Weg ab. Davor sollten wir parken und bis zu einer Hütte laufen."

„Zum Glück ist heute Mittwoch", muffelte Hartmann, „ansonsten kämen wir mit dem Auto gar nicht durch, am Wochenende tummeln sich auf diesem asphaltierten Weg Heerscharen von Spaziergängern, Joggern, Hundeausführern und Fahrradfahrern. Regelmäßig scheint sich halb Darmstadt überzeugen zu wollen, ob das Oberfeld noch in alter Pracht vorhanden ist."

„Na, das ist ja prima", erwiderte Dobermann, „so können wir ungestört dem Mann mit der Vogelmaske auflauern, ihn stellen und wenn es zu einer Schießerei kommt ist auch kein Freizeitler gefährdet."

„Jetzt übertreib mal nicht", konterte Pia. „Lasst uns erst mal nur beobachten, die Lage sichern und auf das SEK warten."

Dobermann fuhr nun sehr langsam, um die Abfahrt nicht zu verpassen. Nachdem der schmale fast ausgetrocknete Molkenbach überquert war, ließ er das Fahrzeug am linken Wegesrand ausrollen und parkte. Ohne ein weiteres Wort stiegen die drei Kommissare aus. Als Dobermann seine Lederjacke zurechtrückte, fiel es Hartmann auf. „Oh, du hast deine Dienstwaffe wieder zurückbekommen?"

„Ja, hab gestern noch den ganzen Papierkram erledigt und konnte das gute Stück tatsächlich heute früh abholen. Musst also keine Angst haben, dass dich ein wehrloser Kollege begleitet."

„So jetzt aber mal Ruhe! Lasst uns konzentriert vorgehen." Pia hatte ihre Stimme gesenkt und hielt den Zeigefinger vor ihre Lippen. Sie flüsterte: „Da vorne ist die Einfahrt zum Grundstück." Sie ging voran, ihre Kollegen folgten. Das Grundstück war umzäunt von einem mannshohen stabilen Zaun. Ein breiter, gut zu befahrener Weg führte darauf zu. Rechts neben dem zweiflügligen Tor stand ein viereckiger Holztisch, darauf ein Schild mit der Aufschrift *Frischer Honig direkt vom Imker – 5 €*, daneben eine Kiste, aus der man Honiggläser herausholen konnte und in der eine Kasse festgeschraubt war.

Das zweiflüglige Tor stand offen. Die schwere Eisenkette und ein Vorhängeschloss lagen auf dem Tisch neben dem Schild.

Pia schlich zu dem Tor und schlüpfte hindurch. Ihre Kollegen taten es ihr gleich.

In einem Abstand von etwas mehr als fünfzig Meter zeichnete sich im hinteren Teil des verwilderten Grundstücks neben großen Büschen und Bäumen, etwas versteckt, eine Holzhütte ab. Ein Weg schlängelte sich darauf zu. Vor dem Eingang der Hütte stand ein ausladender Pflaumenbaum, daneben ein kleiner in die Jahre gekommener Werkzeugschuppen. Die Hütte selbst schien relativ neu zu sein. Es war ein Blockbohlenhaus mit graublauem Anstrich. Vorne rechts befand sich eine breite Tür, links daneben ein Fenster, das mit zwei Fensterläden verschlossen war. Pia vermutete, dass sich an der Rückseite ein weiteres Fenster befinden musste.

Die Grundfläche der Hütte schätzte sie auf fünf mal fünf Meter. Die Hütte hatte ein Satteldach, gedeckt mit Dachschindeln in Biberschwanzform, Farbe Rot. Das Dach ragte über den Eingang hinaus, sodass man sich bei Regen geschützt darunter stellen konnte. Ein Rabe saß auf dem First. Erst dachte Pia, er wäre nicht echt, weil er so ruhig dort oben verweilte. Dann krächzte er und Pia wusste, er lebte. Ansonsten war nichts zu hören, kein Geräusch drang aus der Hütte.

Pia gab Zeichen. Die beiden anderen verstanden und gingen rechts und links an der Hütte vorbei. Pia schlich gebückt auf den Eingang zu und versuchte, durch die Fensterläden in das Innere der Hütte zu linsen.

Mist, dachte sie. Die Läden waren von innen verschlossen.

Sie rüttelte leicht daran, hatte aber kein Glück. In diesem Moment hörte sie ein Rumoren auf der anderen Seite der Hütte. Kurz drauf zerbarst eine Glasscheibe. Pia unterdrückte einen Schrei und spurtete los. Als sie die Rückseite der Hütte erreicht hatte, sah sie Hartmann, der Dobermanns Befehl: „Komm her!", gefolgt war und ihm half, in die Hütte zu gelangen. In dem Moment, als Dobermanns Körper durch die Fensteröffnung verschwunden war, hatte Pia Hartmann erreicht und blickte atemlos über dessen Schulter. Sie sah, wie sich Dobermann auf dem Boden der Hütte abrollte, währenddessen seine Dienstwaffe aus dem Holster zog und auf die Gestalt zustürmte, die zusammengesunken auf einem Stuhl saß und zu schlafen schien.

„Keine Bewegung!", hörte sie ihren Freund rufen. Im nächsten Moment kniete Dobermann und richtete seine Dienstwaffe auf die Gestalt. Langsam erwachte die Person auf dem Stuhl und schreckte auf. Instinktiv hob sie die Arme. Dobermann sprang auf, steckte die Waffe zurück ins Holster und löste die Handschellen von seinem Gürtel. „Hände vor den Bauch", schrie er und als die Person ohne Widerworte der Aufforderung Folge leistete, ließ er die eiserne Acht um beide Handgelenke klicken. „Ich nehme Sie hiermit wegen Mordverdachts fest. Sie haben das Recht, die Aussage zu verweigern und einen Anwalt Ihrer Wahl anzurufen. Falls Sie keinen Anwalt haben, wird Ihnen ein Pflichtverteidiger zur Verfügung gestellt."

Der Mann auf dem Stuhl sagte nichts. Er schaute verdattert, als stecke er in einem Albtraum fest. Alles war so schnell gegangen. Die beiden Kommissare, die durch das Fenster stierten, rührten sich nicht. „Kommt rein", hörten sie Dobermann rufen. „Ich mache euch die Tür auf."

Pia und Hartmann schauten sich kopfschüttelnd an, umrundeten die Hütte und traten durch die Tür ins Innere. Ihnen schlug ein eigenartiger Geruch entgegen, überall sahen sie Duftkerzen, die den Innenraum der Hütte in sanftes Licht tauchten und verteilt auf dem Boden aufgestellt worden waren. Unter der aufdringlichen Duftnote versteckt, nahmen sie den Hauch von süßlichem Leichengeruch wahr.

„Was ist denn in dich gefahren", ereiferte sich Pia. „Wir wollten keine Alleingänge machen."

„Leichenschändung", sagte Dobermann, „das ist Leichenschändung." Er deutete mit zitterndem Zeigefinger auf die Liege mitten im Raum. Jetzt erst richtete Pia ihren Blick darauf, und je mehr sie realisierte, was sie sah, desto schwindeliger wurde es ihr. Ein Würgereiz kam hinzu und sie musste sich irgendwo festhalten, um nicht umzukippen.

„Das gibt es doch nicht. Das ist ja … das ist ja …", stammelte Pia und wich instinktiv zwei Schritte zurück. Mittlerweile hatte Hartmann ebenfalls seine Aufmerksamkeit auf die Leiche gerichtet. Ein Y-förmiger Schnitt erstreckte sich über den Körper des Toten, von den beiden Schultern über die Brust bis zum Schambein. Die Haut inklusive Fettgewebe war auseinandergeklappt und eröffnete ein großes Loch. Am unteren Ende der Liege befand sich ein Plastikgefäß, in dem weißliche, rote und braune Fleischstücke lagerten. Aus der Bauchhöhle quollen Eingeweide.

Pias Gesicht war weiß angelaufen. Sie wendete den Blick ab und starrte voller Entsetzen ihren Kollegen an. „Benjamin, das ist ja schrecklich. Kennst du den Toten?"

Dobermann blickte ebenfalls auf die Leiche und zwang sich, nicht auf den aufgeschnittenen Leib zu starren, sondern auf das Gesicht. Er brauchte lange, um zu erkennen.

„Das ist doch der alte Schmidt", schrie er plötzlich auf und lief auf den gefesselten Mann zu. Mit wutverzerrtem Gesicht stellte er sich breitbeinig vor ihn, schnappte nach dem Stoff des Kapuzenpullis, krallte sich daran fest, hob ihn von der Sitzfläche und zog ihn zu sich heran. Als er mit ihm Nase an Nase gegenüberstand, schrie er: „Du hast ihn ermordet! Aus Rache, weil dich der alte Schmidt verraten hat. Dafür musste er jetzt büßen. Und jetzt bin ich dran. Du willst auch mich töten. Du Monster."

Sascha blickte dem Kommissar offen, aber verängstigt in die Augen und murmelte vor sich hin: „Ich bin kein Mörder. Ich bin Handwerker."

Pia kam herbeigeeilt und trennte die beiden. An Dobermann gerichtet, sagte sie scharf: „Lass ihn los! Wir werden ihn noch ausgiebig befragen."

Dobermann klatschte mit der flachen Hand gegen Pias Schulter. Sein Kopf war rot angelaufen, seine Halsschlagader schien zu platzen. „Der will mich umbringen! Verstehst du es nicht? Der ist ein Monster. Schau dich nur um", brüllte er Pia an. Er stürmte erneut auf Sascha zu: „Warum willst du mich vergiften? Oder hast du es etwa schon getan?" Er packte ihn erneut am Kapuzenpulli und hob ihn an, sodass er auf den Zehenspitzen zum Stehen kam. Hartmann eilte Pia zur Hilfe. Die beiden Kommissare trennten Dobermann erneut von dem Gefesselten. Sascha glitt kraftlos zurück auf den bereitstehenden Stuhl. Er stammelte mit aufgerissenen Augen vor sich hin: „Was will der von mir? Warum sollte ich irgendwen vergiften wollen? Ich bin kein Mörder."

Hartmann hielt Dobermann noch eine Zeit lang im Schwitzkasten, bis sich sein Kollege beruhigt hatte. Währenddessen kniete Pia vor Sascha und blickte ihm von unten in die Augen: „Haben Sie den Brief geschrieben, der in ihrem Keller hing?"

Saschas Augen flackerten. Es bildeten sich Tränen und liefen an seinen Wangen hinunter. „Welchen Brief?", sagte er leise und dann etwas lauter, flehender: „Der soll mich nicht schlagen. Ich habe nichts verbrochen. Ich bin der Gute, der Bewahrer.“ Er starrte vor sich hin, ins Leere. Nach einer endlos wirkenden Pause drehte er seinen Kopf, hob beide Arme in die Höhe und stieß hervor: „Ich habe eine Aufgabe … Die muss ich erfüllen. … Jetzt bin ich gefangen und gefesselt. Das geht nicht. Das kann ich nicht zulassen!“ Mit jedem Satz wurde seine Stimme bestimmter, sein Körper spannte sich an. Als er wiederholte „Das kann ich nicht zulassen!“ sprang er plötzlich auf und schubste Pia gegen die Brust. Die Kommissarin war so verdutzt, dass sie nach hinten umfiel und über den Boden rollte. Der Stuhl, auf dem Sascha eben noch gekauert hatte, fiel krachend nach hinten um. Sascha drehte sich um seine eigene Achse, stürmte zur Tür und packte mit den zusammengebundenen Händen den Griff, schaffte es, ihn nach unten zu drücken und die Tür aufzureißen. Im nächsten Moment hatte er die Hütte verlassen.

„Halt!“, schrie Dobermann, riss sich von Hartmann los und zog seine Dienstwaffe.

„Halt!“, schrie Pia. „Nicht schießen! Der ist gefesselt. Der entkommt uns nicht.“

Dobermann hörte nicht, er rannte hinter dem Flüchtenden her, sah wie Sascha versuchte, auf den Pflaumenbaum zu klettern. „Halt oder ich schieße!“, schrie Dobermann. Er blieb stehen, hob beide Arme, in der rechten Hand die Dienstwaffe, mit der linken umklammerte er das Handgelenk seiner rechten, atmete tief ein und zielte. Plötzlich überkam ihm eine sonderbare Ruhe.

Pia stürmte los.

Hartmann schrie irgendetwas, was niemand verstand.

Sascha konnte sich nicht mehr halten und rutschte den Baumstamm hinunter.

Dobermann drückte ab.

Die Kugel verfehlte ihr Ziel. Sascha lag zusammengekauert und schwer atmend auf dem Boden. Pia griff nach Dobermanns Dienstwaffe und drehte sie geschickt aus seiner Hand.

„Was sollte das?“, schrie sie. Mittlerweile war Hartmann herbeigeeilt und eilte an ihnen vorbei auf den am Boden liegenden Mann zu. Er fasste ihn an beiden Oberarmen und zog ihn hoch. Blut tropfte unter den Handschellen hervor. Hartmann schleppte den jungen Kiebitz zurück in die Hütte. Dobermann sank derweil zu Boden. Er vergrub sein Gesicht in beiden Händen. Tränen quollen aus seinen Augen. Pia streichelte seinen Rücken und stieß ruckartig Luftstöße aus. Mittlerweile hatte Hartmann den Gefesselten auf den Holzstuhl geschubst.

Sascha sank in sich zusammen und stammelte: „Ich bin kein Mörder … Glaubt mir doch! … Ich bin kein Mörder! Ich zerstöre nicht … Ich bewahre.“

Hartmann richtete ihn auf, indem er ihn beidseitig an den Schultern packte und in Richtung Stuhllehne drückte. „Wer hat den alten Schmidt ermordet“, fragte er fordernd.

Sascha blickte den Kommissar nicht an, als er sagte: „Der Meister … der Meister war es … Er hat mir die Menschen geliefert … für meine Kunst … für meine Kunst … Ich bin der Bewahrer … Ich muss es tun … muss es tun … für meine Mutter … für mich!“ Dann sank er wieder in sich zusammen.

„Wer ist der Meister?“, wollte Hartmann wissen und schüttelte an Saschas Schultern. „Sagen Sie es mir, sonst werden Sie den Rest Ihres Lebens im Knast verbringen und Ihre Mutter nie mehr sehen.“

Die Worte trafen. Sascha Kiebitz schreckte aus seinen Gedanken und riss die Augen auf. Es schien, als könne er kurzzeitig vollkommen klar denken. „Das Handy“, brach es aus ihm heraus. „Das Handy. Der Meister hat mir geschrieben …“

„Wo ist es?“

„Es liegt auf der kleinen Kommode, da vorne.“

Hartmann machte sich auf den Weg und schaute nach. „Hier liegt kein Handy."

„Doch, ein kleines Klapphandy von Samsung. Es ist alt, aber es funktioniert. Sehen Sie es nicht?"

„Da liegt kein Handy", wiederholte Hartmann.

Sascha sprang auf und war mit zwei Schritten beim Kommissar angelangt. Er blickte sich um. „Es muss heruntergefallen sein ... runtergefallen ..." Er fiel auf die Knie und untersuchte den Boden, so gut es mit gefesselten Händen ging, kroch nach vorne und schaute unter die Kommode. „Es war hier. Ich habe gestern Abend neue Nachrichten bekommen. Es muss runtergefallen sein." Sascha tastete den Boden unter der Kommode ab, als er nichts fand, richtete er sich kniend auf und hob beide Arme flehend in die Höhe. „Sie müssen mir glauben. Das Handy lag da ... Der Meister ... der Meister hat mir geschrieben. Er hat mir den Körper da ..." Er deutete auf die Liege. „... gestern Abend in einem Rollstuhl gebracht. Der Meister war es, der Meister war es!"

Hartmann zog die rechte Augenbraue nach oben. „Herr Kiebitz, wir werden das überprüfen. Aber, wie schon mein Kollege sagte, werden wir Sie wegen des Verdachts, Herrn Schmidt ermordet zu haben, festnehmen."

Sascha blickte kurz auf und stöhnte anschließend: „Glauben Sie mir doch. Bitte!"

„Ich kann nicht über den Wahrheitswert Ihrer Aussage urteilen", erwiderte Hartmann kühl. „Sie können sich aber darauf verlassen, dass unsere Justiz die Wahrheit herausfinden und gerecht entscheiden wird."

Der junge Kiebitz sank weiter in sich zusammen. Eine Träne rollte über seine Wange. „Ich muss mich um meine Mutter kümmern. Ich kann nicht ins Gefängnis gehen ... Dafür habe ich keine Zeit", schluchzte er. Dann blickte er mit hasserfüllten Augen auf. Als wäre ein Blitz in seinen Körper gefahren, spannte er alle Muskeln an und sprang auf. Er stürmte auf Hartmann zu. Mit einem bestialischen Schrei stieß er ihn nach hinten um. Der Kommissar stürzte und knallte mit dem Hinterkopf gegen die Kante der Liege und sank zu Boden. Sascha schrie noch immer, stürmte auf den Kommissar zu, beugte sich über ihn und fingerte an seinem Gürtel herum. Geschickt drehte er die Dienstwaffe aus dem Holster, legte sie in seine linke Hand, schaute sie an und entsicherte sie umständlich mit seiner rechten. Ein breites Grinsen schlich über sein Gesicht. Er erhob sich, griff nach der weißen Maske, die auf einem kleinen Tischchen lag, legte die Waffe kurz ab und schaffte es, trotz der Handschellen, die Maske über sein Gesicht zu ziehen. Erneut nahm er die Waffe und stürmte aus der Holzhütte. Genau in die Arme der SEK-Beamten. Sie waren in Überzahl und besser ausgebildet als er. „Lassen Sie die Waffe fallen", war der Befehl, dem Sascha Kiebitz nicht mehr folgen konnte.

Schüsse fielen.

Blut spritzte.

Der junge Kiebitz sank zu Boden.

Pia blickte entsetzt auf und schrie.

Dobermann gab endlich der Übelkeit und den Magenkrämpfen nach und kotzte vor die Hütte.

Umgehend entschärften die SEK-Männer die Situation. Zwei stürzten auf den am Boden liegenden Mann zu, einer drehte ihn auf den Bauch und setzte sich auf ihn, der andere zog den Handschuh aus und griff prüfend an die Halsschlagader. Erst, als er nickte und sich entfernte, stieg auch der andere vom Rücken des leblosen Mannes und ging zurück zu seiner Einheit.

22. Das Schlossrevier

Der Türöffner summte noch immer, als der junge Mann in den Schalterraum des Schlossreviers hineinstürmte. „Hallo, mein Name ist Schmidt, Helmut Schmidt, ich bin benannt nach dem ehemaligen Deutschen Bundeskanzler, müssen Sie wissen, aber ich kann nichts dafür. Meine Eltern, speziell mein Vater bestand darauf. Manchmal ist das Schicksal grausam, aber was soll ich machen?"

„Guten Tag, was kann ich für Sie tun?", war die sachlich gehaltene Frage des Polizeibeamten, der hinter der Holzabsperrung stand und neugierig darauf wartete, was da auf ihn zukam.

Der Mann mit den braunen Locken blieb vor dem alten Holztresen stehen, schaute sich kurz um und schüttelte missmutig den Kopf. Die Aufmachung des Polizeireviers schien ihm nicht zu gefallen. „Etwas in die Jahre gekommen", brummelte er leise vor sich hin, schaute dem Beamten tief in die Augen und sagte lauter: „Ich möchte eine Anzeige aufgeben."

Als der Beamte fragend blickte, ergänzte der Mann: „Ich meine natürlich eine Vermisstenanzeige. Sie müssen wissen, ich vermisse jemand. Um es genau zu sagen, ich mache mir Sorgen. Es geht um meinen Vater ... Können Sie mir folgen?"

Der Beamte benötigte einige Sekunden, um zu nicken, was sein Gegenüber bewog, weiter zu plappern: „Mein Vater ist nicht mehr da. Ich vermisse ihn. Er heißt Manfred Schmidt, ist 71 Jahre alt und das Fatale ist, er ist verschwunden. Verstehen Sie? ... Einfach verschwunden. Ich weiß nicht, wo er ist ... Deswegen bin ich hier. Seit zwei Tagen ist er fort. Das hat er noch nie gemacht. Als er vorgestern nicht nach Hause gekommen war, habe ich mir nichts dabei gedacht. Es hätte sein können, dass er zurückgekommen war und ich habe ihn nicht getroffen, weil ich auch mal weg war. Das ist ja ganz normal, oder? … Also normalerweise sagt mir mein Vater immer, wo er hingeht und wann er wiederkommt. Wir reden ja miteinander. Ich bin doch sein Sohn …"

„Beruhigen Sie sich erst einmal", versuchte der Beamte zu unterbrechen.

„Mein Vater muss mir doch sagen, wann er wiederkommt, das ist doch normal, oder? Das macht man doch so. Wir wohnen nämlich zusammen, kochen zusammen, zumindest manchmal, und er sagt mir immer, was er vorhat, das ist doch das Mindeste, oder? … Und jetzt? … Jetzt ist er schon eine ganze Zeit lang weg und hat sich nicht bei mir abgemeldet. Da muss ich mir doch Sorgen machen, oder? … Da muss ich doch hierherkommen und eine Anzeige aufgeben. Eine Vermisstenanzeige meine ich natürlich. Sie verstehen?"

„Beruhigen Sie sich!", versuchte es der Polizeibeamte erneut, nun etwas lauter. „Jetzt geben Sie mir bitte erst einmal ihre Adresse oder besser noch, Sie legen mir ihren Personalausweis vor."

„Zeyherweg 17", sagte Schmidt, ohne zu zögern. Er kramte gleichzeitig eine Plastikkarte aus seinem Portemonnaie und ließ diese auf den Holztresen knallen. „Am Dienstag, also gestern, da waren zwei Kollegen von Ihnen bei mir und haben mich nach meinem Vater befragt. Da ging ich noch davon aus, dass er in der Sauna sei, wie sonst auch immer. War er aber anscheinend nicht, wie ich erfahren habe. Am Tag zuvor, also am Montagabend, da war der Polizeieinsatz bei unseren Nachbarn, der Familie Kiebitz. Speziell ging es da um den Sascha, ein komischer Kauz, der immerzu ganz in schwarz gekleidet mit dieser weißen Vogelmaske nachts durch die Gegend schleicht. Ich weiß ja nicht, was der so macht. Vielleicht ist der ja für das Verschwin…"

Der Beamte hatte sich aufgerichtet und versuchte nun mit fester Stimme dem Redeschwall Einhalt zu bieten: „Herr

Schmidt, bitte! Eins nach dem anderen. Fangen wir nochmals von vorne an. Ihr Name ist Helmut Schmidt?"

Schmidt nickte.

„Wohnhaft im Zeyherweg 17, hier in Darmstadt?"

Schmidt wollte etwas sagen. Der Beamte hob bestimmt die Hand und erreichte tatsächlich, dass sein Gegenüber nicht weitersprach.

„Und, Sie wollen eine Vermisstenanzeige aufgeben?"

Helmut Schmidt nickte erneut.

„Gut."

Der Beamte bückte sich und kramte nach einiger Zeit ein Stück Papier hervor. „So, nun können wir beginnen. Seit wann vermissen Sie Ihren Vater?"

Der junge Schmidt wackelte hin und her und stieg von einem Fuß auf den anderen. Man merkte, dass ihm das Schweigen schwerfiel.

„Seit Montagnacht", sagte er kontrolliert. „Nein", ergänzte er, als sei ihm eben etwas eingefallen, „da ist er zwar gegangen, aber ich habe mir nichts dabei gedacht. Ich habe auch nicht nachgeschaut, ob er nachts nach Hause gekommen ist. Dann waren die Kommissare …"

„Ganz langsam", stoppte ihn der Beamte erneut, „also ab wann vermissen Sie Ihren Vater nun wirklich?"

„Na, wenn Sie mich so fragen, er kam heute Nacht nicht nach Hause."

„Okay", erwiderte der Beamte genervt, „Ihr Vater kam heute Nacht nicht nach Hause, und Sie kommen schon ein paar Stunden später zu mir aufs Revier und wollen eine Vermisstenanzeige aufgeben? Verstehe ich Sie da richtig?"

Schmidts Augen flackerten. In ihm schien es zu brodeln. Sein Mund öffnete und schloss sich, wie es ein Fisch tat, der aus seinem Lebensumfeld gerissen worden war. Dann stammelte er los: „Ich habe da ein ganz schlechtes Gefühl … Er ist 71 Jahre alt. Er lag heute Vormittag, als ich nach Hause kam, nicht in seinem Bett. Ich habe überall nach ihm gesucht. Jetzt ist es Nachmittag und er ist noch immer nicht da … Draußen ist es nachts schon verdammt kalt … Und dann ist da noch der Kiebitz … Ich meine, den Sascha, unseren Nachbarn." Flehend schaute der junge Schmidt den Beamten an. „Ich mache mir Sorgen", drang es aus ihm heraus. Er blickte zu Boden, drehte sich um und sagte leise und frustriert: „Ich glaube, Sie können mir nicht helfen." Er ging Schritt für Schritt und mit gesenktem Kopf in Richtung der schweren Holztür.

Mittlerweile hatte der Beamte einen Namen auf der Tastatur des PCs eingetippt. Gleich darauf öffnete sich ein Fenster.

„Warten Sie!", hörte Schmidt die Worte des Polizeibeamten, ging aber langsam weiter.

„Warten Sie!", schrie die Stimme erneut. „Kommen Sie zurück. Wir werden uns kümmern. Außerdem liegt hier noch Ihr Personalausweis."

Schmidt lächelte zufrieden, drehte sich um und schaute sofort wieder verkniffen. Er ging auf den Tresen zu und griff nach seinem Ausweis, der auf dem alten Holz lag. Kurz bevor er ihn nehmen konnte, ließ der Beamte seine flache Hand darauf klatschen und zog ihn an sich. „Sie erwähnten einen Herrn Sascha Kiebitz. Was wissen Sie über diesen Mann?"

Schmidt gab sich erschrocken. Er fixierte den Beamten. Kurz später sagte er leise und langsam: „Das ist unser Nachbar. Er ist sehr eigenartig. Mein Vater hat Angst vor ihm. Er hat in der Zeitung gelesen, dass so ein komisch, ganz in schwarz gekleideter Mann mit einer weißen Maske gesucht wird. Deswegen hat er bei Ihren Kollegen im Polizeipräsidium angerufen und seine Hilfe angeboten … Ein Kommando kam, aber der Kiebitz war schon ausgeflogen … Haben Sie ihn mittlerweile festnehmen können?"

„Das kann ich Ihnen leider nicht sagen", antwortete der Beamte kühl.

„Sie müssen den festnehmen, bevor noch etwas passiert. Das ist eine ganz schräge Type ... Ich glaube, der ist auch gewalttätig. Anfangs kam er zu uns und sprach immer mal wieder mit meinem Vater. Was die miteinander hatten, weiß ich nicht. Dann aber bekam mein Vater Angst. Können Sie mir nicht doch sagen, ob Sie Sascha gefunden haben? Ob Sie ihn festnehmen konnten? Vielleicht hat er ja was mit dem Verschwinden meines Vaters zu tun?"

„Okay", begann der Beamte, „ich werde die Vermisstenanzeige aufnehmen." Langsam tippte er auf der Tastatur, schaute auf den Personalausweis und übertrug die Daten. „Also, Sie vermissen Ihren Vater seit heute früh. Das Bett war nicht berührt."

„Ja."

„Gibt es irgendwelche Besonderheiten bei Ihrem Vater. Muss er Medikamente nehmen, bewegt er sich auffällig, oder so etwas?"

„Nein."

„Haben Sie ein Bild von Ihrem Vater."

Schmidt kramte sein Smartphone aus der Tasche und drückte ein paarmal auf das Display. „Hier, das ist er." Der junge Schmidt zeigte dem Beamten ein Bild.

„Gut, können Sie es mir mailen?"

„Klar doch, wenn Sie mir Ihre Adresse geben."

Der Beamte bearbeitete kurz die Tastatur, dann begann ein Drucker mit der Arbeit.

Schmidt nickte erleichtert und unterschrieb das Papier, das ihm entgegen geschoben wurde. Er wollte seinen Personalausweis nehmen, doch die behaarte Pranke des Beamten verdeckte erneut das Plastikkärtchen. Der Polizist schaute konzentriert auf den Computerbildschirm und befahl plötzlich: „Warten Sie bitte einen Moment."

Schmidt schaute verdattert.

Die Stimme des Beamten war schneidend. „Ich sehe gerade, dass Sie dienstagnachts nochmals befragt werden sollten. Sie konnten nicht erreicht werden. Anscheinend hatten Sie das Haus verlassen. Können Sie mir bitte sagen, wo Sie sich in dieser Nacht aufgehalten haben?"

Die Szene schien wie eingefroren zu sein. Sekunden verstrichen. Schmidts Mundwinkel zuckten. Er wusste, was zu sagen war, wartete aber dennoch einen weiteren Augenblick, um glaubhafter zu wirken.

„Das ist jetzt schwierig für mich", begann er zaghaft. „Wieso wollen Sie das wissen?"

„Das tut jetzt nichts zur Sache. Sagen Sie mir einfach, wo Sie gewesen sind. Dann sehen wir weiter."

„Also ... also", stammelte Schmidt. „Wenn ich es Ihnen sage, dann dürfen Sie es aber nicht meinem Vater verraten, versprochen?"

Der Beamte schaute den Lockenkopf ohne jegliche Gefühlsregung an und schwieg.

Schmidt blickte zu Boden. „Also ... Sie müssen wissen, ich habe ein kleines Laster. Ich meine, das haben ja viele. Es ist auch nichts Schlimmes ... Nur, wenn es mein Vater erfährt, dann ... Gott bewahre ... Ich weiß nicht, was er dann tun würde?"

„Kommen Sie bitte zur Sache", drängelte der Beamte ungeduldig und fixierte sein Gegenüber. Schmidt hielt dem Blick wenige Sekunden lang stand, senkte schließlich seine Augen und sagte sehr leise: „Ich bin ein Spieler." Schnell blickte er wieder auf. „Aber verstehen Sie mich nicht falsch. Ich habe schon eine ganze Menge gewonnen. Ich bin ein guter Spieler. Dienstagnacht war es allerdings anders. Da hatte ich nicht so viel Glück." Kurz hing er seinen Gedanken nach, bevor er weitererzählte: „Die Kommissare waren an dem Abend gerade noch rechtzeitig gegangen, denn ich hatte mich zum Pokern verabredet. Ich schnappte mein Fahrrad und bin hinten raus, über die Rosenhöhe flugs in die Stadt gefahren. Ich hatte das untrügliche Gefühl, dass in dieser Nacht eine Glückssträhne auf mich wartete. Anfangs ging auch alles gut. Mein Gewinn war beachtlich. Dann wendete sich das Blatt ... Im wahrsten Sinne des Wortes." Schmidt lachte trocken auf. „Zwischen eins und drei habe ich nur noch verloren. Das ging soweit, dass ich um halb vier morgens, begleitet von einem Mitspieler, zur Postbank am Luisenplatz gehen musste, um tausend Euro abzuheben. Tja, genau so war das!"

Der Beamte hatte das Gefühl, dass sein Gegenüber endlich zu Ende gesprochen hatte. Er holte ein Stück Papier aus den Tiefen der Schränke, die sich unterhalb des Tresens befanden, und forderte Herrn Schmidt auf, die Namen und Kontaktdaten der Mitspieler, aufzuschreiben.

Schmidt schien nervös zu werden. Wieder stieg er von einem Fuß auf den anderen.

„Muss das sein?", fragte er kleinlaut. „Das war halt kein offizielles Pokerspiel. Sie verstehen?"

„Es geht um Ihr Alibi, also entscheiden Sie sich."

Der Lockenkopf begann schneller zu atmen. Schweißtropfen bildeten sich auf seiner Stirn.

„Was meinen Sie mit Alibi? Was ist denn passiert? Was verheimlichen Sie mir? Ist etwas mit meinem Vater? Reden Sie!" Mit jedem Satz wurde er unwirscher.

„Ganz ruhig, junger Mann", erwiderte der Beamte kühl und rief nach einem Kollegen. „Ich muss Ihnen mitteilen, dass nach Ihnen gefahndet wird."

„Waaas?"

„Allerdings nicht als Beschuldigter, sondern als Zeuge. Meine Kollegen werden Sie im Polizeipräsidium in der Klappacher Straße nochmals befragen. Wichtig für Sie und auch für uns ist erst einmal, dass Sie mir die Namen und Telefonnummern derjenigen aufschreiben, mit denen Sie letzten Dienstag gepokert haben. Das liegt ausschließlich in Ihrem Interesse."

Helmut Schmidt wartete einen Augenblick und tat so, als müsse er nachdenken. Er bemühte sich, nicht zu früh zu antworten. Endlich sagte er: „Okay, ich schreibe Ihnen die Daten auf. „Er kramte sein Smartphone hervor und öffnete das Adressbuch. Danach tippte er mehrmals aufs Display und schrieb einige Namen und Nummern auf das bereitgelegte Stück Papier. „Bei denen können Sie sich melden", sagte er. „Da erhalten Sie Auskunft. Außerdem kann ich Ihnen, wenn Sie unbedingt wollen, den Kontoauszug vorlegen. Ich habe ja in der besagten Nacht eintausend Euro abheben müssen, um weiterspielen zu können."

„Ja, das wird uns und Ihnen weiterhelfen. Wir kümmern uns drum. Sie bleiben jetzt hier, bis wir Sie zur Befragung ins Präsidium bringen werden."

„Das geht doch nicht!", empörte sich Helmut Schmidt. „Wie lange wollen Sie mich denn festhalten? Kann ich wenigstens telefonieren?"

„Machen Sie sich keine Sorgen", beschwichtigte der Beamte. „Wie gesagt, Sie sind zwar in Gewahrsam, werden aber als Zeuge befragt. Es wird nicht lange dauern, bis wir Ihr Alibi überprüft und die Kollegen Sie befragt haben."

Mittlerweile stand ein zweiter Beamter hinter dem alten Holztresen. „Bitte folgen Sie meinem Kollegen."

Der Beamte hob eine Klappe an. Es entstand eine Öffnung im Holztresen, durch die Helmut Schmidt in den hinteren Teil des Reviers geführt wurde. Dort wartete ein anderer Beamte und zeigte ihm den Weg.

„Ach ja", sagte der erste Beamte, „Ihren Personalausweis behalte ich vorerst."

Schmidt tat, was man von ihm verlangte und musste ein Lächeln unterdrücken. Er hatte das sichere Gefühl, ein Gewinner zu sein.

23. Daniel Hartmann

Hartmann wusste nicht, wo ihm der Kopf stand. Mit Sascha Kiebitz und Manfred Schmidt gab es zwei weitere Opfer in diesem verzwickten Fall. Ihre Leichen waren schon auf dem Weg in die Gerichtsmedizin zur Obduktion. Hartmann hatte Doc Muffinski telefonisch informiert.

Pia hatte darauf bestanden, ihren Freund ins Darmstädter Klinikum einzuliefern, um sicherzugehen, dass er nicht doch mit irgendwelchem Gift in Berührung gekommen war.

Hartmann wartete noch so lange, bis die SEK-Leute abgezogen waren, bevor er das Gartenhäuschen versiegelte und sich auf den Weg in die Stadt machte. Ein Spaziergang würde ihm guttun, dachte er.

Eine halbe Stunde später erhielt Hartmann einen Anruf. Die Spurensicherung hatte bei ihrem zweiten Einsatz im Haus der Familie Kiebitz, im Keller, versteckt hinter einem Schrank, einen weiteren Raum entdeckt. Es war lediglich eine kleine Kammer, maximal vier Quadratmeter groß. Ein Bett, ein Tisch und ein Stuhl fanden Platz darin. Der Raum hatte kein Fenster. Eine Deckenleuchte spendete nur schwaches Licht. Auf dem Bett fanden die Spurensicherer eine leblose Frau. Die Tote konnte schnell identifiziert werden. Es handelte sich um Elvira Stolze. Hartmann war sich sicher, dass auch hier Sascha Kiebitz als Mörder in Frage kam. Er war allerdings tot und konnte nicht mehr befragt werden. Eine vertrackte Situation. Der Einzige, der vielleicht noch Licht ins Dunkel bringen konnte, war Manfred Schmidts Sohn. Hartmann hatte ihn schon gestern zur Fahndung ausgeschrieben. Helmut Schmidt war vor einer Stunde im Schlossrevier aufgetaucht und hatte seinen Vater als vermisst gemeldet. Sehr eigenartig, wie Hartmann dachte, aber immerhin konnte er ihn nun befragen. Helmut Schmidt wartete im Präsidium, hatte er gerade erfahren. Jetzt musste er sich beeilen. Schnellen Schrittes lief er die Dieburger Straße entlang und wartete an der nächsten Haltestelle auf den Bus.

***

„Herr Kommissar, da sind Sie ja endlich. Ich dachte schon, Sie würden gar nicht mehr kommen, haben wohl eine Menge zu tun? Wo ist denn Ihr Kollege? Beim letzten Mal, als Sie mich besucht haben, waren Sie auch zu zweit."

Hartmann nahm sich einen Kaffee und blickte auf den Mann herab, der an dem runden Tisch saß und verschmitzt grinste. Der Kommissar fühlte jetzt schon, wie ihn dieser Laberheini nervte.

„Haben Sie etwas dagegen, wenn ich unser Gespräch aufzeichne?"

Schmidt blickte verdattert. „Ist das denn üblich?", fragte er.

„Nein", erwiderte der Kommissar. „Aber in Ihrem Fall kann es Sinn ergeben. Sie können es zwar verweigern, aber es ist ein Wunsch von mir. Würden Sie mir diesen erfüllen?"

Der Lockenkopf dachte nicht lange nach.

„Klar doch, wenn Sie meinen ...

Ich bin ins Schlossrevier gegangen, weil ich meinen Vater als vermisst melden wollte und bin dann hierher gekarrt worden, warum auch immer? ... Schalten Sie ruhig das Aufnahmegerät ein, wenn es denn der Wahrheitsfindung dient."

Hartmann hörte nicht auf den ironischen Unterton in der Stimme seines Gegenübers, zog das kleine schwarze Gerät in die Mitte des Tisches und begann die Aufnahme. Er hatte entschieden, Schmidt weder über den Leichenfund seines Vaters noch über Sascha Kiebitz' Tod jetzt schon etwas zu sagen. Er wollte ihn erzählen lassen und mit den neusten Erkenntnissen konfrontieren.

„Sie haben Ihren Vater als vermisst gemeldet. Wann haben Sie ihn zuletzt gesehen?"

Schmidt beugte sich nach vorne, senkte den Kopf und sprach in Richtung des Mikrofons, jedes Wort einzeln betonend: „Ich habe es doch schon mehrmals gesagt. Am Montagabend. Ich habe mir Dienstagfrüh nichts dabei gedacht, als er nicht aus seinem Zimmer gekommen war. Manchmal bleibt er einfach morgens liegen und frühstückt auch nicht mit mir. Das muss man akzeptieren. Das finde ich ganz normal. Ich habe dann mein Ding gemacht, war spazieren, habe eingekauft, in meinem Zimmer gesessen und habe ein gutes Buch gelesen. Ich mag halt Krimis, müssen Sie wissen, wollte selbst ja mal zur Polizei, das hatte ich Ihnen ja schon erzählt ... Ich habe den Tag verbummelt und abends kamen Sie mit Ihrem Kollegen. Dienstag ist immer der Tag, an dem ich für mich alleine koche, hat sich so eingebürgert. Ich dachte mir nichts dabei, wusste ja, dass mein Vater in die Sauna geht und danach noch ordentlich Kohlehydrate in sich rein stopft. Nachdem Sie gegangen sind, war ich auch froh darüber, da ich noch ein Spielchen machen wollte, um meine Kasse etwas aufzubessern. Mein Vater sollte nichts darüber erfahren ... Naja, an dem Abend ging es schief. Ich habe verloren ... echt ätzend ... Aber, frühmorgens hatte ich dann doch eine kleine Glückssträhne und konnte den Verlust ein wenig in Grenzen halten und ha..."

„Wann kamen Sie heute früh nach Hause?", unterbrach Hartmann.

„Also, ich war noch beim Megges frühstücken, alte Tradition, Sie verstehen, dass macht man halt so. Ich war dann so gegen ein Uhr zurück. Und da habe ich meinen Vater wieder nicht gesehen. Er war weder in seinem Zimmer noch in der Küche oder im Bad, also nirgends, da habe ich mir Sorgen gemacht. Ich habe nach ihm gerufen und bin in sein Schlafzimmer und habe gesehen, dass er anscheinend nicht in seinem Bett geschlafen hat. Es sah alles genauso aus wie tags zuvor. Da musste ich doch zur Polizei gehen, oder was meinen Sie?"

„Unsere Spurensicherung hat heute früh Ihr Haus durchsucht."

Schmidt blickte entsetzt auf: „Nein! … Warum? … Äh! … Ich meine, warum wurde das Haus nochmals durchsucht? … Sie waren doch erst gestern Abend bei mir."

„Ja, allerdings haben wir danach neue Informationen erhalten, den Keller erneut geöffnet und die Tür nach unten versiegelt. Ist Ihnen das nicht aufgefallen?"

„Nee, warum auch? Wer denkt denn an so was? … Das glaube ich jetzt nicht … Ich bin zur Haustür rein und erst einmal in mein Zimmer … Was hätte mir auffallen sollen? … Dann schaute ich nach meinem Vater und bin danach gleich zur Polizei, aber das sagte ich ja schon …" Schmidt wirkte aufgeregt. Es schien, als wolle er aufbrausen, senkte dann seine Stimme wieder. Die Hände, die vor ihm auf dem Tisch lagen, bildeten Fäuste.

Hartmann beobachtete sein Gegenüber genau und fuhr mit Bedacht und gut gewählten Worten fort: „Wir haben im Keller Ihres Hauses zwei raffiniert versteckte Räume entdeckt." Jetzt blickte er Schmidt direkt in die Augen. „Die haben Sie uns am Dienstag vorenthalten. Warum? Die Räume müssen Sie doch kennen, oder? Sie sind in dem Haus aufgewachsen, wie Sie uns erzählt haben."

Schmidt lehnte sich langsam zurück. Er hielt dem Blick des Kommissars stand und sagte ruhig: „Welche Räume? … Ich weiß nicht, was Sie meinen … Wo sollen die denn sein?"

„Angrenzend an den hinteren rechten Kellerraum. Der Zugang liegt hinter einem Schrank. Eigenartig, nicht? … Von dort kann man die beiden Räume betreten. In einem lag die Leiche Ihres jüngeren Bruders Klaus-Dieter. Der Leichnam war einbalsamiert."

Schmidts Augen weiteten sich. „Das kann nicht sein. Mein Bruder ist vor ein paar Monaten ausgezogen. Sein altes Zimmer ist ganz und gar ausgeräumt. Ich habe damals selbst beim Auszug geholfen."

„Wann haben Sie ihn zuletzt lebendig gesehen?", schoss Hartmann ihm die nächste Frage entgegen.

„Seit dem Auszug nicht mehr. Sie müssen wissen, ich hatte kein gutes Verhältnis zu ihm." Gedankenversunken glotzte der Lockenkopf auf die Tischplatte. „Mein Vater wusste das. Er war allerdings so freundlich und hat mir immer gesagt, wann Klaus-Dieter zu Besuch kommen wollte. Wenn er kam, habe ich das Haus verlassen."

„Ach, wahrscheinlich war das genauso wie bei Frauke Stolze. Wir haben einen Brief gefunden. Darin ist Ihre Adresse benannt und dass Frau Stolze dorthin fahren wollte. Kurz darauf ist sie verschwunden und wurde ermordet. Sie sagten gestern Abend, Sie hätten Frau Stolze noch niemals in Ihrem Leben gesehen. Wie passt das alles zusammen?" Der Kommissar rückte näher. „Hat Ihr Vater Sie ebenfalls vor Frau Stolzes Ankunft gewarnt, sodass Sie rechtzeitig das Haus verlassen konnten?"

Schmidt schwieg.

Hartmann konnte es nicht mehr ertragen. Er sprang auf, stand im nächsten Moment aufrecht, beide Hände auf der Tischplatte abgestützt. „Was können sie mir dazu sagen?" Er konnte kaum noch seine Stimme im Zaum halten. „Reden Sie!"

Schmidt blieb ruhig. Er reagierte in keiner Weise so, wie es der Kommissar erhofft hatte. „Dazu kann ich Ihnen gar nichts sagen. Was hat das mit mir zu tun?", fragte er leise und verschränkte die Arme vor der Brust.

„Kennen Sie Elvira Stolze?"

„Auch das haben Sie mich gestern Abend gefragt. Sie wiederholen sich, Herr Kommissar. Nein, ich kenne sie nicht. Warum sollte ich Sie belügen?"

„Weil wir vermuten, dass die Schwester von unserem ersten Opfer auch in Ihrem Haus verkehrt hat." Hartmann sprang auf und verließ den Verhörraum. Krachend fiel die Tür ins Schloss. Der Kommissar spurtete über den Flur zu seinem Büro. Dort lag die Akte, die er telefonisch bestellt hatte. Er öffnete den Deckel und fand einen Packen Bilder darin. Die oberen drei Fotografien nahm er an sich, ging zurück und knallte sie auf die Tischplatte. „Sehen Sie sich die Bilder an. Ist Ihnen diese Person bekannt?"

Helmut Schmidt beugte sich leicht nach vorne und schaute aus einiger Entfernung auf die Bilder. Er sah eine Frau mit geschlossenen Augen, die auf einem Bett lag. Ihr Gesichtsausdruck wirkte friedlich. „Nein, kenne ich nicht", brummelte er vor sich hin und schaute wieder zum Kommissar auf.

„Tot", schrie Hartmann nun fast schon, „alle tot und alle haben sich nachweislich im Zeyherweg aufgehalten. Wie erklären Sie sich das?"

Der Lockenkopf blickte den Kommissar offen an. Sein Gesichtsausdruck zeigte keinerlei Gefühlsregung.

Was für eine gefühlskalte Type, dachte Hartmann und überlegte, wie er ihn aus der Reserve locken konnte.

Der junge Schmidt erwiderte ruhig: „Ich kann es nicht erklären. Erklären Sie es mir! Bin ich der Kommissar oder sind Sie es?" Ein kurzes Lächeln zuckte über seine Lippen. „Oder soll ich Ihnen auf die Sprünge helfen?", fragte er süffisant, wartete einen kurzen Augenblick und sagte: „Wie Ihnen bekannt ist, wohnt neben uns im Zeyherweg Sascha Kiebitz. Ein ganz schräger Vogel. Es wäre zielführender, den zu finden und festzusetzen, als mich sinnlos zu beschuldigen. Haben Sie schon einmal darüber nachgedacht?"

„Was ich denke, ist derzeit nicht von Belang", keifte Hartmann, immer noch sein Gegenüber fixierend. „Erzählen Sie mir mehr von diesem Sascha Kiebitz, wenn Sie ihn schon zum Thema gemacht haben."

Der Lockenkopf löste seine Arme vor der Brust und begann: „Mein Vater und der Vater des jungen Kiebitz waren seit Jahrzehnten befreundet. Als er gestorben war, kümmerte sich mein Vater rührend um den Sascha. Die haben sich oft bei uns getroffen oder mein Vater ging rüber."

Hartmann unterbrach ihn, indem er die Hand hob. „Das verstehe ich jetzt nicht. Ihr Vater hat im Polizeipräsidium angerufen und uns auf die Spur des Kiebitz gebracht. Warum sollte er dies getan haben, wenn er mit ihm befreundet war?"

„Das kann ich Ihnen leider nicht sagen", erwiderte Schmidt langsam. „Ich weiß aber, dass sich mein Vater in letzter Zeit von Sascha bedroht gefühlt hat. Das hat er mir immer wieder gesagt."

„Bedroht?", gab der Kommissar fragend zurück.

„Ja, die beiden waren oft gemeinsam in unserem Keller, waren aber auch drüben im Haus der Kiebitze. Was die da gemacht haben, habe ich mich immer wieder gefragt und auch meinen Vater drauf angesprochen. Ich bekam keine Antwort. Irgendwie war er bei diesem Thema ziemlich verstockt. Er hat mir nur gesagt, er müsse sich um den Sascha kümmern, das hätte er seinem verstorbenen Vater versprochen ... Die hingen eine ganze Zeit lang zusammen. In der letzten Woche hat mein Vater gesagt, es würde jetzt reichen, er könne Sascha nicht helfen ... Und dann, etwa zwei Tage später erzählte er mir, er hätte Angst vor ihm. Der Sascha wäre total abgedreht. Mit dem wolle er nichts mehr zu tun haben."

„Wissen Sie, was da vorgefallen sein könnte?"

Schmidt tat so, als denke er nach. Die Augen zur Decke gerichtet und das obligatorische Reiben des rechten Zeigefingers an der Nasenspitze. Endlich sprach er weiter: „Mein Vater hatte sich schon seit Längerem für die Ägypter und deren Totenkultur interessiert und auch ein paar Bücher darüber gelesen. Er war fasziniert von deren Totenkult ... Das fand ich allerdings vollkommen schwachsinnig, ich meine, wie kann man sich für so was interessieren? War aber so. In seinem Zimmer hängen auch jetzt noch `ne Menge Pyramiden-Bilder rum und so ein Zeug. Das war genau das, was auch Sascha interessierte. Sascha fand das ebenfalls total spannend und fachsimpelte mit meinem Vater darüber. Da waren die beide ein Herz und eine Seele. Der Sascha hat sich darin total verbissen. Ich glaube, meinem Vater wurde es irgendwann zu viel."

„Und Sie haben sich niemals dafür begeistern können?"

Schmidt schaute verdutzt. „Warum sollte ich mich für diesen alten Kram interessieren? Was gehen mich die Ägypter an? Ich habe genug mit mir selbst zu tun. Er blickte erneut zur Decke und rieb den Zeigefinger an seinen Lippen. „Vielleicht war auch das ein Grund, weswegen er mit mir niemals über den Sascha reden wollte … Ich glaube, wenn er das getan hätte, hätte ich ihn ausgelacht … Nein, ich habe mit dem Ägypter-Scheiß nichts zu tun. Aber, warum fragen Sie?"

Hartmann wartete einen Moment, bevor er erwiderte: „Was glauben Sie, warum hatte Ihr Vater sich plötzlich bedroht gefühlt?"

Schmidt zog die Mundwinkel nach oben und die Stirn in Falten, was irgendwie nicht passte. „Sie stellen immer wieder dieselben Fragen. Ich kann ebenfalls nur wiederholen: Ich habe keine Ahnung."

Kommissar Hartmann lehnte sich zurück. „Das werden wir ja sehen. Ich werde mir die Ergebnisse der Spurensicherung anschauen. Dann sprechen wir uns nochmals. Sie bleiben solange hier."

„Sie können mich nicht ewig festhalten, das wissen Sie wohl?"

„Da haben Sie vollkommen recht. Es ist ja klar, dass Ihnen dies bekannt ist. Sie wollten ja selbst mal Polizist werden. Laut Art. 104 Abs. 2 und 3 GG kann ich Sie maximal 48 Stunden, also bis spätestens zum Ende des Tages nach der Festnahme, in Gewahrsam nehmen. Spätestens dann muss ich Sie dem

Haftrichter vorführen. Bis dahin haben wir noch ein wenig Zeit. Da können Sie gerne nachrechnen …"

Hartmann verkniff sich die Worte, die er noch dachte … Und ich habe genügend Zeit, um dir kräftig auf den Zahn zu fühlen.

Das Grinsen, das sich auf seinem Gesicht abzeichnete, konnte er nicht verbergen.

Der junge Schmidt hatte sich zurückgelehnt und erneut die Arme vor der Brust verschränkt. Nach wie vor schaute er Hartmann offen an, ohne eine Gefühlsregung erkennen zu lassen. Sein Blick verfolgte den Kommissar, bis dieser den Raum verlassen hatte. Nach wenigen Minuten kam ein Beamter und führte Helmut Schmidt ab.

ER

Es muss gesagt werden, auch wenn meine Worte so hoch über den Köpfen der Unwissenden und der Strafverfolgungsbehörden hinweg wabern, dass sie nicht gehört werden können. Ich bin genial und werde geführt von einer inneren, göttlichen Stimme. Ich bin auserwählt und in der Lage, alle Menschen um mich herum wie Marionetten zu führen.

Ich bin der Eine.

Alles um mich herum wird vergehen, aber ich, ja ICH werde bestehen.

Mir gelingt das scheinbar Unmögliche.

Ich bin der Master of Eternity und keiner kommt mir auf die Schliche.

Warum auch?

Wenn ich es nicht will, dann ist es so.

Was ich nicht will, das wird nicht geschehen und es gibt einen einfachen Grund dafür: Seitdem die Stimme mich leitet, bin ich aus der Zeit gefallen.

Es gibt nichts, was mich aufhalten könnte.

Die Stimme kam plötzlich, vor etwa drei Jahren, über Nacht. Ich war überrascht, erkannte aber schnell, was passiert war.

Ich bin auserkoren.

Ich bin der Wissende.

Ich bin es, der aufgenommen wurde in den Kreis der Ewigen. Nicht das Hier und Jetzt ist wichtig. Gott bewahre, nein, die Zukunft ist es und das, was danach kommt: Die Ewigkeit.

Ewig währt am Längsten.

Schon der Volksmund wusste dies.

Hahaha.

Die Wege dorthin sind verworren.

Das Ziel allerdings hat Bestand.

Manchmal muss man etwas loslassen, um etwas Größeres zu erhalten. Ein Kampf muss verloren werden, um die Schlacht letztendlich zu gewinnen. Das wussten alle großen Feldherren.

Ich will kein Weltreich. Mir genügen meine innere Stimme, meine Genialität und mein Körper.

Mein Weltreich ist meine Psyche, die Ländereien sind mein Körper und die Truppen sind mein Wissen und die innere Stimme ist meine Bestimmung.

Alles passt zusammen. Das, was daraus geschaffen wird, ist um einiges mehr als seine Einzelteile. Es wird ewig sein und es wird in Ewigkeit bleiben.

ICH werde in Ewigkeit sein und dann selbst zu meiner Stimme werden und für immer herrschen.

Das ist die Zukunft.

Das ist meine Zukunft.

So wird es werden.

Was soll allerdings mit den beiden Kommissaren geschehen?, höre ich die Frage in meinem Kopf. Da bin ich großzügig, obwohl ich wegen ihnen verworrene Wege betreten musste. Ich habe ihnen ihr Schicksal in ihre eigenen Hände gelegt. Sie werden selbst entscheiden, wann sie qualvoll sterben werden. Das ist mein Geschenk an die beiden Kriminalmänner, an Hartmann und Dobermann.

Hahaha.

Noch ein paar Vorkehrungen, dann begebe ich mich auf meinen letzten Weg. Dann folge ich meiner Bestimmung.

Keine Träne werde ich euch nachweinen.

Ich bewege mich dem Ziel entgegen, unaufhaltsam.

Es wird eine äußere und eine innere Reise sein.

Ihr werdet von mir hören.

Ganz gewiss.

24. Dobermanns Wohnung

Der Türöffner summte. Hartmann drückte gegen das Türblatt und betrat die Treppe, die zum zweiten Obergeschoss führte. Oben angelangt klopfte er dreimal. Pia öffnete die Wohnungstür.

„Wie geht es Benjamin?", fragte Hartmann ohne zuvor *Hallo* zu sagen.

Pia verdrehte kurz die Augen und bat ihren Kollegen herein.

Dobermann lag im Wohnzimmer, ausgestreckt auf der Couch, und wirkte angeschlagen.

Hartmann verpasste ihm einen freundschaftlichen Klaps. „Und, was meinen die Ärzte?", wollte er wissen.

Dobermann richtete sich schwerfällig auf. „Ach, die Ärzte, die Ärzte finden nichts", sagte er mit frustriert klingender Stimme. „Aber überleg doch mal. Was wäre, wenn ich dennoch vergiftet worden bin? Wenn die nur nichts erkennen können, weil der, der mich vergiftet hat, so genial ist, dass es keiner merkt. Das kann doch sein, oder? Mann, Mann, die Zeit vergeht und sie läuft gegen mich. Irgendwann wird es soweit sein, irgendwann ..."

„Magst du einen Kaffee?", fragte Pia.

Hartmann nickte. Pia verschwand in der Küche.

Hartmann setzte sich auf die Couch neben seinen Kollegen. „Könnte es sein", begann er, „dass du ein wenig hysterisch bist?"

Dobermann zuckte mit den Achseln.

Hartmann legte die Hand auf die Schulter seines Kollegen: „Überleg mal, ich habe keine Symptome, sollte aber laut dem Brief auch betroffen sein. Die Ärzte haben dich nun schon zweimal durchleuchtet und nichts gefunden. Was wäre also, wenn der Schreiber des Briefes einfach nur gelogen hätte?"

„Warum sollte er?", platzte es aus Dobermann heraus. Er schüttelte sich, sodass Hartmanns Hand von seiner Schulter glitt. „Was schwarz auf weiß geschrieben steht, muss doch wahr sein, oder?"

„Ich glaube es nicht", antwortete Hartmann und drehte sich langsam von Dobermann weg.

„Wenn wir richtigliegen und der Brief von diesem Sascha Kiebitz stammt ...", blaffte Dobermann weiter, „dann werden wir nie herausfinden, ob in dem Brief die Wahrheit steht oder nicht. Der Kiebitz ist nämlich tot ... Wir können ihn nicht mehr befragen. Das ist das Problem. Wir werden niemals die Wahrheit herausfinden!"

Hartmann verzog sein Gesicht und erwiderte: „Komm, beruhige dich erst mal. Klar werden wir herausfinden, ob der gelogen hat."

Nach einer kurzen Pause und einem verschmitzten Blick, den er Dobermann schenkte, sagte Hartmann provokativ: „Glaub mir, ich gehe jetzt schon davon aus, dass wir es wissen."

„Wie denn? Was denn?", keifte Dobermann seinen Kollegen an.

„Du bist nicht vergiftet, ich bin nicht vergiftet, da wird der Verfasser ja wohl gelogen haben, oder?"

„So ein Quatsch, er hat geschrieben, es wird uns *irgendwann* treffen. Er hat geschrieben, wir könnten es sogar mitbestimmen, wann wir sterben werden. Er kennt uns, er hat uns mit Namen angesprochen. Er ..., er ..." Dobermann bewegte sich nervös hin und her. „... Er will uns töten, vielleicht kann er es auch. Ich verstehe dich nicht. Du musst das doch auch sehen oder bist du etwa blind? Mann! Schau doch hin! Wir werden ernsthaft bedroht und du bleibst ganz und gar cool und sagst mir auch noch, ich soll mich nicht aufregen."

Pia betrat das Wohnzimmer. Sie hatte zwei Tassen Kaffee in den Händen. Eine gab sie Hartmann, die andere stellte sie auf den kleinen Beistelltisch. „Für dich habe ich einen Kräutertee gekocht", sagte sie an ihren Freund gerichtet. „Warte kurz, ich hole ihn dir."

„Nimmt mich hier denn keiner ernst?", platzte es aus Dobermann heraus.

„Natürlich nehmen wir dich ernst", versuchte Hartmann zu besänftigen, „dennoch, bleib bitte realistisch! Wir haben momentan anderes zu tun, als uns nur um dich zu kümmern. Unser Fall wird immer verworrener. Pia und ich brauchen dich. Wir sollten uns zusammensetzen, gemeinsam nachdenken und endlich den Fall lösen, bevor es noch weitere Opfer gibt. Also, was ist?"

„Papperlapapp, es geht um mein Leben. Versteht Ihr das denn nicht?"

„Natürlich", sagte Pia und streichelte hinter der Couch stehend seinen Kopf. „Klar sorge ich mich um dein Leben, das weißt du. Ich liebe dich nämlich, das spürst du hoffentlich. Allerdings habe ich alles getan, was in meiner Macht steht. Ich habe dich zum Krankenhaus gebracht. Dort wurde nichts festgestellt. Nun sitzt du hier neben Daniel. Der hat keinerlei Symptome, fühlt sich fit, obwohl er ebenfalls vergiftet worden sein soll. Alles sieht also gut aus. Wir sollten jetzt an unserem Fall weiterarbeiten. Wir müssen klären, wer diesen vermaledeiten Brief an euch geschrieben hat. Also willst du uns jetzt helfen oder weiterhin in Selbstmitleid und Todesahnung versinken?"

„Der Kiebitz hat den Brief geschrieben, wer denn sonst?"

„Der hat es aber abgestritten, als er noch lebte. Und ich glaube ihm", sagte Pia ruhig.

Langsam rappelte sich Dobermann auf. Er nahm die Teetasse entgegen und nippte daran. Man konnte förmlich sehen, wie es hinter seiner Stirn arbeitete. In ihm wechselten sich Angst und der Wunsch, in dem Mordfall endlich weiterzukommen, ab wie Licht und Dunkel bei einem Stroboskop. Für einen Moment war er vollständig in sich gefangen. Leise brabbelte er vor sich hin: „Der will mich töten. Soll ich es wirklich zulassen? Ich lebe nicht nur, um zu existieren, ich will mein Leben nutzen, um etwas zu bewirken. Vielleicht habt ihr recht. Ich sollte mich weniger um mich und mehr um unseren neuen Fall kümmern." Langsam blickte Dobermann auf, schüttelte sich kurz und sagte etwas lauter: „Dumm nur, dass wir derzeit nur Tote haben, aber keinen Mörder." Seine Gesichtsfarbe veränderte sich plötzlich. „Was ist mit Helmut Schmidt? Du hast ihn gestern befragt, oder?"

Hartmann schnaufte. „Tja, das hatte ich. Das Problem ist nur, ich musste ihn laufen lassen."

„Warum das denn?", rief Dobermann überrascht. Er hatte sich noch etwas mehr aufgerichtet.

„Pia, hast du Benjamin noch nichts davon erzählt?", fragte Hartmann.

Die Kommissarin verzog kurz ihr Gesicht. „Ich kam noch nicht dazu. Benjamin wurde erst heute nach der Visite aus dem Klinikum entlassen. Zwischen den ganzen Formalitäten und bis wir den Arztbrief endlich in Händen halten konnten, war keine freie Minute, um uns über unseren Fall auszutauschen."

„Bring uns auf den neuesten Stand", forderte Dobermann voller Ungeduld. Er knallte die halbvolle Teetasse auf den Beistelltisch.

„Wir konnten ihm nichts nachweisen", knüpfte Hartmann an. „Rein gar nichts. Deswegen wäre es sinnlos gewesen, den Haftrichter anzurufen. Also gab es keinen Haftbefehl. Ich musste ihn gehen lassen. So einfach ist das. Jetzt darf er noch nicht einmal mehr observiert werden."

Dobermann rutschte aufgeregt auf der Couch herum. „Aber, aber ...", stotterte er, „... wir haben den Kerl am Dienstagabend befragt und er hat sich total sonderbar verhalten. Hat uns Lügengeschichten aufgetischt, Unsinn über seinen Vater erzählt. Er hat uns auf die falsche Fährte geführt. Wir kamen zurück ..."

„Benjamin, Benjamin!"

„... und er war fort. Dann haben wir ..."

„Benjamin, hör mir doch zu! ... Helmut Schmidt hat ein wasserdichtes Alibi."

Der Kommissar stutzte, schwieg und blickte erschrocken auf. „Ein was? ... Das ist doch Schwachsinn, totaler Schwachsinn. Das kann nicht sein."

„Doch, glaube mir. Nach unserem Besuch ging er zu einem Pokerspiel, hat verloren und sich frühmorgens noch Geld von seinem Konto geholt. Wir haben die Zeugenaussage von drei Mitspielern, und die wirken glaubhaft."

„Sind die vertrauenswürdig?"

Hartmann senkte den Kopf: „Nein, aber gerade das macht sie glaubhaft. Die Pokerrunde war illegal und ich musste schon ganz schön insistieren und klarmachen, dass es sich bei meiner Befragung um ganz andere Dinge dreht, als um verbotenes Glücksspiel. Irgendwann hatte ich sie überzeugt, sie sagten aus, schüchtern und nacheinander. Nach ihren Worten hatte sich Helmut Schmidt zwischen 23 Uhr bis zum nächsten Morgen gegen halb elf beim Pokerspiel aufgehalten. Zwei der Mitspieler bestätigten auch, sie hätten ihn zur Postbank begleitet, um Geld abzuheben. Den Kontoauszug haben wir kontrolliert. Er untermauert die Aussagen. Also nach meiner Einschätzung ein wasserdichtes Alibi."

„Das gibt es doch nicht!"

„Es kommt noch schlimmer", begann Hartmann langsam und nippte an seiner Kaffeetasse. „Die Spurensicherung hat im Keller der Schmidts, in den beiden gestern erst entdeckten Räumen, lediglich Genmaterial vom alten Schmidt sicherstellen können, aber keines von seinem Sohn."

Pia nickte und ergänzte: „Auch im Keller des Bungalows der Familie Kiebitz wurde kein Genmaterial von Helmut Schmidt gefunden." Sie schwieg einen Moment und trank ihre Tasse mit einem Schluck leer. „Wie es momentan aussieht, hat der alte Schmidt seinen Sohn, also den mit der Hasenscharte, umgebracht, ihn einbalsamieren lassen oder es selbst getan. Die Leiche hat er in den Keller gelegt. Weiter gehen wir davon aus, dass der Kiebitz die Stolze ermordet hat und vielleicht auch ihre Schwester. Obendrein vermuten wir, dass er gestern auch Manfred Schmidt getötet und in der Gartenhütte einbalsamieren wollte. Alle Indizien sprechen dafür. Die Mörder sind gefunden, können aber beide nicht vor Gericht gestellt werden, weil sie tot sind. Alles scheint aufgeklärt zu sein. Unsere Arbeit ist getan."

Pia schaute zu ihrem Freund hinüber, der weiter nervös auf der Couch herumrutschte.

„Wir sind am Ende unserer Ermittlungen", fasste Pia zusammen.

Dobermann schüttelte sich. „Das glaube ich nicht. Das kann nicht sein!"

„Warum?", unterbrach Hartmann. „Alle Fakten liegen auf dem Tisch. Was willst du mehr?"

Dobermann fiel es augenscheinlich schwer, seine Gedanken in Worte zu fassen. Noch immer wippte er hin und her wie ein unsicheres kleines Kind. „Doc Muffinski ... Ihr wisst, dem vertraue ich ... Also der Doc hat mir gesagt, man solle niemals die Fakten aus dem Blickwinkel verlieren, dennoch sollte man immer auf sein Gefühl hören. Und mein Bauchgefühl sagt mir, dass hier etwas ganz und gar nicht stimmt."

Pia setzte sich nachdenklich neben Dobermann. Sie nickte zustimmend. „Wenn du endlich mal von Gefühlen redest, muss was dran sein."

„Jetzt hör auf, mich zu veräppeln", motzte Dobermann ärgerlich.

Pia dachte nach, bevor sie sagte: „Nein, das habe ich wirklich nicht so gemeint. Du hast ja recht, das Bauchgefühl ist wichtig und wenn ich so darüber nachdenke, kommt mir eine Sache eigenartig vor."

„Welche meinst du?", wollte Hartmann wissen, der aufmerksam zugehört hatte.

Pia zog ihre Stirn in Falten. Nachdenklich sagte sie: „An den Tatorten wurde `ne Menge Genmaterial gefunden. Viel mehr als sonst üblich. Im Bericht der KTU ist das an verschiedenen Stellen aufgeführt und auch so bewertet. Manfred Schmidt muss wohl an Haarausfall gelitten haben. Überall waren Haare verteilt, nicht nur in dem Haus der Schmidts, auch im Keller des Kiebitz Anwesens. Das ist schon eigenartig. Vielleicht hat wirklich jemand absichtlich Schmidts Genmaterial großzügig verteilt?"

„Mag sein", relativierte Hartmann, „aber das sind nur Mutmaßungen. Was sollen wir damit anfangen?

Von unserem Verdächtigen, dem jungen Schmidt, konnten weder in dem einen noch in dem anderen Keller Spuren sichergestellt werden. Darüber hinaus hat er ein Alibi und ihm kann nichts nachgewiesen werden. Also ist der raus aus dem Fall."

„Und doch sagt mir mein Gefühl, dass wir noch nicht am Ende sind", motzte Dobermann uneinsichtig.

„Ein Gefühl? Was sollen wir damit anfangen?", fragte Hartmann.

„Ich habe keine Ahnung, ist halt nur so ein Gefühl."

„Ich glaube an deine Gefühle", sagte Pia ketzerisch.

Hartmann grinste verschmitzt und klopfte seinem Kollegen auf die Schulter: „Du weißt ja, bei Gefühlen da hilft nun mal nur eins und zwar: Alkohol!"

Pia glaubte, nicht richtig gehört zu haben. Sie hatte ernsthaft nachgedacht und ärgerte sich nun über Hartmanns Einwurf. „Männer!", insistierte sie und sprang auf. „Ihr seid doch alle gleich. Bei der kleinsten Gefühlswallung könnt ihr lediglich euren Instinkten folgen. Das muss genetisch bedingt sein. Bei

Gefühlen kennt ihr nur die drei Reaktionen und zwar in folgender Reihenfolge: Aus dem Bauch flüchten! Nicht fühlen wollen! Alkohol trinken!"

„Da hast du vollkommen recht", nickte Hartmann und grinste verschmitzt, „aber wir sind nun mal Männer. Und Männer müssen tun, was Männer tun müssen. Benjamin, haste noch was im Haus? Könnte uns beim Nachdenken helfen."

Dobermann konnte ebenfalls nichts mit Hartmanns Humor anfangen. „Nee, alle Flaschen sind bei der Altglassammlung", antwortete er wahrheitsgemäß, dachte kurz nach und fügte an: „Das Einzige, was noch da ist, ist der selbstgemachte Likör, den wir von Manfred Schmidt geschenkt bekommen haben ... Du weißt noch?"

„Genau das meine ich. Es war schon eigenartig, wie der uns das Zeug aufgeschwatzt hat. Ich habe dir mein Fläschchen mitgegeben ... Du hast beide eingesteckt ..."

„Eben noch todkrank und jetzt plötzlich diesen tollen Plan im Kopf. So schnell kann`s gehen. Besauft euch nur, ihr Männer", machte sich Pia erbost bemerkbar.

Hartmann hatte sich ruckartig aus der Umarmung der Couch befreit und lief in dem kleinen Wohnzimmer auf und ab. Er rieb sich sein Kinn. „Es geht mir nicht ums Saufen", sagte er endlich. „Ich hatte eben so eine Idee. Was wäre wenn? ... Benjamin weißt du noch, wie dieser Schmidt uns die Fläschchen übergeben hat?"

„Ja, er trug Gummihandschuhe. Ich hatte ihn noch darauf angesprochen und er hat so einen eigenartigen Witz gemacht ... Du hast recht. Warum nicht? Könnte doch sein, oder? Das würde ins Bild passen und es würde das auffällige Verhalten und die Art des jungen Schmidts erklären."

„Wenn das wirklich so wäre, dann müsste er den Brief geschrieben haben und wäre womöglich auch der Mörder von ...", bemerkte Pia, die mittlerweile ebenfalls aufgesprungen war.

„Oh, Mann. Wir müssen die Likörflaschen schnellstmöglich analysieren lassen“, forderte Dobermann lautstark und ergänzte: „Wir müssen los. Wartet kurz, ich will mich noch umziehen.“

„Klar“, antwortete Hartmann schnell. „Ich werde die Flaschen holen. Du hattest sie in den Küchenschrank gestellt?“

„Ja“, erwiderte Dobermann. „Es ist zwar schon spät am Tag, aber wir müssen ins Präsidium. Das Labor wird noch besetzt sein.“ Er eilte ins Schlafzimmer, riss die Schranktür auf und kramte frische Kleidung heraus. Als er fertig angezogen war, warteten Pia und Hartmann bereits im Flur auf ihn.

ER

Die beiden Kriminalmänner beschäftigen mich mehr, als ich es eigentlich wollte. Aber das ist in Ordnung. Die Stimme in mir bestätigt das. Alles ist gut! Die Kommissare können machen, was sie wollen, sie sind frei und sie werden dennoch sterben, irgendwann? Nein, sogar in naher Zukunft. Sie werden sterben und andere mitnehmen. So ist der Lauf der Welt. Keiner kann es aufhalten. Ich bin der große Marionettenspieler, habe jeden, den ich brauchte genutzt und an der Nase herumgeführt, genauso, wie es mir beliebte, und ich habe Verbündete, ebenfalls Marionetten von mir, aber wir hatten gemeinsam unseren Spaß. Was hatten meine vermeintlichen Pokerspieler und ich gelacht, als wir die Geschichte ausbaldowert hatten, die mir ein wasserdichtes Alibi bescherte. Auch hier habe ich mir die richtigen Verbündeten ausgesucht. Alle drei sind keine Fans der Staatsgewalt und lieben es, Polizisten an der Nase herumzuführen. Sicher haben auch die 500 Euro, die ich jedem gegeben habe, ihre schauspielerischen Fähigkeiten aktiviert. Das war schon eine tolle Sache und ich habe wieder einmal erfahren, wie sinnvoll es ist, auf die göttliche Stimme in mir zu hören und ihren Anweisungen zu folgen.

Immer mehr Puzzleteilchen habe ich im Laufe der Zeit erhalten und nun sehe ich das gesamte Bild vor mir. Es ist einfach nur genial, was ich erreichen soll. Es passt alles zusammen.

Die Stimme ist göttlich.

Ich glaubte es von Anfang an.

Nun weiß ich es.

Der Plan!

Er wurde mir nun vollkommen offenbart.

Er erfüllt mich.

Er macht mich glücklich.

Ich bin ein Teil von ihm.

Nein!

In Wirklichkeit BIN ICH DER PLAN!

So ist es.

Ich bin der Drehbuchautor, der Regisseur, das Filmteam, die Produktionsfirma, der Vermarkter, die Leinwand und auch der Zuschauer.

Ich bin das Ein und Alles.

Ich bin der Anfang und das Ende

Von Ewigkeit zu Ewigkeit!

Und ich werde alles zu Ende bringen.

So, wie es mir vorbestimmt ist, in voller Harmonie mit dem Göttlichen.

25. Helmut Schmidt

„Da vorne, das muss er sein. Seht ihr den Volvo, direkt am Eck?", flüsterte Hartmann in sein Handy. Er hatte keinen Grund, so leise zu sprechen. Er saß alleine in seinem Fahrzeug, aber es passte zur Situation.

„Ja, ich habe ihn im Blick. Er sitzt regungslos am Steuer, scheint nachzudenken." Dobermanns Antwort drang durch die Gegensprechanlage deutlich in Hartmanns Ohr. „Pia wird jetzt hinübergehen, an der Fahrertür anklopfen und Schmidt in ein Gespräch verwickeln."

„Okay, ich bin bereit", flüsterte Hartmann zurück und legte das Handy auf den Beifahrersitz. Er sah, wie Pia hinter einem Busch auftauchte und über den Gehweg stöckelte.

Mann, die hohen Absätze und der kurze Rock stehen ihr gut, dachte er und seine Augen verfolgten gespannt jeden Schritt. Pia stolzierte an dem parkenden Volvo vorbei, lugte kurz durch die Scheibe, blieb stehen, drehte um und klopfte gegen das Glas. Dobermann und Hartmann beobachteten aufmerksam das Schauspiel. Nach gefühlt endlosen Sekunden senkte sich die Scheibe und Pias Mund bewegte sich. Die beiden Kommissare verstanden kein Wort, wussten aber, was Pia sagte. Alles war abgesprochen und geplant. Die Autotür wurde geöffnet. Langsam und umständlich stieg Schmidt aus. Er redete mit Pia und schaute sich dabei um. Plötzlich stierte er Pia an, die einen Schritt zurückwich. Schmidt verringerte den Abstand zu ihr, dann ging alles ganz schnell. Mit Entsetzen beobachtete der Kommissar, wie Schmidt Pia am Arm schnappte, einmal um ihre eigene Achse drehte und auf ihren Oberarm einstach.

Dobermann wusste sofort, es war eine Spritze.

Pia war überrascht. Ihre Augen hatte sie weit aufgerissen. Anscheinend wollte sie sich wehren. Sie schaffte es nicht. Ihre Beine knickten ein und sie sackte zusammen. Schmidt hob Pia in die Höhe, als wäre sie ein kleines Kind, öffnete die hintere Tür des Fahrzeugs und warf die Kommissarin auf die Rückbank. Dobermann schrie wie von Sinnen, stürmte los und zog die Dienstwaffe aus dem Holster. Krachend fiel die hintere Tür ins Schloss, Schmidt kletterte auf den Fahrersitz und im nächsten Moment heulte der Motor auf.

Hartmann sprang ebenfalls aus seinem Dienstwagen und holte seine Waffe aus dem Schulterholster.

Ein krachender Schuss beendete Dobermanns Aufschrei.

Der junge Kommissar saß schweißgebadet und aufrecht in seinem Bett. Er bemerkte die streichelnde Hand auf seinem Oberarm nicht.

„Was ist denn los?", fragte Pia verschlafen. Erst jetzt realisierte er, dass er in seinem Bett saß. „Schlecht geträumt", presste er hektisch hervor, „der Fall scheint mich ganz schön mitzunehmen."

„Komm lass uns aufstehen. Ich koch dir `nen starken Kaffee. Wird dir guttun." Sie warf einen kurzen Blick auf die Digitalanzeige des Weckers, dann wurde Pia hektisch: „Oh Mann! So ein Mist. Wir haben verpennt. Das Frühstück müssen wir wohl ausfallen lassen, Hartmann wird schon warten.

***

Dobermann starrte auf den Bericht: *In dem Likör als auch am Hals der Flasche konnte Sarin in hoher Konzentration nachgewiesen werden,* stand darin. Weiter wurde erklärt: *Sarin ist ein chemischer Kampfstoff. Die systematische Bezeichnung lautet Methylfluorphosphonsäureisopropylester. Der Stoff war der zweite in einer Reihe von insgesamt vier Organphosphorverbindungen mit Potenzial als chemischer Kampfstoff. Er wurde in den 1930er und 1940er Jahren bei den I.G. Farben synthetisiert. Reines Sarin ist eine farblose, nahezu geruchlose, Flüssigkeit. Je nach Stärke der Vergiftung kommt es zu Symptomen wie Sehstörungen, Atemnot, Muskelzu-*

cken, Krämpfen, Schweißausbrüchen, Erbrechen, Bewusstlosigkeit, Atemlähmung und Tod.

Dobermann warf die Akte mit solcher Wucht auf den Schreibtisch, dass sie darüber rutschte, abhob und mit einem klatschenden Geräusch auf dem Boden landete. „Ich hab's doch gewusst, ich sollte vergiftet werden“, ereiferte sich der Kommissar wütend.

„Sollte, sollte ...“, erwiderte Hartmann ruhig. „Ist aber nicht geschehen. Außerdem sollte es auch mich treffen. Er lehnte sich auf seinem Schreibtischstuhl zurück und biss in einen Schokoriegel.

„Dieser verdammte Mistkerl“, ereiferte sich Dobermann. „Der muss mit allen Wassern gewaschen sein. Ich frag mich, woher er das Zeug hat. Chemische Kampfstoffe kann man ja nicht in jeder Apotheke kaufen.“

Hartmann kaute genüsslich. Mit vollem Mund sagte er: „Ich habe im Netz nachgeschaut. Dort findet man wirklich alles. Wenn man die richtigen Seiten kennt, kann man die Grundstoffe ohne Probleme kaufen und zu Hause zusammenmixen. Es ist sogar möglich, fertiges Sarin zu bestellen. Für Bitcoins kriegt man, was man will.“

„Das gibt es doch nicht. Da kann also jeder mit ein wenig Ahnung und einer gehörigen Portion krimineller Energie alle Gifte der Welt kaufen und wahllos Menschen töten!“

Pia legte ihrem Freund die Hand auf die Schulter, um ihn zu beruhigen. Dobermann schüttelte sich und sprang auf. „Wir müssen diesen Schmidt finden und verhaften. Der stellt eine Gefahr dar. Weiß Gott, was der noch alles plant?“ Nach ein paar Schritten rief er wütend: „Der Schmidt ist verdammt gefährlich. Wir müssen uns sputen. Wir müssen was tun. Jetzt sofort! Auf was wartet Ihr?“

„Mach mal langsam Benjamin. Zuerst einmal sollten wir herausfinden, wo er sich aufhält und vor allem, was er vorhat.“

„Vielleicht können uns dabei seine ehemaligen Schulkameraden helfen", bemerkte Pia.

„Du meinst Peter Renner und Florian Hacke?", sagte Dobermann.

„Genau die beiden", bestätigte Hartmann, „vielleicht wissen die, wo wir den Schmidt finden können."

Pia strich sich über ihr Kinn: „So weit ich weiß, liegt Renner im Städtischen Klinikum. Er hatte Glück. Die Verletzungen scheinen nicht lebensbedrohlich zu sein. Er befindet sich auf dem Weg der Besserung."

„Und Hacke konnten wir nicht weiter in Gewahrsam halten. Er ist in seinen Zirkuswagen zurückgekehrt und wartet auf eine Anklage wegen gefährlicher Körperverletzung. Die können wir beide befragen", sagte Hartmann noch immer kauend.

„Dann lass uns loslegen", drängelte Dobermann.

„Was ist eigentlich mit Saschas Mutter?", warf Pia ein.

„Was soll mit der sein?", fragte Dobermann ungeduldig.

Hartmann richtete sich etwas auf. „Die hatte ich ganz vergessen. Guter Gedanke, Pia. Die alte Frau Kiebitz wird, soweit ich weiß, noch im Alice-Hospital stationär behandelt. Die sollten wir auch befragen." Hartmann drehte sich mitsamt seinem Stuhl um die eigene Achse und erhob sich. „Was haltet Ihr davon, wenn Ihr die Krankenhäuser abklappert und ich besuche Florian Hacke. Der kennt mich und wird sich von mir nicht bedroht fühlen."

„Klingt nach einen guten Plan", sagte Pia, „was meinst du, Benjamin?"

„So machen wir es", antwortete der Kommissar, „lasst uns loslegen."

***

Dobermann ließ Pia den Vortritt. Er umarmte sie und flüsterte ihr ins Ohr, sie solle mit der Patientin reden, sie könne besser auf die alte Frau Kiebitz eingehen. In Wahrheit war ihm das Gespräch unangenehm. Er ging zwar davon aus, dass Frau Kiebitz über den Tod ihres Sohnes informiert worden sei, aber er wusste es nicht genau. Pia war einverstanden. Sie betrat vorsichtig das Krankenzimmer. Die Grauhaarige saß in ihrem Bett und schaute nicht auf, auch nicht, als sich die Kommissare vorstellten und ihre Ausweise zückten. Pia holte zwei Stühle und schob sie neben das Bett. Sie nahm auf demjenigen Platz, den sie in Brusthöhe der Patientin platziert hatte und ergriff die Hand der alten Frau. Behutsam streichelte sie darüber. Frau Kiebitz reagierte und drehte langsam ihren Kopf, soweit bis sie Pia anschauen konnte. Ihr Blick war schwer einzuordnen. Ihr gesamter Gesichtsausdruck war starr, die Haut hatte die Farbe und das Aussehen, als bestünde sie aus Wachs. Zwei strähnig weißgraue Locken hatten sich aus dem Haarnetz heraus geschlichen und hingen über ihre Stirn bis zur Nase. Die Lippen waren aufeinander gepresst, schmal und weiß. Irgendwann öffnete Frau Kiebitz zaghaft den Mund, leise drangen Worte nach außen. Pia musste sich etwas nach vorne beugen, um besser verstehen zu können. „Mein Junge ist ein guter Junge. Er kann keinem etwas zu Leide tun."

Pia streichelte weiter die Hand und sagte: „Das wissen wir. Er war ein guter Junge."

„Ja, er war ein guter Junge … Ist er wirklich tot?"

Worte im Flüsterton.

„Ja, Ihr Sohn ist gestorben."

Die alte Frau blickte an Pia vorbei ins Leere und sprach mit nahezu unbewegten Lippen weiter: „Ich weiß … Ist besser für Sascha. Er war so lange auf der Suche. Vielleicht hat er es gefunden."

„Was hat er gesucht?"

Es dauerte eine Weile, bis ihre geflüsterte Antwort an Pias Ohr drang: „Die Unendlichkeit." Frau Kiebitz' Blick ging zur Decke. „Ja, die Unendlichkeit und seinen Vater."

„Suchte er auch im Keller danach“, fragte Pia vorsichtig.

„Ja, dort und an so vielen Orten und in so vielen Büchern.“

„Hatte er Hilfe bei seiner Suche?“

Der Kopf der Grauhaarigen bewegte sich ein wenig. Es sah aus wie ein Nicken. Pia hatte den richtigen Ton gefunden. Die Fragen griffen und Frau Kiebitz antwortete. Ihre Stimme wurde kräftiger, als habe sie darauf gewartet, endlich alles erzählen zu können: „Sascha hat viel im Keller gearbeitet. Dann hat es immer so komisch gerochen. Was er gemacht hat, weiß ich nicht. Ich konnte nicht mehr in den Keller. Die Treppe ... Ich konnte keine Treppen steigen ... Sascha hat nicht gern darüber gesprochen, was er tat. Manchmal kam der junge Schmidt zu Besuch. Sascha mochte ihn nicht. Dennoch traf er sich ein paarmal mit ihm ... Der Helmut hat immer so abfällig über seinen Bruder gesprochen. Sascha mochte nicht, wenn jemand gehänselt wurde ... Sascha ist ein guter Junge ... Er ist ein guter Junge ... Sascha ...“

Der Kopf der Frau kippte zur Seite und versank in dem weißen Kissen. Langsam schlossen sich ihre Augen und der Mund öffnete sich.

Pia wartete einen Moment, dann legte sie behutsam die Hand der Alten unter die Decke und erhob sich.

„Sie ist eingeschlafen. Ich glaube, wir kriegen nichts mehr aus ihr raus“, sagte sie leise. Dobermann nickte. Auch er erhob sich so leise wie möglich und verließ gemeinsam mit Pia das Krankenzimmer. „Dieser verdammt Schmidt“, fluchte er, als er die Tür verschlossen hatte. „Der hat uns tatsächlich die ganze Zeit an der Nase herumgeführt.“

„Tja, aber wie hat der das nur mit dem Genmaterial gemacht?“, fragte sich Pia. „Der muss sich auskennen. Unsere Spusi hat nur Hinweise auf seinen Vater gefunden, keine Spur von Helmut.“

„Klar, clever ist der schon. Meinst du, er hat auch seinen Bruder ermordet?“

Pia musste nicht lange nachdenken: „Davon gehe ich aus. Wir müssen ihn so schnell wie möglich finden."

„Ja", erwiderte Dobermann und lief schneller, „lass uns ins Klinikum fahren und Renner Junior befragen. Vielleicht kann der uns einen Hinweis geben."

***

Hartmann klopfte an die Tür. „Hau ab, ich will meine Ruhe haben!", hörte er Hackes Stimme. Seine Worte klangen verzweifelt.

„Ich bin´s, Kommissar Hartmann. Sie kennen mich. Ich werde Ihnen nichts tun. Öffnen Sie bitte die Tür."

Nichts geschah.

„Kommen Sie schon, ich habe nur ein paar Fragen."

Keine Reaktion.

„Sie wollen doch auch, dass wir den Mörder von Frauke festnehmen, oder?"

Hinter der Tür raschelte es.

„Vielleicht können Sie uns helfen."

Schlurfgeräusche.

„Ein paar Fragen nur …"

Ein Schlüssel klapperte.

Hartmann wartete noch einen Augenblick, und langsam glitt die Tür nach außen auf. Hartmann erschrak, als er Hacke erblickte. Was war nur aus dem Hünen geworden, fragte er sich. Sein Gegenüber wirkte viel kleiner als ein paar Tage zuvor und um Jahre gealtert.

„Kommen Sie rein!", sagte er leise.

Hartmann folgte der Aufforderung und setzte sich auf den Platz, der ihm angeboten wurde. Hacke verkroch sich auf die Couch und schwieg.

„Wie geht es Ihnen?", begann Hartmann empathisch.

„Ach, alles Scheiße", polterte Hacke los, wurde aber gleich ruhiger. „Anscheinend kann ich nichts richtig machen."

„Warum haben Sie Herrn Renner angegriffen?"

„Mann, ist doch logisch! Der kann machen, was er will. Der hat das Leben von Frauke zerstört, und ich muss in den Knast. Das ist doch Scheiße, oder?"

„Machen Sie mal halblang", sagte Hartmann in ruhigem Ton. „Sie werden zwar ein Verfahren bekommen, aber ob sie wirklich ins Gefängnis müssen, wird sich noch herausstellen. Aber auch auf den Renner wird ein Verfahren zukommen, glauben Sie mir. Die Beweise, die Sie an die Polizei geschickt haben, haben die Staatsanwaltschaft überzeugt. Es wird wegen Stalkings ermittelt."

Hacke blickte auf. „Echt wahr?", fragte er ungläubig.

„Ich bin sicher, es gibt Gerechtigkeit. Vielleicht werden Sie das auch noch erfahren", ergänzte Hartmann.

„Wollen Sie einen Tee?", fragte Hacke unvermittelt.

„Danke nein, aber wenn Sie ein Wasser hätten."

Umständlich erhob sich Hacke und füllte ein Glas mit dem Billigsprudelwasser vom Discounter.

„Also, wie kann ich Ihnen helfen?", fragte er, als er sich wieder setzte.

„Erzählen Sie mir von Peter Renner und auch von Helmut Schmidt. Wie waren die so? Welches Verhältnis hatten die zu Frauke Stolze?"

„Das hatte ich doch schon erzählt."

„Ja, aber ich brauche mehr Details." Hartmann lehnte sich auf seinem Stuhl zurück.

„Wie ich schon gesagt habe, wir waren alle in Frauke verliebt. Jeder auf seine eigene Art. Die Frauke sah toll aus. Sie verfolgte uns bis in unsere Träume und wir sahen sie jeden Tag in der Schule. Sie machte bei uns ihr Referendariat."

„Hat Sie ihre Gefühle, also die ihrer Verehrer, erwidert?"

„Was ist das denn für `ne Frage? Nein, natürlich nicht. Die war doch unsere Lehrerin. Ich glaube, Frauke fand damals jeden von uns blöd oder einfach nur pubertär. Am meisten verabscheute sie Helmut. Sie hatte mitbekommen, wie der seinen Bruder andauernd drangsaliert hatte. Das war auch eine schräge Nummer gewesen, nur weil der eine angeborene Hasenscharte hatte."

„Wie hat sie darauf reagiert?"

„Korrekt, finde ich. Sie hat Helmut zur Rede gestellt ..." Hacke schwieg. Verbissen stierte er ein Loch in die Luft. „Damit hatte sie aber keinen Erfolg. Ihre Kritik ist an Helmut abgeprallt wie Wassertropfen an einer fettigen Oberfläche. Er hat nur gesagt, sie solle ihn in Ruhe lassen und sie werde schon sehen, was mit ihr geschehen würde. Kurz darauf wurde Frauke von Peters Vater angeschwärzt und bekam vom Schulrektor große Probleme. Das war auch der Zeitpunkt, an dem ich nichts mehr mit Helmut zu tun haben wollte."

„Was meinen Sie mit anschwärzen?"

Hacke bewegte sich hin und her. Seine Hände bildeten Fäuste. „Der Peter, der war schon immer gefährlich. Ist halt der Sohn vom Otto Renner, und der Typ hat `ne Menge Einfluss in Darmstadt. Wenn der was erreichen will, dann erreicht der das. Peter hat erzählt, dass Frauke was mit einem Abiturienten gehabt hätte. Das stimmte zwar nicht und der Abiturient bestätigte das auch, aber er war unter achtzehn und das Gerücht hielt sich hartnäckig. Peters Vater hat es in den richtigen Kreisen gestreut und so lange wiederholt, bis es einige tatsächlich glaubten und den Rektor unter Druck setzten, bis dieser reagieren musste. Frauke erhielt eine Abmahnung und einen Eintrag in ihre Personalakte."

Hartmann horchte auf. „So, so, der Renner", brabbelte er vor sich hin.

***

„Kommissar Dobermann", stellte er sich vor und streckte der Frau im Glaskasten seinen Ausweis entgegen. „In welchem Zimmer liegt Herr Peter Renner?" Die Frau schaute nur kurz auf, dann hämmerte sie auf einer Tastatur herum. „In der Inneren, Station 6, Zimmer 212", sagte sie kurz angebunden und gar nicht überrascht, als die beiden Kommissare, die eben noch vor ihrer Scheibe gestanden hatten, verschwunden waren.

„Mann, die Wege im Klinikum sind ganz schön verworren, da musst du kerngesund sein", quengelte Dobermann und öffnete die Tür zu einem weiteren Treppenhaus.

„Wir hätten auch den Aufzug nehmen können", bemerkte Pia spitzzüngig.

„Jede Stufe macht auch dich schlanker", erwiderte der junge Kommissar sarkastisch.

Pia grinste schief: „Damit hast du dir selbst ins Knie geschossen. Vorgestern hast du mir noch ins Ohr gesäuselt, du liebt jedes Gramm an meinen Körpern. Wenn ich nun aber schlanker werde, lässt dann auch deine Liebe nach?"

Dobermann entschied sich, nicht darauf zu antworten und das Thema zu wechseln. „Da vorne ist es", sagte er schlicht und einfach. Er stieß die Glastür zur Station auf und ging zu einem halbrunden Tresen, der mitten im Flur stand. „Kommissare Stenger und Dobermann", sagte er, „wir möchten gerne Herrn Peter Renner besuchen."

Die Krankenschwester, die hinter dem Tresen geschäftig war, schaute kurz und überrascht auf. „Herr Renner? Der hat sich doch vor ein paar Stunden selbst entlassen. Warten Sie!" Sie kramte eine Akte heraus. „Ja, stimmt. Heute früh nach der Visite bestand er darauf, zu gehen. Nach ausführlicher Beratung durch den Oberarzt hat er dann unterschrieben, seine Sachen gepackt und ist verschwunden."

„Wurde er abgeholt?", fragte Pia.

„Ich glaube nicht."

„So ein Mist", zischte Dobermann und ging eilig, ohne sich zu verabschieden. Pia folgte ihm

***

„Wie ging es dann weiter", fragte Hartmann interessiert.

„Frauke unterrichtete nicht mehr in unserer Klasse. Ich fand das sehr schade, sah sie aber manchmal auf dem Schulhof, wenn sie Aufsicht hatte. Mir schenkte sie ab und zu ein Lächeln." Hacke schien in der Vergangenheit versunken zu sein. Versonnen starrte er vor sich hin, solange bis sich der Kommissar räusperte. Als wäre er aus einem Traum gefallen, sprach er weiter: „Peter hat es später übertrieben. Ich weiß nicht genau, was er gemacht hat, ein Einbruch ins Sekretariat wurde gemunkelt. Auf alle Fälle ist er von der Schule geflogen. Keiner hat ihn vermisst. Nur Helmut hat am Anfang immer wieder gesagt, wie ungerecht der Schulverweis gewesen sei. Irgendwann hat auch er geschwiegen, aber soweit ich weiß, hielt er weiterhin Kontakt zu Peter. Nach dem Abitur habe ich Helmut und auch Frauke nicht mehr gesehen, bis ungefähr vor einem halben Jahr, als sie mir angeboten hat, ich könne meinen Zirkuswagen auf ihr Grundstück stellen."

Hartmann hatte aufmerksam zugehört. „Peter haben Sie erst wieder getroffen, als er Frauke verfolgt und belästigt hat?", fragte er nach.

„Ja", erwiderte Hacke. „Anfänglich habe ich gar nicht geglaubt, dass es der Renner gewesen ist. Ich wusste nicht, dass er nach Trautheim gezogen war. Dann wurde es immer klarer. Aber was konnte ich schon tun? Die Polizei hat mich nicht ernstgenommen, was hätte ich auch anders erwarten können? Ich habe damals extra nicht angegeben, dass Peter mein Schulkamerad war. Dann hätte die Polizei bestimmt gemeint, ich wolle ihn nur beschuldigen, weil ich ihm eins auswischen wollte. Ich habe so getan, als kenne ich ihn nicht. Und dennoch wurde mir nicht geglaubt. Ich bin halt ein Nichts! Mir glaubt man eh nicht!"

„Jetzt hören Sie auf, ständig in Selbstmitleid zu versinken. Ich kann das nicht mehr hören", schimpfte Hartmann mit einer Stimme, als würde er mit der Faust auf den Tisch schlagen. „Sagen Sie mir lieber, ob Peter Renner und Helmut Schmidt noch immer Kontakt haben?"

„Ich glaube schon. Als ich letztens bei Peter war, habe ich Helmuts Totenmaske gesehen. Sie hing im Wohnzimmer an der Wand."

„Eine was?"

„Ein Gipsabdruck von seinem Gesicht."

„Und warum hängt so was im Wohnzimmer herum?"

„Ach, diesen Spleen hatte Helmut schon, als wir noch in einer Klasse waren. Er beschäftigte sich damals mit dem Totenkult der verschiedenen Kulturen. Er war besessen davon. Und dann hat er mit den Gipsmasken angefangen. Er nannte sie auch Totenmaske, obwohl er ja noch gelebt hat. Immer mehrere Gipsabdrücke seines Gesichtes hat er anfertigen lassen und bei jedem, den er als Freund bezeichnete, hat er so eine Maske zurückgelassen. Ich hatte auch mal eine, hab sie aber schon vor Jahren weggeworfen. Ich finde den Spleen gruselig."

„Dann kann die Maske ja schon seit längerer Zeit bei dem Renner rumhängen. Wie kommen Sie darauf, dass sich die beiden noch immer treffen?"

„Ich war in dieser Woche schon einmal bei Peter", begann Hacke zaghaft, „am letzten Dienstag wollte ich ihn zur Rede stellen." Er rieb sich die Schläfe, als würde sein Kopf schmerzen. „Da hing die Maske noch nicht im Wohnzimmer. Da bin ich mir ganz sicher. Die beiden müssen in den letzten Tagen etwas ausgeheckt haben."

Hartmanns Handy läutete. Ohne lange nachzudenken, nahm er das Gespräch an und führte das Gerät an sein Ohr, nachdem er einen kurzen Blick auf das Display geworfen hatte. „Hey Pia, was gibt es?“

Kurz hörte er zu, dann unterbrach er. „Lasst uns vor Renners Villa treffen. Vielleicht können wir zwei Fliegen mit einer Klappe schlagen.“

Er beendete das Gespräch und sagte an Hacke gerichtet: „Ich muss gehen. Vielen Dank für Ihre Hilfe.“

„Halten Sie mich auf dem Laufenden?“, wollte Hacke wissen, als sich Hartmann erhob.

An der Tür hielt der Kommissar kurz inne, drehte sich noch einmal um und sagte: „Darauf können Sie sich verlassen.“

Hacke lächelte zum ersten Mal.

***

„Nichts.“ Dobermann kam um die Hausecke gespurtet. Er lief in Pias Arme, die von der anderen Seite kam.

„Auch nichts“, sagte sie.

Hartmann hatte zwischenzeitlich mehrmals geklingelt, die Villa umrundet und durchs Wohnzimmerfenster gespäht. „Also zu Hause ist er nicht“, sagte er, „es sei denn, er hat sich im Keller versteckt. Sollen wir die Wohnung aufmachen lassen?“

„Dauert mir zu lange. Wir müssten uns ja einen Durchsuchungsbeschluss besorgen, und wenn wir den haben, bis dann die Kollegen kommen … Nein, lasst uns zu seinem Vater fahren. Vielleicht ist der zu Hause und kann uns sagen, wo sich sein Sohn aufhält“, schlug Dobermann vor.

„Okay, Pia kann während der Fahrt den Richter überzeugen, einen Beschluss fertigzumachen.“

„Ich gebe mein Bestes“, antwortete Pia und lief zum Dienstwagen.

***

Die Fahrt nach Darmstadt war kurz. Daniel fuhr voraus, Benjamin folgte und Pia telefonierte.

Vor dem Anwesen des alten Renners fanden die beiden Kommissare im Abstand von nahezu hundert Metern jeweils eine Parklücke.

Dobermann drehte den Schlüssel und schaute sich um, bevor er aussteigen wollte. „Das gibt es doch nicht", sagte er an Pia gerichtet und deutete aus dem Fenster, „den einen sucht man und den, um den es eigentlich geht, findet man. Das ist ja total verrückt."

„Was meinst du?", fragte Pia.

„Da vorne läuft Helmut Schmidt. Er hat wohl die Renners besucht. Das ist ja interessant."

„Und da steht sein Volvo", ergänzte Pia. Sie griff nach ihrem Smartphone und informierte ihren Kollegen. „Ja richtig, ich sehe es auch?", flüsterte Hartmann. Er hatte keinen Grund so leise zu sprechen. Er saß alleine in seinem Fahrzeug, aber es passte zur Situation.

„Er will einsteigen." Dobermanns Worte drangen deutlich in Hartmanns Ohr. Etwas leiser hörte er Pias Stimme: „Ich geh zum Schmidt rüber und verwickle ihn in ein Gespräch. Mich kennt er nicht. Ich lenke ihn ab, dann könnt ihr euch anschleichen und ihn festnehmen. Was meinst du, Benjamin?"

Als er nicht gleich antwortete, wurde Pia aktiv und stieg aus. Dobermann erschrak, die Bilder seines Traumes von letzter Nacht überfluteten ihn. Er stieß die Fahrertür auf, sprang aus dem Wagen und schrie: „Nein, Pia, nicht!"

Schmidt wurde aus seinen Gedanken gerissen. Er drehte den Kopf, erkannte den Kommissar, kletterte auf den Fahrersitz und startete sogleich den Motor.

Dobermann reagierte sofort. „Daniel, der will abhauen. Verfolge ihn!", schrie er und an Pia gerichtet: „Komm steig ein!"

Mit quietschenden Reifen schoss der Volvo aus der Parklücke in Richtung Pauluskirche, Hartmann gab ebenfalls Gas und nahm die Verfolgung auf. Ein paar hundert Meter lagen schon zwischen seinem Wagen und dem Volvo.

Pia war mittlerweile in den Wagen gesprungen.

„Gib die Fahndung raus und informiere die Kollegen, wir brauchen Verstärkung."

Pia nickte.

Als Dobermann sich endlich aus der Parklücke gewurschtelt hatte, waren der Volvo und Hartmanns Wagen nicht mehr zu sehen.

„Daniel, wo bist du?"

Hartmann hatte sein Handy auf den Beifahrersitz geworfen und die Freisprechanlage aktiviert. „Der rast mit einem Affenzahn die Jahnstraße runter", antwortete er.

„Okay, ich mach das Horn an. Wenn der Schmidt in die Stadtmitte will, können wir ihn an der Karlstraße abfangen."

Dobermann gab Gas und schaute aufmerksam nach rechts und links, um niemanden zu übersehen.

Pia platzierte das Blaulicht auf dem Wagendach und sprach erneut in die Funkanlage.

„Wir kriegen dich", brabbelte Dobermann vor sich hin, bremste scharf ab, riss das Lenkrad herum und ließ den Wagen in die Heinrichstraße schlingern.

„Da vorne, die Ampel. Sie zeigt rot", schrie Pia auf.

Kurz bevor sie die Lichtanlage erreichten, raste der Volvo über die Kreuzung, gefolgt von Hartmann. Dobermann schaltete in einen kleineren Gang, drehte das Lenkrad, gab Vollgas und ließ die Kupplung schnalzen. Wie eine Raubkatze im Sprung schoss der Wagen in die Karlstraße. Nun verfolgten beide Zivilfahrzeuge den Volvo. Passanten blieben auf den Gehwegen stehen. Anwohner lugten aus den Fenstern ihrer Wohnung und beäugten neugierig das Schauspiel.

„Der will auf den Cityring. Dort ist es zweispurig und wir können ihn in die Zange nehmen", mutmaßte Hartmann. Er war froh von Dobermann Verstärkung bekommen zu haben.

Tatsächlich raste der Volvo an der nächsten Ampel geradeaus. In der Holzstraße stand ein Radargerät. Einmal nur sah man den grellen Blitz. Um auch die beiden Verfolger zu erwischen, war das Gerät zu träge eingestellt.

Dobermann hatte inzwischen zu den beiden anderen Fahrzeugen aufgeschlossen. Die Verfolgungsjagd ging weiter, am Liebighaus vorbei, geradeaus bis rechts das Kongresszentrum, das Darmstadtium, auftauchte und dann rasten die Fahrzeuge durch eine scharfe Linkskurve. In Höhe des Landesmuseums überholte Dobermann und versuchte, sich vor den Volvo zu setzen, um ihn auszubremsen. Aus den Augenwinkeln sah er, wie sich Pia nach vorne beugte und immer wieder einzelne Worte in das Funkgerät sprach, um die Kollegen auf dem Laufenden zu halten. Plötzlich machte der Fahrer des Volvos eine Vollbremsung. Der Wagen schlitterte hin und her. „Oh Mist!", drang Hartmanns Gekreische aus der Freisprechanlage. Im nächsten Moment rammte sein Fahrzeug das Heck des Volvos und drehte den Wagen quer zur Fahrtrichtung. Schmidt nutzte die Gelegenheit. Er gab erneut Gas und schoss auf den Pali-Parkplatz. Die Fahrzeuge der Kommissare benötigten einige Zeit, um ebenfalls einzubiegen. Zwischenzeitlich hatte der junge Schmidt sein Fahrzeug zum Stehen gebracht, war herausgesprungen und rannte dem schmalen Durchgang entlang, der an dem Programmkino vorbeiführte.

„Mist, der rennt zum Luisenplatz", rief Dobermann, „da ist um diese Zeit einiges los. Pia, sag den Kollegen Bescheid. Sie sollen vom Schlossrevier aus eingreifen." An Hartmann gerichtet schrie er: „Schnell, wir müssen den kriegen."

„Benjamin, verfolg du ihn! Ich komme, so schnell ich kann, hinterher."

Dobermann sprang aus seinem Fahrzeug und spurtete los. Sobald er auf dem kleinen Platz vor dem Minicafé direkt am *Merckhaus* angekommen war, blieb er stehen und schaute sich um. Er sah, wie der Flüchtende in Richtung der Sandsteinstufen des Ludwigsmonuments rannte, das sich mitten auf dem Luisenplatz erhob. Der Platz war ein Knotenpunkt des Darmstädter Nahverkehrs. Dementsprechend befanden sich hier eine Menge Menschen, die nicht ahnen konnten, was nun passieren würde.

Schmidt war dabei, in der Menschenmenge unterzutauchen. Dobermann befahl laut: „Bleiben Sie stehen, oder ich schieße!"

Der Flüchtende stoppte tatsächlich. Er blieb abrupt stehen und drehte sich langsam um. Er atmete schwer. Dobermann rannte weiter auf ihn zu. Da zog Schmidt eine Waffe und richtete sie auf den Kommissar. Ein paar Passanten schreckten zurück und schrien. Die Neugierde der Schaulustigen verhinderte allerdings, dass sich der Platz leerte, viel mehr bildete die Menschenmenge einen Halbkreis um den Mann mit der Waffe.

Dobermann blieb stehen. Reflexartig streckte er beide Hände in die Luft. In der rechten hielt er seine Dienstwaffe. Er stand regungslos und überlegte krampfhaft, was er sagen sollte. Mittlerweile war hinter ihm Hartmann aufgetaucht. Als auch er die Situation überblickte, blieb er stehen und zog seine Waffe.

Der junge Schmidt blickte abwechselnd Dobermann und Hartmann an und fuchtelte mit seiner Waffe herum. „Na Ihr Kleingeister. Wollt Ihr mich etwa stoppen? Da kann ich nur lachen", schrie er. „Ihr werdet vergehen und Ihr könnt nichts dagegen tun. Vertraut mir! Hahaha."

„Seien Sie vernünftig! Legen Sie die Waffe auf den Boden. Sie haben keine Chance. Bald wird es hier von Polizisten wimmeln."

Schmidt lachte erneut, bevor er mit lauter, klarer Stimme sprach, als stünde er auf der Bühne des Staatstheaters: „IHR, Ihr wollt mir drohen? Hahaha. Das ist doch lächerlich. ICH, ich bin bereit für den nächsten Schritt. Ihr seid es wahrlich nicht. Glaubt mir, die Polizei wird vergehen, alle Richter werden vergehen. Ja, die gesamte Menschheit vergeht, weil sie es selbst so will und alles dafür tut. Das ist zwar kurios, aber die Wahrheit." Er lachte schon wieder. Es klang eigenartig schrill. Kurz drauf unterbrach er sein Lachen, blickte in den Himmel und murmelte ein paar Worte, so leise, dass es niemand verstehen konnte. Anschließend senkte er seinen Kopf, schaute die beiden Kommissare an und sprach langsam und deutlich: „Wie hat es der kanadische Astrophysiker Hubert Reeves schon vor einigen Jahren treffend ausgedrückt?"

Dobermann erwiderte: „Ich weiß es nicht. Sagen Sie es uns."

Schmidt grinste breit und begann langsam, jedes Wort einzeln betonend: *„Der Mensch ist die dümmste Spezies auf der Welt: Er verehrt einen unsichtbaren Gott und tötet eine sichtbare Natur, ohne zu wissen, dass diese Natur, die er vernichtet, der unsichtbare Gott ist, den er verehrt."*

Dobermann benötigte einen Moment, um das Gesagte zu verstehen.

Nach einer kurzen Pause sprach Schmidt weiter: „So ist das, und ich weiß es. Meine Stimme sagt es mir, immer wieder und wieder. Ihr zerstört eure Lebensgrundlage und seid noch stolz auf euren Fortschritt. Ihr werft Plastikmüll in die Meere und wisst, dass dann Fische verenden, die eure Lebensgrundlage sind. Ihr brennt den Regenwald nieder, die Lunge eurer Welt, und seid verwundert, wenn ihr nicht mehr atmen könnt. Ihr wollt die Natur abschaffen und schafft nur euch selbst ab."

Schmidt kam ein paar Schritte näher, anschließend blieb er stehen, streckte beide Arme gen Himmel, ließ seinen Kopf in den Nacken fallen und schrie. Seine Augen blitzten: „Ihr werden alle vergehen!

Die Menschheit wird vergehen!

Alle bis auf einen.

Alle bis auf mich!"

Dobermann und Hartmann ließen ihn ausreden. Sie wussten, die Zeit war auf ihrer Seite. Bald schon mussten die Kollegen aus dem Schlossrevier da sein.

Nach ein paar Sekunden der Stille fragte Dobermann provokativ: „Mussten deswegen Frauke und Elvira Stolze, Ihr Bruder und Ihr Vater vor ihrer Zeit gehen?“

„Vor ihrer Zeit gehen? Vor ihrer Zeit gehen?“, äffte Schmidt den Kommissar nach. „Interessiert Sie das? Wollen Sie wirklich meine Geschichte hören?“

„Nichts lieber als das“, antwortete Dobermann schnell und spürte, dass er ihn an seiner Eitelkeit gepackt hatte. „Erzählen Sie. Ich brenne vor Neugierde.“

„Das freut mich, dass Sie auch für etwas brennen. Ich nehme mir die Zeit dafür, denn ich weiß, dass ich die Zeit habe“, begann der Angesprochene. „Sascha und ich hatten dieselbe Passion. Spätestens ab dem traumatischen Ereignis, als Saschas Vater gestorben war und er sich schwor, seine Mutter für immer bei sich haben zu wollen. Gemeinsam übten wir uns in *modern embalming*, in der Kunst, Menschen für die Ewigkeit zu präparieren. Ein Hund und ein Ferkel waren die ersten Versuchsobjekte. Dann wollte Sascha nichts mehr mit mir zu tun haben. Wir stritten und trennten uns. Ich erkannte allerdings sein Potential, nahm mit verstellter Stimme später wieder Kontakt zu ihm auf und leitete ihn als Mäzen allein mit meiner Stimme an, denn ich hatte einen Plan. Kurz vorher war mir geholfen worden. Manche nennen es Zufall, ich nenne es Gott. An einem Sonntag spazierte ich durch den Wald bei Traisa. Plötzlich stürmte Frauke aus dem Wald und schrie *Lass mich! Lass mich endlich in Ruhe!* Ich erkannte sie sofort. Sie hatte sich von meinem Bruder, dieser Missgeburt, schwängern lassen. Dafür musste er sterben, aber das ist eine andere Geschichte.

An diesem besagten Tag lief Frauke vor mir durch den Wald mit dem unwerten Leben in ihrem Bauch. Verfolgt wurde sie von meinem alten Freund Peter. Er rannte rasend vor Wut hinter ihr her und schrie: *Warte! Warum bist du abgehauen? Bleib stehen, du entkommst mir nicht!*

Peter war schnell. Er packte Frauke am Arm und riss sie herum. Ich konnte ihre weit aufgerissenen Augen sehen. Panik flammte in ihnen. Dann griff sie sich an ihr Herz und sackte in sich zusammen. Zum Glück war ich meiner inneren Stimme gefolgt, hatte mein Smartphone aus der Tasche geholt und alles gefilmt. Als Frauke auf dem Boden lag, beugte sich Peter über sie, fühlte ihren Puls und erkannte, dass ihr Herz schlappgemacht hatte. Er schluchzte laut los und klatschte seine Handfläche auf ihre Wangen, immer rechts und links. Er schrie *Wach auf! Das wollte ich nicht! Komm zu dir!*

Wie überaus schwach er doch ist, und ich durfte alles ein paar Meter entfernt beobachten.

Peter sank über Frauke zusammen und wimmerte *Ich brauche dich! Ich brauch dich lebend!*

Ich trat hinter ihn. Er bemerkte mich nicht und zuckte zusammen, als ich ihn antippte. Dann erkannte er mich, und ich konnte ihn beruhigen, diesen Schlappschwanz. Er nahm dankbar meine Hilfe an. Wir schleppten Frauke zu mir in den Zeyherweg und ich sagte Peter, ich würde sie entsorgen, er brauche sich keine Sorgen zu machen. Er weinte vor Freude. Ich zeigte ihm das Handyvideo und überzeugte ihn davon, dass er mich in Zukunft finanziell unterstützen musste."

Schmidt schwieg einen Moment, als wolle er seine Gedanken sortieren. Ein Lächeln durchzuckte sein Gesicht, als sei eine Erkenntnis in ihm aufgestiegen. „Ich folgte meiner göttlichen Stimme, ich wurde Saschas Mäzen und das heilige Spiel begann ..."

„Sie sind wahnsinnig", stammelte Dobermann fassungslos.

„Wahnsinnig?" Schmidt lachte gellend. „Wer ist hier dem Wahnsinn verfallen? Ihr, die ihr kurz vor dem Vergehen steht, oder ich, der in absehbarer Zeit in die Ewigkeit einkehren wird. Sagt es mir?"

„Warum mussten auch noch Fraukes Schwester und ihr Vater daran glauben?“, fragte Hartmann laut und deutlich und erreichte, dass Schmidt seine Aufmerksamkeit nun auf ihn richtete.

„Ach diese armseligen Gestalten“, sagte er abfällig, „Mein Vater hat euch beide auf die Spur gebracht. Und dann hat er auch noch Fraukes Schwester in unser Haus gelassen. Dadurch hat er euch erneut in den Zeyherweg gelockt. Da musste ich was unternehmen. Die beiden standen mir im Weg, sie mussten weg. Und dann gab mir meine innere Stimme eine Idee. Ich brauchte einen Schuldigen, und wer passte da besser als Sascha, der schon im Fadenkreuz stand, nicht nur wegen seiner verrückten Vogelmaske.“

Schmidt grinste mit verklärtem Blick.

„Eigentlich hatte ich Sascha für etwas Anderes vorgesehen, aber was soll`s. Ich bin ein kreativer Mensch. Planänderungen sind mir immer willkommen. Sie halten mich wach und beweglich.“

„Und was haben Sie jetzt vor? Lassen Sie mich an Ihrem Plan teilhaben“, forderte Pia, die sich mittlerweile hinter die beiden Kommissare gestellt hatte. In ihrer Stimme klang ehrliche Neugierde.

Schmidt blickte die Kommissarin an. Alle wollten etwas von ihm wissen. Das genoss er.

„Ihr möchtet meinen Plan erfahren? Da kann ich euch helfen. Ihr sollt nicht dumm sterben. Es ist alles so simpel. ICH bin selbstbestimmt, ihr Alle seid fremdbestimmt. Benjamin Dobermann und Daniel Hartmann, Ihr wisst, dass ich euch vergiften wollte und Ihr denkt, ich hätte es nicht geschafft. Da irrt Ihr. Ihr wurdet durch meinen Brief und die Worte darin vergiftet. Worte können eine solche Macht entwickeln, glaubt mir. Ich bestimme fortan über euer Leben. Ihr seid fremdbestimmt. Dies ist ein Verbrechen ohne Täter und Opfer. Mich kann man strafrechtlich nicht belangen und Ihr lebt derzeit noch. Genial, was?

Aber denkt dran, Ihr werdet spätestens gemeinsam mit den anderen Mitgliedern eurer Spezies in den Abgrund rasen und vergehen. Ich allerdings werde mit Renners Geld auf die Reise gehen. Ich werde die europäische Koryphäe des *modern embalming* aufsuchen und mich verewigen lassen. Der Kontakt besteht seit ein paar Tagen. Man erwartet mich bereits. Das Natrium Pentobarbital habe ich besorgt. Fünfzehn Gramm reichen für den Übergang."

Schmidt schwieg einen Moment, dann veränderte sich sein Blick. Langsam drehte er sein Handgelenk und schaute auf die Armbanduhr. „So, nun habt Ihr mich lange genug aufgehalten. Ich werde gehen. Ihr bleibt. Falls Ihr auf die Idee kommen solltet, mich zu verfolgen, werden ein paar Passanten jetzt schon sterben müssen, vor ihrer Zeit, wie Ihr so schön sagen würdet. Habt Ihr das verstanden?"

„Wir werden Sie kriegen!", fauchte Hartmann, der sich nicht mehr zurückhalten konnte. In seinem Körper zuckte es, als wolle er losstürmen. Pia flüsterte ihm zu, dass schon vierzig Beamte auf dem Platz angekommen seien und damit begonnen hätten, die Passanten in Sicherheit zu bringen. Eine Straßenbahn, aus Arheilgen kommend, rollte auf den Luisenplatz zu, vollbesetzt mit Schaulustigen. Pia konnte nicht verstehen, warum der Schienenverkehr noch nicht gestoppt worden war. Sie überlegte, ob sie es der Zentrale melden sollte, kam aber nicht dazu. Schmidt streckte beide Arme seitlich aus, die Waffe noch immer in seiner Rechten. Die Passanten, auf die jetzt der Lauf des Revolvers gerichtet war, schrien auf und flüchteten. Schmidt legte den Kopf in den Nacken, schaute erneut in den Himmel, lachte laut und schrill. Endlich ließ er seine Hände sinken und sagte mit ruhiger und ernster Stimme: „Ihr werdet mich nicht aufhalten können. Ich habe einen starken Verbündeten. Die göttliche Stimme der Natur ist in mir. Sie führt mich. Was wollt Ihr schon dagegensetzen? Ihr Staubkörner der Evolution."

Langsam ließ Dobermann seine Arme sinken und richtete seine Dienstwaffe auf Schmidt. Dieser reagierte sofort und zielte auf den Kommissar.

„Ihr vernagelten Idioten. Ich will von euch nicht länger aufgehalten werden. Ich habe einiges vor, also weicht zurück!" Er fuchtelte mit der Waffe herum. Mit seinen weit aufgerissenen Augen und den Gesichtszügen, die einer Fratze glichen, wirkte er bedrohlich. Die Kommissare rechneten damit, dass er jeden Moment abdrücken könnte. Zeitgleich erhoben sie ihre Hände und wichen einen Schritt zurück. Ein Lächeln huschte über Schmidts Gesicht, dann drehte er sich um und rannte los.

„Achtung!", schrie Dobermann.

Der Flüchtende drehte kurz seinen Kopf und sah, wie der Kommissar mit beiden Armen fuchtelte. Er sah nicht die Straßenbahn, die schon mit einem Waggon an ihm vorbeigefahren war. Er rannte, den Kopf noch immer dem Kommissar zugewandt, auf die Straßenbahn zu. Er kam nicht weit, nur zwei Meter. Sein Körper geriet zwischen den ersten und zweiten Waggon. Schmidt wurde zu Boden gerissen und im nächsten Augenblick überrollte die Straßenbahn seinen Körper, begleitet von schrecklich knackenden und schmatzenden Geräuschen.

Sein schriller Schrei war nur von kurzer Dauer.

26. Otto Renner

Der Spiegel im Bad besaß weder Seele noch Vernunft, somit konnte er nicht lügen. Otto Renner empfand dies sehr bedenklich. Ganz nah arbeitete er sich an sein Spiegelbild heran. Die Nase interessierte. Unpassende dicke und grau farbige Gewächse wucherten dort heraus und wurden zur Grässlichkeit. Die Pinzette arbeitete intensiv. Sie packte zu und bewegte sich ruckartig. Der Schmerz kam sofort. Tränen standen in Renners Augen. Er riss sich zusammen. Er wusste: Wer schön sein will, musste leiden, und er hatte schon mehr Schmerz ertragen als im Moment, seien es körperliche oder psychische gewesen. Das nächste Haar war an der Reihe, dann noch eines und ein ganz dickes im danebenliegenden Nasenloch. Dann war es geschafft. Nur noch Augenbrauen und Koteletten mussten von den grauen Widersachern befreit werden. Auch dieser Aufgabe stellte sich der alte Renner und löste sie bravourös. Zum Abschluss strich er zärtlich über seine Glatze, nahm ein Handtuch und wischte den Schweiß ab, der sich auf der Stirn und dem babypopoglatten Hinterkopf gebildet hatte.

Renner verbrachte gerne Zeit im Bad, auch wenn es schmerzte. Er wusste um sein gewinnbringendes Äußeres und er wusste, wie er es einsetzen konnte. Er hatte sich wieder einmal in Form gebracht. Das teure Parfüm war dezent aufgetragen und der Bauunternehmer legte ein Lächeln auf, von dem er wusste, wie es wirkte. Damit konnte er jeglichen Widerstand eines skeptischen Geschäftspartners brechen oder wenn er wollte auch das Herz der stolzesten Frau.

Er wusste, er hatte es in seinem geschäftlichen Leben weit gebracht. Viel Geld hatte er in den letzten Jahren erwirtschaftet. Ob er es auch verdient hatte, wusste er nicht so genau, und es war ihm gleichgültig, wer dabei auf der Strecke geblieben war oder wen er dadurch zu Fall gebracht hatte.

Jeder war seines eigenen Glückes Schmied und wer kein Talent zum Schmieden hatte, war daran selbst schuld. Das war Renners Credo und mit dieser Einstellung konnte er zufrieden leben. Mittlerweile mehrte er sein Vermögen eher mit dem Geld anderer als mit den Gebäuden, die er von Billigarbeitskräften aus osteuropäischen Ländern errichten ließ. Darauf war er stolz. Er konnte nicht nur im Baugewerbe erfolgreich sein, sondern auch mit Finanzgeschäften. Er war sehr kreativ, konnte verrückte Geschichten erfinden, um Investoren an der Nase herumzuführen und deren Geldbeutel zu leeren. Er hatte sein Leben voll im Griff und dennoch gab es da eine Kleinigkeit, die ihn belastete. Mit seiner Familie hatte er nicht so viel Glück. Seine Frau war zwar ehemals gutaussehend, aber immer schon verschwenderisch, herrschsüchtig und unberechenbar gewesen. Sein Sohn war ein unfähiger Trottel, den vor einigen Tagen sogar die Polizei ins Visier genommen hatte. Kurz darauf wurde er verprügelt. Darüber musste der alte Renner lächeln, sein Sohn hatte es verdient, dieser Schwachkopf, dachte er. Er stützte sich kurz am Waschtisch ab und blickte seinem Spiegelbild tief in die Augen. Sein Sohn machte ihm echte Sorgen, zumal dessen Verhalten ein schlechtes Licht auf ihn selbst werfen konnte. Der Unternehmer schüttelte sich kurz und schob die trübseligen Gedanken zur Seite. Er blickte seinem Spiegelbild ein letztes Mal in die Augen und lächelte, bis er sich sicher war, dass der heutige Tag ein erfolgreicher werden würde. Anschließend verließ er das Bad und durchschritt aufrechten Ganges das Wohnzimmer. Er verabschiedete sich nicht von seiner Ehefrau, die mit geschlossenen Augen auf einer Liege lag und von einer namhaften Fachkraft mit Gurkenmaske, Maniküre und anschließender Dekolletee-Massage verwöhnt wurde.

Im Arbeitszimmer fand er die notwendigen Unterlagen für sein nächstes anstehendes Geschäft, verstaute sie in der Tasche aus echtem Leder und zog sich im Flur die frisch geputzten schwarzen Lederschuhe über. An der Garderobe angelangt, griff er nach seinem Mantel, zog ihn an und verließ die Wohnung. Als er vor der schweren hölzernen Haustür stand, verharrte er einen Augenblick, sog tief die kalte, aber erfrischende Herbstluft in seine Lungen ein und bestieg den mattschwarzen Porsche Cayenne Turbo. Kurz später heulte der Motor auf.

Otto Renner hatte heute noch einiges vor und benötigte eine gewisse Dosis Adrenalin, um seinen Plan erfolgreich umsetzen zu können. Ein neuer Investor musste überzeugt werden und dafür bedurfte es etwas Zeit, ein kleines Mittagessen und ein paar vorgefertigte Diagramme, die allesamt nach oben zeigten und überzeugen konnten. Der Investor war nicht so potent, als dass er ihn in ein Luxusetablissement und danach vielleicht noch in ein Bordell einladen musste. In diesem Fall sollte ein gemeinsames Treffen beim Italiener am Darmstädter Marktplatz ausreichen, dachte Renner süffisant, ärgerte sich allerdings darüber, dass in der Innenstadt nur schwer ein Parkplatz zu finden war. Aber auch dafür gab es eine Lösung. Er hatte sich das Parkhaus in der Nähe des Liebighauses ausgesucht und seine Entscheidung schon in dem Moment bereut, als er die Karte gezogen und sich der Schlagbaum erhoben hatte. Er fluchte über die Enge, die hier herrschte.

„Können die denn kein Parkhaus für vernünftige Autos bauen", brummelte er vor sich hin und musste mehrmals rangieren, bis er in einem der wenigen freien Plätze zum Stehen kam. Hektisch schaute er auf seine monströse Armbanduhr. Es war schon kurz vor zwölf. Er musste sich beeilen.

Er quälte sich vorsichtig und langsam aus dem SUV. Die Fahrertür ließ sich wegen des eng danebenstehenden VW-Busses nur einen Spalt breit öffnen. Renner wollte nicht noch einen Kratzer an seinem geliebten Fahrzeug riskieren. Endlich hatte er es mitsamt seiner schwarzen Ledertasche geschafft, das Fahrzeug zu verlassen. Schweiß stand auf seiner Stirn und das war es, was er am meisten hasste.

Vor dem Parkhaus angelangt, blieb er stehen, atmete kurz die kühle Herbstluft ein und schaute nochmals auf seine Armbanduhr. Gleichzeitig lief er in Richtung der Landgraf-Georg-Straße.

„Mist", brummte der Unternehmer vor sich hin, „das schaff ich nicht mehr pünktlich." Er überquerte die zweispurige Holzstraße knapp fünfzig Meter vor dem beampelten Fußgängerüberweg, ohne auf den Verkehr zu achten. Er übersah die Fahrradfahrerin, die von links angeschossen kam. Er hörte ihr Rufen und das Klingeln zu spät. Kurz später traf das Vorderrad des Mountainbikes seinen linken Oberschenkel und riss ihn zu Boden.

Hart schlug sein Hinterkopf auf dem Bordstein auf.

***

„Hast du heute das *Echo* gelesen?", wollte Pia wissen, als sie in Dobermanns Wohnung stürmte.

Ihr Freund lehnte am Türrahmen und gähnte. „Nein, ich habe das *Echo* weder gelesen noch abonniert."

„Na, das wird das erste sein, was du machen wirst, wenn wir zusammenziehen", kokettierte Pia und drückte einen Kuss auf seine Wange. Sie umschiffte ihn geschickt, eilte durch den kleinen Flur ins Wohnzimmer und knallte die mitgebrachte Zeitung auf die Ablage neben der Couch. „Das musst du lesen", begann sie aufgedreht, „der Unternehmer Otto Renner hatte einen Unfall."

„Was?", entfuhr es Dobermann. „Du meinst jenen Otto Renner, der vor zwei Wochen die junge Fahrradfahrerin über den Haufen gefahren hat?"

„Ja, genau dieser Otto Renner, der noch immer auf freiem Fuß ist."

„Den, dem wohl niemals der Prozess gemacht werden wird", ergänzte Dobermann frustriert.

„Genau der. Aber lies erst einmal den Artikel, bevor du weiterhin die Ungerechtigkeit der Welt anprangerst."

„Okay, mach ich gleich. Willst du einen Kaffee? Habe gerade die Maschine warmlaufen lassen."

„Sehr aufmerksam von dir", sagte Pia lächelnd.

Dobermann grinste herzerweichend zurück und ging in die Küche. Dabei sagte er: „Na, wenn du mich hier schon arbeiten lässt, dann kannst auch du mir etwas zur Hand gehen."

„Was soll ich denn tun? Ich könnte den Tisch decken. Gibt es etwa auch Kuchen in diesem Haushalt?"

„Nein, nein, sorry. Ich meinte es anders. Ich meinte, nicht mir zur Hand gehen, im Sinne von zur Hand gehen, eher wie, du könntest mir zum Ohr gehen. Ja, das trifft es besser ..."

Pia blickte verwirrt.

„Ach egal, berichte mir einfach über den Unfall. Ich bin kein guter Zeitungsleser." Dobermann stellte eine Tasse unter die Düsen der Maschine und drückte den Knopf.

Belustigt beobachtete Pia ihren Freund und sagte: „Also gut."

Sie stützte sich am Herd ab und wartete, bis der Kaffee durchgelaufen war und sie die Tasse gereicht bekommen hatte. „Otto Renner wurde gestern in der Nähe des Liebighauses von einer Fahrradfahrerin erfasst und verletzt."

Dobermanns Mund stand kurz offen, dann prustete er los. „Echt? Das ist ja `ne tolle Geschichte. Und, wie geht es ihm?"

„Ich glaube nicht so gut. Angeblich ist er mit dem Hinterkopf auf dem Bordstein geknallt. Er musste ins Krankenhaus gebracht werden. Anscheinend hat er eine Gehirnerschütterung und die Wunde am Kopf wurde genäht. So in etwa steht es in der Zeitung."

„Und, was ist mit der Fahrradfahrerin? Ist sie auch verletzt?"

Pia runzelte die Stirn. „Davon steht nichts im *Echo,* aber ich habe eine Vermutung. Ihr geht es gut. Sie ist nicht verletzt. Sie ist erst einmal mit einem Schrecken davongekommen. Dumm nur, dass beim Sturz die Designerbrille des alten Renners zu Bruch gegangen ist. Der Renner hat einen guten Anwalt. Der wird erreichen, dass die Radfahrerin das teure Stück ersetzen muss, obwohl sie gar nicht an dem Unfall schuld war. Sie hat weder das Geld noch eine Versicherung und muss wohl oder übel einen Kredit aufnehmen." Pia prostete mit der Kaffeetasse ihrem Lebensgefährten zu. „Tja, Benjamin. Wenn es tatsächlich so wäre, dann würde das doch hervorragend in dein Weltbild passen, oder?"

Dobermann nickte. „Ja, genau. Und so wird es wohl auch kommen", sagte er leise.

Pia hob ihren Zeigefinger: „Pass auf. Ich habe da noch etwas, was dein Weltbild erschüttern könnte."

Ihr Freund blickte auf.

„Du wirst es kaum glauben, aber Renners Sohn wurde wegen des Stalking-Vorwurfs angeklagt. Die Unterlagen, die Florian Hacke den Kollegen zugespielt hat, waren eindeutig. Der Staatsanwalt musste aktiv werden. Das ist doch mal was Positives, oder was meinst du?"

„Ach, der junge Renner", quengelte Dobermann. „Der ist doch nur ein armes Würstchen. Der wurde doch zu dem gemacht, was er ist. Welche anderen Chancen hätte er denn schon als Sohn des übermächtigen Unternehmers gehabt?" Dobermann zog seine Stirn in Falten. „Genau das macht unsere Gesellschaft aus. Die vermeintlich Starken, wenn auch nur die Finanzstarken, gewinnen und die Schwachen werden verdrängt und gehen unter. So ist das immer, und so wird es auch bleiben."

„Bist du dir da wirklich so sicher?", fragte Pia mit ernster Stimme. „Und was ist, wenn ich dir sage, dass der alte Renner ebenfalls am Haken der Justiz hängt. Er wurde wegen angeblicher Cum-Ex-Geschäfte angeklagt."

„Der wird bestimmt unbeschadet aus der Sache rauskommen, bei den Anwälten, die der sich leisten kann."

„Mann, ist ja immer dasselbe mit dir. Du glaubst wohl nicht an Gerechtigkeit?"

Dobermann musste nicht lange nachdenken. „Nein, das glaube ich wirklich nicht", schoss es aus ihm heraus.

Pia blickte ihn abschätzig an. „Was bist du nur für ein pessimistisch denkender Mensch", hielt sie ihm vor.

Dobermann hob die Tasse, prostete Pia zu und erwiderte lakonisch: „Ich bin kein Pessimist, ich bin lediglich Realist."

„Na, wenn das so ist", sagte Pia spitz, „dann hole ich nun den Rotwein aus dem Schrank und wir sprechen über deine besondere Kindheit. Vielleicht liegt dort der Grund für deine Einstellungen, die du so lauthals vertreten musst."

„Komm, hör schon auf!", erwiderte Dobermann, ging auf Pia zu und begann sie zu kitzeln. Kurz darauf balgten beide solange miteinander, bis sie außer Atem waren.

Danksagung

Modern embalming, ein grandioses Thema für einen Krimi, finde ich, ein paar Testleser*innen waren da anderer Meinung. Es sei zu düster, zu eklig, sagten sie mir. Ich ließ mich in diesem Punkt nicht beirren.

Je mehr ich recherchierte, desto spannender fand ich es, darüber zu lesen, wie verschiedenartig die Kulturen mit ihren Toten umgehen. Der Wunsch nach Unvergänglichkeit liegt anscheinend in der Natur des Menschen. Dazu kam die Frage, die mich schon sehr lange beschäftigt: Kann der Mensch frei entscheiden oder wird er fremdbestimmt?

Bestimmung und Vergänglichkeit, zwei Themen, die eine Kriminalgeschichte tragen können.

Vor dem Beginn des Schreibens hatte ich länger schon eine Szene im Kopf. Eine frisch verliebte junge Frau wird von einem Auto erfasst und brutal aus dem Leben gerissen. Die Bilder in meinem Kopf packten und verleiteten mich dazu, einen kurzen Text zu Papier zu bringen. Weitere Szenen kamen dazu und bald schon entwickelten sich daraus ein erstes Kapitel und anschließend ein Krimi rund um den Ermittler Benjamin Dobermann. Stränge aus dem letzten Buch „Innere Schreie" konnten aufgenommen und weiter gesponnen werden. Auch das Leben des jungen Kommissars erschien mir bald fremdbestimmt und so schrieb ich weiter und weiter.

Erste Testleser*innen bestärkten mich darin. Hier sei besonders Peter Schäfer zu nennen. Herzlichen Dank dafür! Immer verworrener wurde die Geschichte und in meinem Kopf fand ich die Möglichkeit, wie aus allen Puzzle-Teilchen, die ich ausgelegt hatte, ein klares und logisches Bild entstehen konnte. Die Geschichte war vollendet, aber auf keinen Fall das Buch. Nun musste der Text überarbeitet werden, immer und immer wieder, solange bis aller Ballast abgeworfen war und ein schlanker, spannend zu lesender Krimi entstehen konnte, mit klarem Spannungsbogen und überraschendem Ende. Hierbei habe ich große Hilfe von Frank Schuster erfahren, der ebenfalls Bücher im mainbook Verlag veröffentlicht. Vielen Dank! Zeitgleich werden unsere beiden Romane Anfang 2023 erscheinen und ich wünsche mir und allen Autor*innen, dass wir dann wieder ungebremst auf Lesetour gehen können. Die Reaktionen der Zuhörer*innen sind mir sehr wichtig.

Vielleicht sehen wir uns bei einer dieser Lesungen. Ich würde mich freuen.

Genaueres unter: www.krimiautor-ross-darmstadt.de

Abschließend ist mir wichtig, Gerd Fischer für sein großartiges und aufwändiges Lektorat zu danken. Daraus konnte ich auch für meine weitere Schreibe sehr viel lernen.

Andreas Roß
Darmstadt, Sommer 2022